사피엔스 한국문학

중·단편소설

20

임철우

사평역

눈이 오면

붉은 방

「사피엔스²¹」

사피엔스 한국문학 중·단편소설 20
임철우 사평역

1판 1쇄 펴낸날 2012년 7월 6일
2판 1쇄 펴낸날 2019년 6월 5일

지은이 임철우
엮은이 권일경
펴낸이 최병호
본문 일러스트 이경하
펴낸곳 (주)사피엔스21
주소 10403 경기도 고양시 일산동구 중앙로 1233 현대타운빌 205
전화 031)902-5770 **팩스** 031)902-5772
출판등록 제22-3070호
ISBN 978-89-6588-142-1 44810
ISBN 978-89-6588-072-1 (세트)

*파본은 교환해 드립니다.
*이 책에 실린 모든 내용에 대한 권리는 (주)사피엔스21에 있으므로 무단으로 전재하거나 복제, 배포할 수 없습니다.

임철우

● 사평역
눈이 오면
붉은 방

수프엔소 한국문학 중·단편소설 20 | 엮은이·권일경

사피엔스 한국문학 - 중·단편소설을 펴내며

 『사피엔스 한국문학』은 청소년과 일반 성인이 한국 문학을 대표하는 작가들의 대표 작품을 편하게 읽으면서도 한국 현대 문학의 흐름을 이해하는 데 다소라도 도움이 되도록 기획한 선집(選集)입니다. 이미 다수의 한국 문학 선집이 시중에 출간되어 있으나, 이번 선집은 몇 가지 점에서 이전 선집들과의 차별화를 시도하였습니다.

 첫째, 안정되고 정확한 텍스트를 독자에게 제공하는 데 주안점을 두었습니다. 문학 작품은 말 그대로 언어라는 실로 짠 화려한 양탄자입니다. 더군다나 한국 문학을 대표하는 작가들의 대표 작품들이라면 두말할 나위가 없겠지요. 이들 작품을 감상하는 데 있어서 정확하면서도 편안한 텍스트를 제공하는 것은 선집이 지녀야 할 핵심 덕목이라고 할 수 있습니다. 그래서 이번 선집은 각 작품의 최초 발표본과 작가 생애 최후의 판본, 그리고 가장 최근에 발간된 비판적 판본(critical version) 등을 참조하여 텍스트에 정확성을 최대한 기하되, 현대인이 읽기 쉽도록 표기를 다듬었습니다. 또한 낯설거나 어려운 낱말에 대한 풀이를 두어서 작품 감상의 흐름이 끊어지지 않고 작품에 자연스럽게 몰입할 수 있도록 편집하는 데 많은 노력을 기울였습니다.

둘째, 선집에 포함될 작가와 작품을 선정하는 데 고심에 고심을 기울였습니다. 물론 기존 문학 선집들의 경우에도 작가 및 작품 선정에 그 나름의 고심을 기울였을 것입니다. 하지만 문학 선집이라는 것은 시대의 흐름과 독자의 취향, 현대적 문제의식 등을 종합적으로 고려해야 하는 것이어서, 시간이 지나고 세상이 바뀌면 작가 및 작품의 선정 기준과 원칙도 달라질 수밖에 없습니다. 이번 선집은 이러한 점들을 고려하여 작가와 작품을 엄선하되, 오늘을 살아가는 청소년과 일반 성인들이 갖고 있는 문제의식 및 취향에 부합할 수 있도록 노력하였습니다.

셋째, 청소년을 위한 최선의 한국 문학 선집이 될 수 있도록 하였습니다. 오늘날 세상은 디지털 문명으로 매우 **빠르게** 흘러가고, 우리 청소년들은 입시의 중압감과 온갖 뉴미디어의 홍수 속에서 자칫 마음을 키우고 생각을 넓히는 데 소홀해지기 쉽습니다. 이러한 정보의 홍수와 경쟁의 급류 속에서 문학은 자칫 잃기 쉬운 성찰의 기회를 제공해 줍니다. 시대와 호흡하면서 인간의 삶이 제기하는 다양한 문제를 다채롭게 형상화한 작품을 읽으며, 그 작품 속에 그려진 세상과 인물에 공감하면서 때로는 충격을 받고, 때로는 고민에 휩싸이며, 그 속에서 새로운 자아를 발견하는 과정을 통해 청소년들이 깊은 생각과 넓은 마음을 키울 수 있을 것이라 확신합니다. 작품별로 자세한 해설을 달고 그 해설에서 문학 교육의 핵심 내용을 비중 있게 다룬 것 또한 청소년 독자를 위한 배려에서 비롯된 것입니다.

문학 선집을 엮는 일은 두렵고도 설레는 일입니다. 감히 작가와 작품을 고른다는 것도 두려운 일이었거니와, 이 선집을 시대가 요구하는 최고의 선집으로 만들어야겠다는 사명감도 이번 문학 선집을 엮는 과정에서 저희 엮은이들과 편집자들의 어깨를 짓누르는 한편 가슴 벅찬 기대를 품게 만들었습니다. 부디 이 선집으로 많은 이들이 한국 문학의 정수(精髓)를 만끽하길 바랍니다. 그리고 날카로운 질책과 따스한 성원을 아울러 기대합니다.

끝으로 이 자리를 빌려 물심양면으로 선집의 출간을 뒷받침해 주신 (주)사피엔스21의 권일경 대표 이사님 이하 편집부 직원 모두에게 감사를 드립니다. 또한 이 선집을 위해 작품의 출간을 허락하신 작가들과 저작권을 위임받아 여러 편의를 제공해 준 한국문예학술저작권협회 측에도 감사의 말을 전합니다.

엮은이 대표 _신두원

일
러
두
기
●

1. 수록 작품은 최초 발표본과 작가 생애 최후의 판본, 그리고 가장 최근에 발간된 비판적 판본(critical version) 등을 참조하여 텍스트를 확정했습니다. 참조한 판본은 작품 뒤에 밝혔습니다.
2. 한 작가의 작품 배열은 청소년들의 눈높이와 문학사적인 지명도를 고려하여 그 순서를 정하였습니다.
3. 뜻풀이가 필요하다고 판단되는 낱말과 문장은 본문 아래쪽에 그 풀이를 달았습니다.
4. 표기는 원문에 충실히 따르는 것을 원칙으로 하되, 맞춤법과 띄어쓰기는 최대한 현행 표기법을 따랐습니다. 단, 해당 작가만의 개성이 묻어 있는 말이나 방언, 속어, 고어 등은 최대한 원문대로 살려 놓았습니다.
5. 위의 원칙들은 작가에 따라, 지문과 대화에 따라, 문체에 따라, 문맥에 따라 적용의 정도가 달라질 수 있습니다.

차례

간행사 4

사평역 10
눈이 오면 70
붉은 방 128

작가 소개 262

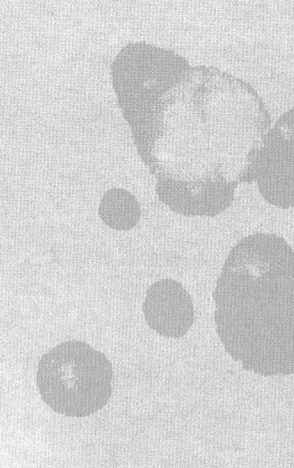

사평역*

　산다는 건 무엇일까요? 아침에 눈을 뜨고 밤이 되면 다시 잠자리에 드는 하루하루의 되풀이, 그 이상도 그 이하도 아닌 걸까요? 여기, 각기 사정도 다르고, 지금까지 살아온 길과 앞으로 살아갈 길이 전혀 다른 사람들이 작은 산골의 간이역에서 막차를 기다리고 있습니다. 밤은 깊어 가는데 눈마저 펑펑 내리네요. 대합실에 놓인 톱밥 난로에 톱밥을 던져 넣으며 생각에 잠긴 그들 삶의 한 장면 속으로 잠시 들어가 볼까요?

사평역 전라남도 나주의 남평역에서 따온 역명(驛名)으로 알려져 있다.

내면 깊숙이 할 말들은 가득해도
청색의 손바닥을 불빛 속에 적셔 두고
모두들 아무 말도 하지 않았다

— 곽재구의 시 〈사평역에서〉

막차는 좀처럼 오지 않았다.

별로 복잡한 내용이랄 것도 없는 장부를 마저 꼼꼼히 확인해 보고 나서야 늙은 역장은 돋보기안경을 벗어 책상 위에 놓고 일어선다.

벌써 삼십 분이나 지났군.

출입문 위쪽에 붙은 낡은 벽시계가 여덟 시 십오 분을 가리키

사평역에서 1981년 「중앙일보」 신춘문예 당선작.
막차(-車) 그날 마지막으로 오거나 가는 차.
역장(驛長) 기차역의 사무를 지휘하는 책임자.

고 있다. 하긴 뭐 벌써라는 말을 쓰는 것도 새삼스럽다고 그는 고쳐 생각한다. 이렇게 작은 산골 간이역˙에서 제시간에 정확히 도착하는 완행열차˙를 보기가 그리 쉬운 일은 아님을 익히 알고 있는 탓이다. 더구나 오늘은 눈까지 내리고 있지 않은가.

 역장은 손바닥을 비비며 창가로 다가가더니 유리창 너머로 무심히 시선을 던진다. 건널목 옆 외눈박이 수은등이 껑충하게 서서 홀로 눈을 맞으며 희뿌연 얼굴로 땅바닥을 내려다보고 있다. 송이눈˙이다. 갓난아이의 주먹만 한 눈송이들은 어둠 저편에 까맣게 숨어 있다가 느닷없이 수은등의 불빛 속에 뛰어 들어오면서 뚱그렇게 놀란 표정을 미처 지우지 못한 채 땅바닥으로 곤두박질치고 있다. 굉장한 눈이다. 바람도 그리 없는데 눈발이 비스듬히 비껴 날리고 있다. 늙은 역장은 조금은 근심스러운 기색으로 유리창에 얼굴을 바짝 대어 본다. 하지만 콧김이 먼저 재빠르게 유리창에 달라붙어 뿌연 물방울을 만들었기 때문에 소매로 훔쳐 내야 했다. 철길은 아직까지는 이상이 없었다.

 그는 두 줄기 레일이 두툼한 눈을 뒤집어쓴 채 멀리 뻗어 나간 쪽을 바라본다. 낮엔 철길이 저만치 산모퉁이를 돌아가는 모습까지 뚜렷이 보였다. 봄날 몸을 푼 강물이 흐르듯 반원을 그리며 유유히 산모퉁이를 돌아 사라지는 철길의 끝을 보고 있노

간이역(簡易驛) 일반 역에 비해 규모가 작은 역. 완행열차가 정차하며 역장이 없는 경우도 많다.
완행열차(緩行列車) 빠르지 않은 속도로 달리며 각 역마다 멎는 열차.
송이눈 '함박눈'의 옛말. 굵고 탐스럽게 내리는 눈.

라면, 마치도 모든 걸 다 마치고 평온하게 죽음을 맞이하는 어느 노년의 모습처럼, 그것은 퍽이나 안온하고 평화로운 느낌을 주곤 하는 것이다. 하지만 지금, 철길은 훨씬 앞당겨져서 끝나 있다. 수은등 불빛이 약해지는 부분에서부터 차츰 희미해져 가다가 이윽고 흐물흐물 녹아 버렸는가 싶게 철길은 더 이상 볼 수가 없다. 그 저편은 칠흑 같은 어둠이다. 어둠에 삼키워져 버린 철길의 끝이 오늘 밤은 까닭 없이 늙은 역장의 가슴 한구석을 썰렁하게 만든다. 그는 공연히 어깨를 떨어 보며 오른편 유리창 쪽으로 몸을 돌린다. 그쪽은 대합실과 접해 있는 이를테면 매표구라고 불리는 곳이다.

역장은 먼지 낀 유리를 통해 대합실˙ 안을 대충 휘둘러본다. 대합실이라고 해야 고작 국민학교˙ 교실 하나 정도의 크기이다. 일제 때 처음 지어졌다는 그 작은 역사 건물은 두 칸으로 나뉘어져서 각각 사무실과 대합실로 쓰이고 있다. 대개의 간이역이 그렇듯이 대합실 내부엔 눈에 띌 만한 시설물이라곤 거의 없다. 유난히 높은 천장과 하얗게 회칠한 사방 벽 때문에 열 평도 채 못 되는 공간이 턱없이 넓어 보여서 더욱 을씨년스러운˙ 느낌을 준다. 천장까지 올라가 매미마냥 납작하니 붙어 있는 형광등의 불빛이 실내 풍경을 어슴푸레하게 드러내 주고 있다.

대합실(待合室) 공공시설에서 손님이 기다리며 머물 수 있도록 마련한 곳.
국민학교(國民學校) '초등학교'의 예전 용어.
을씨년스럽다 보기에 날씨나 분위기 등이 몹시 스산하고 쓸쓸한 데가 있다.

지금 대합실에 남아 있는 사람은 모두 다섯이다. 한가운데에 톱밥 난로가 놓여져 있고 그 주위로 세 사람이 달라붙어 있다. 난로는 양철통 두 개를 맞붙여서 세워 놓은 듯한 꼬락서니로, 그나마 녹이 잔뜩 슬어 있어서 그간 겨울을 몇 차례나 맞고 보냈는지 어림잡기조차 힘들다. 난로의 허리께에 톱날 모양으로 촘촘히 뚫린 구멍 새로는 톱밥이 타들어 가면서 내는 빨간 불빛이 내비치고 있다. 하지만 형편없이 낡아 빠진 그 난로 하나로 겨울밤의 찬 공기를 덥히기엔 어림도 없을 듯싶다.

난롯가에 모여 있는 셋 중 한 사람만 유일하게 등받이 없는 의자에 앉아 있는데, 그러고 있는 것도 힘겨운지 등 뒤에 서 있는 사람의 팔에 반쯤 기댄 자세로 힘없이 안겨 있다. 그는 아까부터 줄곧 콜록거리고 있는 중늙은이로, 오래 앓아 오던 병이 요즘 들어 부쩍 심해져서 가까운 도회지의 병원을 찾아가는 길이라는 것을 역장도 알고 있다. 등을 떠받치고 있는 건장한 팔뚝의 임자는 바로 노인의 아들이다. 대합실에 있는 다섯 사람 가운데에서 그들 두 부자만이 역장에겐 낯익은 인물들이다.

그 곁에서 난로를 등진 채 불을 쬐고 있는 중년의 사내는 처음 보는 얼굴이다. 마흔이 넘었을까 싶은 사내는 싸구려 털실 모자에 때 묻은 구식 오버를 걸쳐 입었는데 첫눈에도 무척 음울해 뵈는 표정을 지니고 있다. 길게 자란 턱수염이며, 가무잡잡

도회지(都會地) 사람이 많이 살고 상공업이 발달한 번잡한 지역. 도시.

한 얼굴 그리고 유난히 번뜩이는 눈빛이 왠지 섬뜩하다. 오랜 세월을 햇볕 한 오라기 들지 않는 토굴 속에 갇혀 보낸 사람처럼 사내의 눈은 기묘한 광채마저 띠고 있다.

그 셋 말고도 저만치 벽을 따라 길게 붙어 있는 나무 의자엔 잠바 차림의 청년 하나가 웅크리고 앉아 있다. 그리고 청년으로부터 약간 떨어진 곳에는 미친 여자가 의자 위에 벌렁 누워 있다. 닥치는 대로 옷을 껴입은 여자는 속을 가득 채운 걸레 보통이마냥 몸집이 퉁퉁하다.

청년은 추운지 호주머니에 두 손을 찔러 넣은 채 어깻죽지를 잔뜩 웅크리고 있으면서도 무슨 까닭인지 난로 곁으로 갈 생각은 하지 않는 눈치다. 뭔가 골똘히 생각하는 표정으로 청년은 들여다볼 만한 것이라곤 아무것도 없는 시멘트 바닥을 뚫어져라 내려다보고 있다.

톱밥이 부족할 것 같은데…….

창 너머 그들을 하나하나 둘러보다가 문득 난로 쪽을 슬쩍 쳐다보며 늙은 역장은 중얼거린다. 불을 지핀 게 두어 시간 전이니 지금쯤은 톱밥이 거의 동이 났을 것이다.✽

톱밥은 역사 바깥의 임시 창고에 저장해 놓고 있었다. 월동용 톱밥이 필요량의 절반 정도밖에 남아 있지 않다는 사실을 역장은 아까서야 알았다. 미리미리 충분한 톱밥을 확보해 두는 것은

✽ 동이 났을 것이다 다 없어졌을 것이다.

김 씨가 맡은 일이었지만 미처 확인하지 못한 자신에게도 책임은 있다고 역장은 생각한다. 역원이라고 해야 역장인 자신까지 합해 기껏 세 명뿐이니 서로 책임을 확실히 구분 지을 수 있는 일 따위란 애당초 있을 턱이 없었다. 하필 이날따라 사무원인 장 씨는 자리를 비우고 없는 참이었다. 아내의 해산일이라고 어제 아침 고향인 K시로 달려갔으므로 그가 돌아올 때까지는 역장은 김 씨와 둘이서 교대로 야근을 해야 할 처지였다.

하지만 톱밥은 우선 당분간 창고에 남아 있는 것으로 이럭저럭 견디어 낼 수 있으리라. 대합실 난로는 하루 두 차례씩만 피우면 되니까.

역장은 웅크렸던 어깨를 한번 힘차게 펴 보기도 하고 두 팔을 앞뒤로 흔들어 보기도 한다. 역시 춥긴 마찬가지다. 그새 손발이 시려 오기 시작했으므로 역장은 코를 훌쩍이며 엉금엉금 책상 앞으로 되돌아간다. 그리고는 사무실용으로 쓰고 있는 석유난로를 마주하고 앉아 손발을 펼쳐 넣었다.

"아야, 말이다. 이러다가 기차가 영 안 올라는 갑다."

"아따, 아부님도 참. 좀 기다려 보십시다. 설마 온다는 기차가 안 오기사 할랍디여."

역원(驛員) 역무원. 철도역에 근무하면서 안내 · 매표 · 개찰 · 집찰 등의 일을 하는 사람.

해산일(解産日) 아이를 낳을 날.

⚜ 안 오기사 할랍디여 '안 오기야 하겠습니까'의 사투리.

아들은 짜증스럽다는 듯이 얼굴도 돌리지 않고 건성˙ 대답한다. 그는 삼십 대 중반의 농부다. 다시 노인이 쿨룩거리기 시작한다. 그때마다 빈약하기 그지없는 가슴팍이 훤히 드러나도록 흔들리고 있다. 아들은 힐끗 노인을 내려다보았으나 이내 고개를 돌리고 난로만 들여다본다. 노인에겐 미안한 일이긴 하나 아들은 모든 게 죄다 짜증스럽다. 벌써 몇 달째 끌어 온 노인의 병도 그렇고, 하필이면 이런 날, 그것도 밤중에 눈까지 펑펑 쏟아져 내리는데 기차를 타야 한다는 일도 그렇다. 그 모두가 노인의 괴팍한 성깔 탓이라는 생각이 들자 그는 버럭 소리라도 질러 주고 싶은 심정이다.

아들이 전에도 여러 번 읍내 병원에 가 보자고 했지만, 막무가내로 고집을 피우며 죽더라도 그냥 집에서 죽겠노라던 노인이 난데없게도 이날 점심 나절에는 스스로 먼저 병원엘 가자면서 나선 것이었다. 소피˙에 혈이 반이 넘게 섞여 나온다는 거였다. 부랴부랴 차비˙를 꾸리고 나니, 이번엔 하루 두 차례씩 왕래하는 버스는 멀미 때문에 절대로 타지 않겠다며 노인은 한사코 역으로 가자고 우겼다. 이놈아, 병원에 닿기도 전에 내 죽는 꼴을 볼라고 그라냐. 놔라. 싫으면 나 혼자라도 갈란다. 어찌나 엄살을 떠는 통에 할 수 없이 노인을 등에 업고 나오긴 했는데, 그

건성 진지한 자세나 성의 없이 대충 하는 태도.
소피(所避) '오줌'을 완곡하게 이르는 말.
차비(差備) '채비'의 원말.

나마 일이 안 되려니까 기차마저 감감무소식이었다.

"빌어묵을 눔의 기차가……."

농부는 문득 치밀어 오르는 욕지거리를 황황히 깨물며 지레 놀라 노인의 눈치를 살핀다. 다행히 눈곱 낀 노인의 눈은 아까처럼 질끈 닫혀져 있다. 아들은 고통으로 짙게 고랑을 파고 있는 노인의 추한 얼굴을 내려다보고는 약간 죄스러운 맘이 된다.

이거, 내가 무슨 짓이다냐. 죄받는다, 죄받어…….

노인이 또 쿨룩쿨룩 기침을 토해 낸다. 가슴 밑바닥을 쇠갈퀴로 긁어내는 듯한 고통스러운 기침 소리.

그들 부자 곁에 서서 등을 돌린 채 난로의 불기를 쬐고 있는 중년 사내는 자지러지는 기침 소리를 들을 때마다 깜짝깜짝 놀라는 시늉을 한다. 기침 소리를 들으면 사내에겐 불현듯 떠오르는 얼굴이 하나 있다. 감방장인 늙은 허 씨다. 고질인 해소병으로 맨날 골골거리던 허 씨는 그것이 감방에 들어와 얻은 병이라고 했다. 난리 후에 사상범으로 잡혀 무기형을 받은 허 씨는 스물일곱 살부터 시작한 교도소 생활이 벌써 이십오 년에 이르고 있었지만, 언제나 갓 들어온 신참마냥 말도 없고 어리숙해 뵈는 사람이었다.

자네 운이 좋은 걸세. 쿨룩쿨룩. 나가면 혹 우리 집에 한번 들

감방장(監房長) 감방 안의 죄수들을 대표하는 죄수. 대개 감방 안에서 가장 고참인 죄수.
고질(痼疾) 오랫동안 앓고 있어 고치기 힘든 병.
해소(咳嗽) '해수(咳嗽)'가 변한말. '기침'을 한의학에서 이르는 말.
무기형(無期刑) 기간을 정하지 않고 평생 동안 교도소 안에 가두어 두는 형벌. 십 년이 넘으면 가석방을 할 수 있다.

러봐 줄라나. 이거 원, 소식 끊긴 지가 하도 오래돼 놔서…… 죽었는지, 살았는지…….

사내가 출감하던 날, 허 씨는 고참 무기수답지 않게 눈물까지 글썽이며 사내의 손을 오래오래 잡고 있었다.

사내는 저만치 유리창 밖으로 들이치는 눈발 속에서 희끗희끗한 허 씨의 머리카락이며 움푹 패어 들어간 눈자위를 기억해 내고 있다.

아마 지금쯤 그곳은 잠자리에 들 시간일 것이다. 젓가락을 꽂아 놓은 듯한 을씨년스러운 창살 너머로 이 밤 거기에도 눈이 오고 있을까. 섬뜩한 탐조등의 불빛이 끊임없이 어둠을 면도질해 대고 있을 교도소의 밤이 뇌리에 떠오른다. 사내의 눈빛은 불현듯 그윽하게 가라앉고 있다. 그곳엔 사내가 잃어버린 열두 해 동안의 세월이 남아 있었다. 이렇듯 멀리 떨어져서도 그 모든 것들을 눈앞에 훤히 그려 낼 수 있을 만큼 어느덧 사내는 이미 그 생활의 일부가 되어 있었다.

출감한 지 며칠이 지났건만 사내는 감방 밖에서 보낸 그간의 시간이 오히려 꿈처럼 현실감이 없다. 푸른 옷과 잿빛의 벽, 구린내 같은 밥 냄새, 땀 냄새, 복도를 걷는 간수의 구둣발 소리, 쩔그렁대는 쇳소리…… 그런 모든 익숙한 색깔과 촉감, 냄새, 소리, 그리고 언제나 똑같이 반복되는 일과 같은 것들이 별안간

탐조등(探照燈) 어떤 것을 밝히거나 찾아내기 위해 빛을 멀리 비추는 조명 기구.

그에게서 떨어져 나가 버리고, 대신에 전혀 생소한 또 다른 사물들의 질서가 사내에게 일방적으로 떠맡겨진 거였다. 그 새로운 모든 것들은 다만 사내를 당혹감에 빠뜨리고 거북하게 만들 뿐이었다. 그 때문에 사내는 출감 후부터 자꾸만 무엇인가 대단히 커다란 것을 빼앗겼다는 느낌을 감출 수가 없었다. 감방 안에서 사내는 손바닥 안에 움켜쥔 모래알이 빠져나가듯 하릴없이 축소되어 가고 있는 자기 몫의 삶의 부피를 안타깝게 저울질해 보곤 했었다. 하지만 기이한 일이다. 낯선 시골 역에 홀로 앉아 있는 이 순간 정작 자기가 빼앗긴 것은 흘려보내는지 모르게 보낸 지난 십이 년의 세월이 아니라, 오히려 그 푸른 옷과 잿빛 담벼락과 퀴퀴한 냄새들이 배어 있는 사각형의 좁은 공간일지도 모른다는 가당찮은 느낌이 문득문득 들곤 하는 거였다.

쿨룩쿨룩. 아, 저 기침 소리. 사내는 흠칫 몸을 돌려 소리가 나는 쪽을 찾는다. 그러나 그것은 감방장 허 씨가 아니다. 낯모르는 사람들뿐. 사내는 낮게 한숨을 토해 내며 고개를 흔들어 버리고 만다.

밖엔 간간이 바람이 불고 있다. 전깃줄이 윙윙 휘파람을 불었고 무엇인가 바람에 휩쓸려 다니며 연신 딸그락 소리를 낸다.

대합실 안은 조용하다. 산골짜기를 돌아 달려온 바람이 역사

하릴없이 달리 어떻게 할 도리가 없이.
가당찮다(可當--) 이치에 맞지 않다.

건물을 지나칠 때마다 유리창이 덜그럭거리고 이따금 난로 속에서 톱밥이 톡톡 튀어 오를 뿐 사람들은 아무도 입을 열지 않는다. 저만치 혼자 쭈그려 앉은 청년은 줄곧 창밖의 바람 소리를 헤아리고 있던 참이다. 이윽고 청년은 의자에서 몸을 일으킨다. 딱딱한 나무 의자로부터 스며 오는 한기로 엉덩이가 시리다. 창가로 다가가다 말고 그는 문득 누워 있는 미친 여자 쪽을 근심스레 살핀다. 여자는 새우등을 하고 모로 누웠는데 얼핏 시체가 아닌가 싶을 만큼 미동조차 없다.

세상에, 이렇게 추운 곳에서……. 그런 지경에도 사람이 잠들 수 있다는 사실이 청년은 도대체 믿기지 않는 모양이다. 여자에게서는 가느다란 숨소리만 이따금 새어 나오고 있다.

청년은 다시 유리창 밖을 내다본다. 밤새 오려는가. 송이눈이 쏟아져 내리고 있다. 대합실 안에서 새어 나간 불빛이 유리창 가까운 땅바닥 위에 수북하게 쌓인 눈을 비추고 있다. 하얗게 쏟아지는 눈발을 망연히 바라보며 청년은 그것이 무수한 나비 떼 같다고 생각한다.

그래. 나비 떼야. 활활 타오르는 불길 속으로 밤이 되면 미친 듯 날아들어 와 비명조차 지르지 못하고 타 죽어 가는 수많은 흰 나비 떼들…….

그는 대학생이다. 아니, 정확히 말하면 그건 보름 전까지의

미동(微動) 작은 움직임.

이야기이다. 청년은 아직도 저고리 안주머니에 학생증을 지니고 있긴 하지만 앞으로 그것을 사용해 볼 기회는 영영 없을지도 모른다. 이젠 누렇게 바랜 어린 날의 사진만큼의 의미도 없는 그것을 미련 없이 찢어 버려야 하리라는 걸 잘 알고 있음에도 불구하고, 여전히 간직하고 있는 자신을 스스로 감상적이라고 비난하고 있는 중이다.

청년은 유리창에 반사된 톱밥 난로의 불빛을 응시한다. 그 주홍의 불빛은 창유리 위에 놀랍도록 선명하게 재생되어지고 있었으므로 청년은 그것이 정작 실물이 아닌가 하는 착각을 일으킬 뻔했다. 그것은 한 폭의 그림처럼 아름다웠다. 먹빛 어둠은 화폭으로 드리워지고 네모진 창틀 너머 순백의 눈송이들이 화폭 위에 무수히 흩날리고 있다. 거기에 톱밥 난로의 불꽃이 선연한 주홍색으로 투영되어지자 한순간 그 모든 것들은 기막힌 아름다움을 이루어 내는 것이었다. 아아, 저건 꿈일 것이다. 아름답지만 존재하지 않는 것, 존재하지 않으므로 아름다운 것. 청년은 불현듯 눈빛을 빛내며 한 발 창 쪽으로 다가서고 있다.

— 아우슈비츠의 학살✤이 있었고, 그 후 아무도 아름다움을 노래하지 않았다. 더는 누구도 꿈꾸지 않았다.

— 침묵, 잠, 그리고 죽음.

✤ 아우슈비츠의 학살 제2차 세계 대전 당시 나치 정권이 유대인 및 폴란드 인을 학살한 사건을 뜻함. 여기에서는 광주 민주화 운동을 암시하고 있다.

― 가슴의 뜨거움에 대해서 우리는 얼마나 오래 생각해야 하는 것일까, 이 ×자식들아.

그날, 청년은 누군가가 어지럽게 볼펜으로 휘갈겨 놓은 책상 위의 낙서들을 물끄러미 내려다보며 홀로 강의실에 앉아 있었다. 텅 빈 하오˙의 교정엔 차츰 땅거미가 깔리기 시작하고 플라타너스 나무에 설치된 스피커로부터 나지막이 흘러나오고 있는 교내 방송의 고전 음악을 들으며 학생들이 띄엄띄엄 집으로 돌아가고 있을 무렵이었다. 그는 바로 전날 밤, 제적˙ 처분되었다는 사실을 학교로부터 통고받았었다. 주인도 없는 새에 주인도 아닌 사람들이 주인도 모르게 자신의 이름 석 자를 제멋대로 재판했다는 거였다. 이튿날 조간신문 귀퉁이에서 제 이름을 찾아냈을 때 그는 한동안 자신과 기사 속의 그 이름과의 정확한 관계를 찾아내려 애를 썼다. 끝내 실감이 나지 않아서 여느 때 하듯 귀퉁이가 쭈그러진 책가방을 챙겨 들고 쭈뼛쭈뼛 강의실에 들어서자마자 친구들은 너도나도 그를 에워쌌다. 아침부터 학교 뒤 막걸릿집으로 끌고 가 술을 퍼먹이던 녀석들 중 몇은 저쪽에서 먼저 찔찔 짜기도 했다.

하는 데까진 해 봤네만 나로서도 어쩔 수가 없었네. 자네 볼 면목이 없구먼.

―――――――

하오(下午) 오후.
제적(除籍) 학적, 당적 등에서 이름을 지워 버림.

지도 교수는 짐짓 눈물겨운 표정으로 그의 손을 덥석 잡아 주었다.

괜찮습니다.

모두들 돌아가 버린 텅 빈 강의실은 관 속처럼 고요했다. 창틈으로 비껴 들어온 일몰의 잔광˚이 소리 없이 부유하는˚ 무수한 먼지의 입자를 하나하나 허공으로 떠올리고 있었다. 미처 덜 지운 칠판의 글자들, 분필 가루 냄새, 휴식 중인 군대의 대오˚마냥 흐트러져 있는 책상들, 강의실 바닥의 얼룩⋯⋯. 그런 오래 친숙해 온, 사물들 속에서 그는 노교수의 나직한 음성과 친구들의 웅얼거림, 그들의 체온과 호흡과 웃음소리와 함성이 아무도 없는 그 순간에 또렷하게 되살아 나오고 있음을 놀라움으로 지켜보고 있었다. 그리고 삼 년 동안이나 자신을 그 한 부분으로 포함시켜 왔던 친숙한 이름들로부터 대관절 무엇이 그를 억지로 떼어 내려 하고 있는 것인가에 대해 오래오래 생각했다. 그러나 끝내 알 수가 없었다. 강의실 문을 잠그러 들어왔다가 그를 발견한 수위가 의심스러운 눈초리로 당장 나가기를 명령했을 때까지도 그는 해답을 찾지 못했다.

문학부 건물을 나설 즈음, 백마고지˚ 전투에서 훈장까지 받은

잔광(殘光) 해가 질 무렵의 약한 햇빛.
부유하다(浮遊--) 물 위나 물속, 또는 공기 중에 떠다니다.
대오(隊伍) 편성된 대열.
백마고지(白馬高地) 강원도 철원군 서북쪽에 있는 고지. 6·25 전쟁 때의 격전지이다.

역전의 상이용사인 수위 아저씨가 절뚝이며 뒤쫓아 나오더니, 그의 가슴에 가방을 내던져 주고 가 버렸다. 그는 깜박 잊고 가방을 두고 온 거였다. 그러자 주체할 수 없이 웃음이 터져 나오기 시작했다. 무엇이 그토록 우스웠는지 모른다. 그는 혼자 미친 듯 웃어 제꼈다. 한참이나 벤치에 엎디어 킬킬대다가 그는 뱃속에 든 오물을 모조리 토해 내고 말았다. 토하면서도 자꾸만 웃고 또 웃었다. 그러다가 끝내 울음이 터져 나와 버렸던 것이다.

덜커덩.

대합실 출입문이 열리며 한 떼의 사람들이 나타난다. 우연인지 모르지만 네 사람 다 여자들이다. 그녀들의 등 뒤로 삼동의 시린 바깥 바람이 바싹 달라붙어 함께 들어왔다. 바람 끝에 묻어 온 싸늘한 냉기에 놀라서 대합실 안에 있던 사람들의 고개가 일제히 그쪽으로 꺾여진다.

첫눈에도 그녀들이 모두 일행은 아니라는 걸 쉽게 알 수 있다. 몸집이 큰 중년 여자와 바바리코트를 입은 처녀, 그리고 나머지 둘은 큼지막한 보따리를 하나씩 이고 오는 품이 무슨 행상꾼 아낙네들이 분명하다. 그녀들은 무척 서둘러 온 눈치다. 머

상이용사(傷痍勇士) 군에서 복무하다가 부상을 입고 제대한 병사.
삼동(三冬) 겨울의 석 달.
품 행동이나 말씨에서 드러나는 태도나 됨됨이.
행상꾼(行商-) 이리저리 돌아다니며 물건을 파는 사람.

플리며 어깨 위에 눈이 수북하다. 추위에 바짝 언 뺨을 씰룩이며 가쁜 입김을 뿜어내고 있다.

"기차, 떠난 건 아니죠?"

맨 처음 들어섰던 중년 여자가 그 말부터 묻는다. 그녀는 아까 문을 여는 순간 난롯가에 서 있는 사람들을 보고 기차가 오지 않았다는 걸 짐작했었지만 그래도 재차 확인하려는 속셈이다.

"아, 와야 뜨든지 말든지 하지요. 그 빌어묵을 놈의 기차가 한 시간이 넘었는디도 감감무소식이다니께요."

늙은이를 받쳐 주고 있던 농부가 부아˙가 나서 대꾸한다.

그 말에 중년 여인은 대단히 만족한 표정을 역력히 떠올린다. 아예 기뻐 어쩌지 못하겠다는 양 헤벌쭉 웃기까지 한다. 웃고 있는 그녀의 빨갛게 칠한 입술을 손으로 쥐어뜯어 주었으면 싶지만 농부는 참는다. 이 여편네는 기차가 연착하기를 오매불망˙하고 있었다는 투로구나, 젠장.

"후유. 다행이지 뭐야. 난 틀림없이 놓쳐 버린 줄로만 여겼다구요. 고생한 보람이 있군요."

농부는 눈살을 찌푸리며 여자를 훑어본다. 그녀는 꽤 비쌀 게 틀림없는 밍크 목도리를 두르고 있지만 참 지독히도 뚱뚱하다. 기름 찬 아랫배가 개구리마냥 불룩하고, 코트 속에 감춘 살덩어

부아 노엽거나 분한 마음.
오매불망하다(寤寐不忘--) 자나 깨나 잊지 못하다.

리가 터져 나올 듯 코트 자락을 압박하고 있다. 농부는 여인의 무릎에 여기저기 짓이겨진 눈을 훔쳐보며 저렇듯 둔하고 커다란 몸뚱이가 눈밭에 미끄러져 뒹굴었을 때 얼마나 거창한 소리가 났을까 하고 상상해 보는 걸로 화풀이를 대신한다.

처녀는 머리에서 눈을 털어 내고 있고 행상꾼 아낙네들은 보따리를 내려놓은 다음 난로로 달려와 한 자리씩 차지했다. 그러다가 뚱뚱보 중년 여자가 표를 사기 위해 매표구 쪽으로 가는 눈치였으므로 나머지 세 여자도 어정어정˙ 그녀를 따라간다.

"여보세요, 기차 아직 안 왔대믄서요?"

뚱뚱보가 매표구 유리창을 두드리며 뻔한 질문을 안으로 쑤셔 박아 넣었을 때 늙은 역장은 벌써 차표를 준비하고 있던 참이다.

"예예. 조금만 기다리십시오. 곧 올 겁니다."

역장은 표를 넉 장 팔았다. 처녀와 중년 여인은 서울행이고 아낙네들은 읍내까지 가는 모양이다.

그녀들이 다시 난로 쪽으로 달려가고 나자 역장은 대합실을 넘겨다보며 오늘 막차는 뜻밖에 손님이 많은 편이라고 생각한다. 대합실에 있는 아홉 명 가운데서 표를 산 사람은 여덟이다. 의자 위에서 웅크린 채 잠들어 있는 그 미친 여자는 늘 공짜 승객이기 때문이다. 아홉 시 오 분 전이다. 역장은 암만해도 톱밥을

어정어정 키가 큰 사람이나 짐승이 이리저리 천천히 걷는 모양.

더 가져다 주어야 하리라고 여기며 장갑을 찾아 끼고 일어선다.

 난로를 에워싸고 있는 사람은 어느덧 일곱으로 불어났다. 늦게 나타난 것이 무슨 특권인 양, 여자들은 비좁은 틈을 비집고 들어와 각기 섭섭지 않게 공간을 확보했다. 그 통에 중년 사내는 연통 뒤편으로 밀려나고 말았다.
 청년은 아직도 저만치 창가에 서 있고 미친 여자는 죽은 듯 움직이지 않는다.
 한동안 여자들은 추위 속을 걸어온 끝에 마침내 불기를 쬘 수 있게 되었다는 사실에 감격해서 한마디씩 호들갑을 떨기 시작한다. 덕분에 푹 가라앉아 있던 대합실이 부쩍 활기를 띠는 것 같다.
 "영락없이 난 얼어 죽는 줄 알았당께. 발톱이 다 빠질 것 같드라고, 금매˙."
 "그랑께 내 뭐라고 그랍디여. 눈 오는 날은 일찌감치 기차 탈 염˙을 해야 된다고라우. 싸래기만 조끔 쏟아져도 버스가 망월재를 못 넘어간당께요."
 "글씨, 자네 말을 들을 거신디. 무담씨˙ 그놈의 버스 기다리니라고 생고상만 했네, 그랴."

금매 '글쎄'나 '도대체' 정도의 뜻으로 쓰이는 사투리.
염(念) 무엇을 하려고 하는 생각이나 마음.
무담씨 '괜히'나 '쓸데없이' 정도의 뜻으로 쓰이는 사투리.

아낙네들은 목청도 크다. 그녀들의 목소리가 대합실 사방 벽을 쨍쨍 울리며 튕겨 다닌다. 그녀들은 눈에 길이 막혀 버스가 오지 못한다는 걸 늦게야 전해 듣고는, 으레 지각하기 일쑤인 완행열차를 혹시나 탈 수 있을까 하고 역까지 허겁지겁 달려 나온 참이었다.

"어머, 안심하긴 아직 일러요. 혹시 누가 알아요. 기차도 와 봐야 오는가 부다 하지."

뚱뚱이 여자가 말했을 때 아낙네들은 문득 멀뚱한 얼굴로 그녀를 쳐다본다. 하지만 둘 중 누구도 그 말을 선뜻 받지 못한다. 눈부시게 흰 밍크 목도리와 값비싼 코트를 걸친 여자의 반질반질한 서울 말씨가 그녀들을 주저하게 했을 것이다. 무엇보다도 그녀가 난로 가까이 바로 그녀들의 코앞에 보란 듯이 펼쳐 놓은 손, 비록 과도한 영양 섭취 탓으로 뭉뚝하게 살이 쪄서 예쁘지는 않지만 그래도 뽀얗게 살집이 고운 그 손가락에 훌륭한 보석 반지가, 그것도 두 개씩이나 둘리어져 있는 것 때문에 아낙네들은 은근히 기가 질린다. 저 여자는 구정물*통에 손 한 번 담가 보지 않고 사는 모양인갑네. 아낙네들은 불어 터진 오징어 발마냥 볼품없이 아무렇게나 난로 위에 펼쳐 놓은 자기들 손이 문득 죄 없이 부끄럽다.

뚱뚱이 서울 여자는 눈치도 빠르다. 주위의 그런 분위기를 이

구정물 무엇을 씻거나 빨거나 하여 더러워진 물.

내 간파해 내고 내심 우쭐한다. 그녀는 이제 얼었던 몸이 풀리고 나니 입이 심심해지기 시작한다. 하지만 시골 보따리 장사 여편네들 따위와 얘기한다는 것은 자신의 품위와도 관계가 있을 것이므로 다른 마땅한 상대를 찾기 위해 고개를 휘둘러본다.

마침, 맞은편에 서 있는 바바리코트 아가씨에게 초점이 맞춰진다. 스물대여섯쯤. 화장이 짙은 편이고, 머리엔 노리끼한 물을 들였다. 얼굴은 제법 반반한 편이지만 어딘지 불결감 같은 게 숨어 있는 듯하다. 도시의 뒷골목, 어둡고 침침한 실내, 야하게 쏟아지는 빨간 불빛, 청승맞은 유행가 가락……. 그런 짤막한 인상들이 티브이 광고처럼 서울 여자의 시야에 잠깐씩 머무르다 사라진다.

틀림없어. 그렇고 그런 계집애로군.

아무리 눈가림을 해도 내 눈은 속일 수가 없지, 하고 뚱뚱이 서울 여자는 바바리 아가씨에 대한 까닭 없는 악의를 준비하며 확신하듯 중얼거린다.

바바리코트 처녀는 고개를 갸웃 숙인다. 처녀는 맞은편 중년 여자의 시선이 제게 따갑게 부어지고 있음을 느끼면서도 부러* 모른 척한다.

홍, 지까짓 게 쳐다보면 어때.

처녀의 이름은 춘심이다. 그래, 춘심이가 내 이름이다. 어쩔

---

* 부러 실없이 거짓으로.

래. 그녀는 은근히 부아가 치민다. 도대체 사람들은 뻔뻔스럽게 왜 남을 찬찬히 훑어보는 개 같은 버르장머리를 갖고 있는지 모르겠다. 그녀는 다른 사람들이 자기를 쳐다보는 듯한 눈치가 뵈면 아주 딱 질색이다. 그것은 흡사 온몸을 하나하나 발가벗기는 것 같아서 불쾌하기 그지없다. 참 알 수 없는 일인 것이, 그녀는 어둠 속에서 혹은 빨간 살구알 전등이 유혹하듯 은근한 불빛을 쏟아 내는 방구석에서, 또는 취한 사내들과 뚜덕뚜덕 젓가락 장단을 맞춰 가며 뽕짝을 불러 대는 술자리에서라면 누구 못지않은 용감한 여자인 것이다.

부끄러움? 흥, 그따위 잊은 지 왕년이다. 실오라기 같은 팬티 한 잎 걸치고 홀랑 벗어 제친 몸뚱이 하나만으로도 사내들 얼을 빼놓기쯤이야 그녀에겐 식은 죽 먹기다. 춘심이. 적어도 신촌 바닥에서 민들레집 춘심이 하면 아직은 일류다. 하지만 그런 그녀가 대낮에 행길에 나서기만 하면 형편없는 겁쟁이 계집애가 되고 마는 거였다⚜. 무슨 벌거지• 떼처럼 무수히 거리를 오가는 행인들 중에 민들레집 춘심이의 얼굴을 기억할 사람이라곤 좀체 없을 터인데도 그녀는 언제나 고개를 쳐들기가 어려웠다. 벌써 삼 년째 되어 가는 이력에도 불구하고 그 버릇은 여전히 떨어지지 않고 있었다.

⚜ 하지만 그런 그녀가 ~ 계집애가 되고 마는 거였다 자신의 처지가 화류계 여인이라는 생각에 낮에는 수눅이 들고 남 보기가 부끄러웠다는 뜻이다.
벌거지 '벌레'의 사투리.

춘심이는 애써 고개를 빳빳이 세워 뚱뚱이 여자가 자기를 여전히 뻔뻔스레 훑고 있음을 확인한다. 이제 춘심이는 아까보다 훨씬 오만한 표정을 떠올리며 무심한 척 난로의 불빛만 들여다보기로 한다.

춘심이는 고향에 내려왔다가 서울로 다시 올라가는 길이다. 중학을 졸업하고 나서 몇 년 빈둥거리다가 어느 날 밤 무작정 상경한 후로 ― 그때도 바로 이 기차였다 ― 삼 년 만에 처음 찾아온 고향 집이었다. 그래도 편지는 가끔 띄웠었다. 물론 이쪽 주소는 한 번도 알려 주지 않았다. 화장품 회사에 다닌다고 전해 두긴 했지만 식구들이 꼭 믿는 눈치는 아니었다.

어쨌든 그녀의 귀향은 비교적 환영을 받은 셈이었다. 때 묻은 가방 하나만 꿰차고 줄행랑을 친 계집애가 완연한 멋쟁이 처녀로 변신해서 얼마의 돈과 식구들은 물론 친척 어른들 몫까지 옷 가지며 자질구레한 선물들을 꾸려 갖고 나타났으니 그럴 법도 했다. 휴가를 틈타 내려온 걸로 된 그 닷새 동안, 오랜만에 그녀는 고향에서 어린 시절의 행복을 되찾은 기분이었다. 이름도 춘심이가 아니라, 예전의 옥자로 돌아왔다. 하지만 고무줄처럼 느즈러진 시골 생활이 조금씩 지겨워지기 시작했을 즈음, 알맞게도 닷새간의 옥자 역은 끝나 주었으므로 그녀는 다시 춘심이가 되기 위해 산골짜기 고향 집을 나선 거였다.

언니, 나도 언니 댕기는 회사에 취직 좀 시켜 주소 잉.

그래. 염려 마. 내 서울 가서 연락해 줄게.

더러는 콧물을 찍어 내고 있는 식구들을 뒤로 한 채, 하이힐을 삐적거리며 고샅을 빠져나올 때 동생 옥분이가 쭈르르 뒤쫓아 나와 신신당부하던 일이 떠올라 춘심이는 혼자 쓴웃음을 짓는다.

미친년. 그 짓이 뭔지도 모르구…….

문득 가슴 한쪽이 싸아 아려 와서 그녀는 손수건을 꺼내어 팽 코를 푼다.

이윽고 멀리서 기적 소리가 울려 왔다.

기차다. 온다. 행상꾼 아낙네들과 서울 여자가 맨 먼저 짐 꾸러미를 챙겨 들었고, 의자에 앉아 졸고 있는 노인을 황급히 흔들어 깨워 농부가 등에 업었다. 중년 사내와 창가에 혼자 서 있던 대학생도 천천히 몸을 돌려 세운다. 미친 여자마저 그 소란통에 부시시 일어났다.

그들이 문을 열어 제치고 플랫폼 쪽으로 바삐 몰려가고 있을 때 저편 어둠을 질러오는 불빛을 확실히 볼 수 있었다. 하지만 뜻밖에 기차는 속도를 조금도 늦추지 않은 채로 그들을 지나쳐 가고 말았다. 유난히 밝은 기차 내부의 불빛과 승객들의 거뭇거뭇한 머리통 정도조차도 언뜻 분간하기 어려웠을 만큼 기차는

고샅 시골 마을의 좁은 골목길.
신신당부하다(申申當付--) 거듭하여 간곡히 당부하다.

쏜살같이 반대쪽으로 내달려 가 버렸다.

기차가 사라지고 난 뒤 사위는 다시금 고요해졌다. 눈발이 하염없이 쏟아지고 있을 뿐 모두가 아까 그대로 남아 있다. 달려 나왔던 사람들은 한참이나 어안이 벙벙하다. 방금 그들의 눈앞을 스쳐 지나간 것은 꿈속에서 본 휘황한 도깨비불이거나 난데없는 돌풍에 휩쓸려 날아가 버린 무슨 발광체였는지도 모른다. 그만큼 그것은 순식간에 일어난 일이었다.

기차가 스쳐 간 어둠 저편에서 손전등을 든 늙은 역장이 나타나 그것이 특급 열차라고 알려 주었을 때에야 사람들은 풀죽은 모습으로 대합실로 어기적어기적 되돌아왔다.

"나 원 참, 좋다가 말았구마이."

누군가 투덜댔다. 난로를 차지하고 둘러서서 한동안은 모두들 입을 봉하고 있다. 저마다 실망한 기색이다. 대학생은 아까처럼 창을 내다보고 있고 미친 여자는 의자에 멀뚱하게 앉아 있다.

조금 있으려니, 문이 열리며 역장이 바께쓰를 들고 나타난다. 바께쓰 속엔 톱밥이 가득 들어 있다.

"추위에 고생하십니다요."

농부가 얼른 인사를 차린다. 그에겐 제복을 입은 사람은 무조건 존경의 대상이 된다.

사위(四圍) 사방의 둘레.
바께쓰 '양동이'의 일본말.

"뭘요. 그나저나 이거 죄송합니다. 기차가 자꾸 늦어지는군요."

눈이 오니까 그렇겠지라우, 하고 너그러운 소리를 농부가 또 덧붙인다.

역장은 난로 뚜껑을 열고 안을 살펴본다. 생각보다 톱밥이 꽤 남았다. 바께쓰를 기울여 톱밥을 반쯤 쏟아 넣은 다음 바께쓰는 다시 바닥에 내려놓는다. 역장은 돌아가지 않고 함께 이야기를 주고받기 시작한다. 그도 역시 무료했으리라.

눈 얘기, 지난 농사와 물가에 관한 얘기, 얼마 전 새로 갈린 면장과 머잖아 읍내에 생기게 된다는 종합 병원 이야기에 이르기까지 화제는 이어진다. 처음엔 역장과 농부가 주연이었지만 차츰 여자들도 끼어들게 된다. 그들 중 음울한 표정의 젊은 사내만이 끝내 입을 열지 않은 채로이다.

역장이 나타나는 바람에 자리가 더욱 좁아졌으므로, 중년 사내는 난로 가까이 놓아둔 자신의 작은 보퉁이를 한편으로 치워놓는다. 그 보퉁이엔 한 두름[•]의 굴비, 그리고 낡고 때 묻은 내복 따위 같은 사내의 옷가지가 들어 있을 뿐이다. 그것은 사내가 벽돌담 저쪽의 세상에서 가지고 나온 유일한 재산이다.

"선생은 향촌리에 사시우?"

늙은 역장이 곁의 중년 사내에게 묻는다.

두름 조기 등의 물고기를 짚으로 한 줄에 열 마리씩 두 줄로 엮은 것.

"아, 아닙니다."

"그래요. 근데 무슨 일로……."

"누굴 찾아왔다가 그만 못 만나고 가는 길입지요."

"누굴 찾으시는데요. 어디 말씀해 보구려. 이 근처 삼십 리 안팎에 있는 동네라면 내가 얼추 다 아니까요. 허허."

"아, 아닙니다. 제가 주소를 잘못 알았었나 봅니다."

오, 그래요. 역장은 사내가 뭔가 말하기를 꺼려 한다는 느낌을 받았으므로 더 캐묻지 않는다.

톱밥 난로의 열기가 점점 강하게 퍼져 오르고 있다. 역장은 난로의 뚜껑을 닫고 나서 한산도˙를 꺼내 사내와 농부에게 권한다. 그들은 담배를 피우기 시작한다.

사내는 기차를 타기 전, 서울역 앞에서 그 굴비 한 두름을 샀다. 언젠가 감방에서 허 씨가 흰 쌀밥에 잘 구운 굴비를 먹고 싶다고 말한 적이 있었기 때문인지도 모른다. 비록 허 씨 자신은 먹을 수 없겠지만, 홀로 산다는 허 씨의 칠순 노모에게 빈손으로 찾아갈 수는 없었으므로 역 광장의 행상꾼에게서 한 두름을 샀다. 그리고 밤 내내 완행열차를 타고 이날 새벽 사평역에서 내려 허 씨가 일러 준 대로 그 조그마한 산골 마을을 찾아들었던 것이다.

하지만 허 씨의 노모는 이미 만날 수가 없었다. 죽어 묻힌 지

한산도 1980년대에 판매되던 담배 이름.

가 오 년도 넘었다고 했다. 노모가 죽은 이듬해, 허 씨의 형도 식솔들을 데리고 훌훌 마을을 떴고, 그 후 그들의 소식은 영영 끊어졌다는 거였다.

그 말을 전해 듣는 순간 사내는 사지의 힘이 일시에 빠져나가는 듯한 허탈감을 맛보았다. 어느덧 초로에 접어든 허 씨의 쓸쓸한 모습이 눈앞에 선히 떠올랐다. 노모의 죽음조차 모르고 비좁은 벽돌담 안에 갇힌 채 다만 다른 사람들의 것일 따름인 그 숱한 계절들을 맞고 보내다가, 어느 날인가는 푸른 옷에 싸여 죽음을 맞아야 할 늙고 병든 무기수의 얼굴이 사내의 발길을 차마 돌릴 수 없도록 만드는 거였다. 등 뒤에 두고 돌아서려니, 사내는 그 마을이 바로 자기의 고향인 듯한 느낌이 들었다. 그의 고향은 본디 이북이었지만 피난 통에 가족들과 헤어져 집도 부모도 없이 떠돌아다니며 커 왔던 것이었다.

하염없이 눈송이만 펑펑 쏟아지는 산길을 걸어 나오며 사내는 자꾸만 발을 헛디뎠다. 문득 되돌아보면 멀리 산골 초가의 굴뚝에선 저녁 짓는 연기가 은은히 피어오르고 있었다. 눈 내리는 산자락에 고요히 묻혀 가는 저녁 무렵의 산골 풍경은 눈물겹도록 평화스러워 보였다.

이보쇼, 허 씨. 당신이나 나는 이젠 매양 마찬가지구료. 피차 어디 찾아갈 곳 하나 없어졌으니 말이오. 하지만 그래도 당신은 나보다야 낫소. 그 속에 있으면 애써 고향을 찾아 나설 수도, 또 그래야 할 필요도 없을 테니까 말이외다. 허허허. 그나저나 난 도대체 이제부터 어디로 가야 한다는 말이오.

사내는 휘적휘적 눈길을 헤쳐 내려오며 몇 번이나 그렇게 넋두리를 했다.

역장은 시계를 본다. 아홉 시 반. 이거 너무 늦는걸. 그러다가 역장은 저만치 창가에서 서성이고 있는 청년을 새삼 발견한다.

청년은 벽에 붙은 지명 수배자 포스터를 들여다보고 있는 참이다. 포스터엔 스무 명 남짓, 지극히 평범하게 생긴 한국 사람들의 얼굴이 붙어 있고 그 밑에 성명, 나이, 범행 내용, 인상착의 따위가 기록되어 있다. 그 중 몇은 '검거'라고 쓰인 붉은 도장이 쿵쿵 박혀져 있다. 수배자들의 사진 가운데엔 대학생이 아는 얼굴도 하나 끼어 있다. 그는 청년의 선배이다. 시위를 주동한 혐의로 선배는 몇 달 전부터 수배되어 있는 중이다. 청년은 지금 그 선배의 사진과 무슨 얘기라도 나누는 양 골똘히 마주 대하고 있다. 바로 그때 역장이 청년을 불렀으므로 청년은 적이˚ 놀란 모양이다.

"이봐요, 젊은이 추운데 거기 있지 말고 이리 와서 불 좀 쬐구려."

청년은 우물쭈물하더니 이윽고 난로 쪽으로 걸어온다. 그리고 역장에게 꾸벅 고개를 숙인다.

"누구……더라."

역장은 의외라는 표정이다. 청년의 얼굴이 금방 기억나지 않

˚ 적이 꽤 어지간한 정도로.

는다.

"저, 역장님은 잘 모르실 거예요. 고등학교 때 통학하면서 줄곧 뵈었는데……. 재 너머 오동삼 씨가 제……."

"아아, 이제야 알겠네. 자네가 바로 오 씨 큰아들이구먼. 지금 대학에 다닌다면서, 그렇지?"

"예……."

"맞아. 작년 여름에 내려왔을 때도 봤었지. 그래, 방학이라서 집에 왔구먼."

"예……."

역장은 청년을 새삼 믿음직스러운 듯 바라본다. 역장은 그를 기억해 낼 수 있다. 어릴 때부터 남달리 성실하고 착한 학생 같았다. 여느 애들과는 다르게 생각이 많아 뵀고 늘 손에 책이 들리워져 있는 것도 대견스러웠다. 그러길래 청년이 인근 마을에선 유일하게 도회지의 국립 대학에 합격했다는 소문을 들었을 때, 그게 우연이 아니라고 여겼던 것이다.

"아믄,* 공부 열심히 해서 성공해야지. 뒷바라지하시느라 촌구석에서 뼈 빠지게 고생하시는 부모님 호강도 시켜 드리고, 고향에 좋은 일도 많이 해야 하네. 알겠는가."

"예……."

역장이 어깨를 툭툭 두드려 주며 격려했고, 청년은 고개를

아믄 '아무렴'의 사투리. 말할 나위 없이 그렇다.

떨군 채 희미한 대답을 한다.

　불현듯 청년의 뇌리엔 아버지의 얼굴이 떠오른다. 소나무 등걸처럼 투부룩한˙ 아버지의 손. 그 손으로 아버지는 평생을 논밭만 일구며 살아왔다. 아버지의 꿈은 판사 아들을 두는 거였다. 그렇게만 된다면 내일 죽어도 한이 없노라고, 젊은 시절을 남의 집 머슴으로 전전했던 가난한 아버지는 대학생이 된 아들 앞에서 주먹을 불끈 쥐어 보이곤 하던 거였다.

　청년에겐 동생이 다섯이나 있었다. 모두가 국민학교만 겨우 마쳤거나 아직 다니고 있는 중이었다. 청년은 그의 집의 유일한 희망이었고, 어김없이 찾아올 밝아 오는 새벽이었다. 그런 부모와 형제들 앞에서 끝내 퇴학당했다는 말을 꺼낼 수가 없었다. 언젠가 여름에 자기도 그냥 집에 내려와 농사나 짓는 게 어떻겠느냐고 한마디 건넸다가 그만 노발대발한 아버지에게 용서를 비느라 혼쭐이 난 적도 있었다. 결국 아무런 얘기도 꺼내 보지 못하고 이젠 누구 하나 찾아갈 사람도 없는 그 거대한 도시를 향해 집을 나섰을 때 청년은 하마터면 울음을 터뜨릴 뻔하였다.

　자, 이거 받으라이. 느그 아부지가 준 돈은 책값하고 하숙비 빼면 니 쓸 것도 부족하꺼이다. 괜찮다이. 내, 그동안 몰래 너 오면 줄라고 모아 둔 돈이니께. 달걀도 모았다가 팔고 동네 밭일해 주고 품삯 받은 거이다. 아무쪼록 애껴 쓰면서, 공부도 좋

투부룩하다 '투박하고 거칠다'의 사투리.

재만 항상 몸을 살펴야 쓴다이.

　동구 밖까지 따라 나온 어머니는 꾸깃꾸깃 때에 전 돈을 억지로 손에 쥐어 주었다. 어머니와 동생들은 마른버짐이 허옇게 핀 얼굴로 그가 고개를 꼬박 넘어설 때까지 손을 흔들고 있었다.

　흥, 대학생? 그까짓 대학생이 무슨 별거라구…….

　춘심이는 역장과 청년의 대화를 들으며 입을 비쭉인다.

　춘심이가 벌써 삼 년간이나 몸 비비고 사는 민들레집 근방 일대엔 서너 개의 대학이 몰려 있었으므로 허구한 날 보게 되는 게 대학생이었다. 그 녀석들은 덜렁대며 책가방을 들고 다니긴 하지만 대체 언제 공부를 하는 줄 모르겠다고 그녀는 늘 의아해했다. 아침이면 교문으로 엄청난 수가 떼를 지어 몰려 들어갔고, 어쩌다 교문 앞을 지나치다 보면 거의 날마다 무슨 운동회다 축제 행사다 해서 교정이 뻑적지근하도록 시끄러웠다. 게다가 삐끗하면 데모다 시위다 하여 죄 없는 부근 주민들까지 매운 냄새를 맡게 만들었기 때문에 번번이 장사에 지장도 많았다. 하필 학교 정문으로 통하는 네거리 길목에 자리 잡은 민들레집으로서는 데모가 터졌다 하면 그날 장사는 종을 쳤다. 그런 날은 일찌감치 문 닫고 그녀들은 옥상으로 올라가 한여름에도 신라 시대 장군들처럼 투구에다 갑옷 차림으로 학교 문 앞을 겹겹이 막고 도열해 있는 사람들[*]을 재미나게 구경하는 거였다.

---

[*] 한여름에도 신라 시대 ~ 도열해 있는 사람들 데모를 진압하러 온 전투 경찰들.

하교 시간이면 술집들이 빽빽하게 들어차기 시작했다. 무슨 뼈 빠지는 막노동이라도 종일 하고 온 사람마냥 열나게 술을 퍼마시는 녀석들, 알아듣지도 못할 골치 아픈 얘기 따위나 해대며 괜시리 진지한 척 애쓰는 배부른 녀석들. 그것이 춘심이네가 생각하는 대학생들이었다. 그러다가 그들은 자정이 넘어서야 곤드레가 되어 더러는 민들레집을 찾아 기어 들어오기도 했는데, 가끔 술값이 모자라 이튿날 아침이면 가방을 잡혀 두고 허겁지겁 돈 구하러 뛰어나가는 얼빠진 녀석들도 있었다.

그러나 아무리 입을 비쭉여 대긴 해도 대학생은 역시 부러운 존재였다. 그들은 모두 머잖아 도심지의 고층 빌딩을 넥타이 차림으로 오르락내리락할 것이고, 유식하고 잘난 상대를 만나 그럴싸한 신혼 살림에 그럴싸하게 살아갈 것이라는 뻔한 사실 때문인지도 모른다. 언젠가 춘심이는 민들레집 계집애들과 함께 일이 없는 오후에 근처 대학교로 놀러갔었다. 그러나 그녀들은 교문에 들어서기도 전에 수위한테 내쫓김을 당했다. 씨발, 여대생은 얼굴에 무슨 금딱지라도 붙이고 다닌다던. 춘심이는 홧김에 씹고 있던 껌을 교문 돌기둥에 꾹꾹 눌러 붙여 놓고 돌아왔다.

쿨룩쿨룩.

노인이 기침을 시작한다. 농부는 노인의 가슴을 크고 볼품없는 손으로 문질러 준다. 난로가 달아오르고 있다. 훈훈한 열기가 주위에 서 있는 사람들의 몸을 기분 좋게 적신다.

남자들이 담배를 피우는 모습을 보고 있으려니 여자들은 문득 입안이 허전한가 보다. 아낙네 하나가 보따리에 손을 집어넣고 무엇인가를 찾고 있다. 이윽고 아낙의 손끝에 북어 두 마리가 따라 나온다. 그녀는 그걸 대뜸 난로 위에 얹어 굽더니 북북 찢어 내어 사람들에게 골고루 나누어 준다.
　"벤벤찮으요만* 잡숴들 보실라요. 입이 궁금할 때는 이것도 맛이 괜찮합디다."
　"고맙긴 하오만, 이렇게 먹어 버리면 뭐 남기나 하겠소?"
　역장이 한 조각 받아 들며 말한다.
　"밑질 때 밑지드라도 먹고 싶을 때는 먹어야지라우. 거시기, 금강산도 식후갱이라 안 합디여. 히히히."
　아낙은 제법 유식한 말을 했다는 생각에 스스로 대견해서 익살맞게 이빨을 드러내고 웃는다.
　농부와 대학생과 춘심이도 한 오라기씩 입에 넣고 우물거리고 있다. 뚱뚱이 서울 여자는 마지못한 시늉으로 그걸 받더니, 행여 더러운 것이라도 묻지 않았나 싶은 듯 손가락 끝에서 요모조모 뜯어보다가 입에 넣었다. 그녀는 여전히 마지못한 표정을 짓고 있었지만 속으로는 그게 생긴 것보다는 맛이 괜찮다고 생각한다. 그러고 보니 그녀는 저녁을 거른 채로였다.
　"북어를 팔러 다니시는가 부죠."

✤ 벤벤찮으요만 '변변찮지만'의 사투리. 제대로 갖추어지지 못하여 부족한 점이 있지만.

뚱뚱이 여자는 북어 얻어먹은 걸 반지르르한 서울말로 갚아야겠다는 속셈이다.

"북어뿐 아니라 김, 멸치, 미역 같은 해산물도 갖고 다녀라우. 산골이라 해산물이 귀해서 그런지 사평에 오면 그런대로 사 주는 편입디다."

"저쪽 아주머니두요? 보따리가 꽤 커 보이는데."

"아니라우. 나는 옷 장사요. 정초도 가까워 오고 해서 애들 옷가지랑 노인네 솜바지 같은 걸 조까* 많이 떼어 와 봤등만, 이번엔 영 재미를 못 봤소야. 삼사 일 전에 다른 옷 장사가 먼저 들러 갔다고 그럽디다. 오가는 차비 빠지기도 힘들게 돼 부렀는갑소."

"아따, 성님도 엄살은. 그만큼 팔았으면 됐지, 손해는 무슨 손해요."

젊은 아낙은 북어 두 마리를 더 꺼내어 난로에 얹으며 호들갑을 떤다.

"근데 이거 기차도 다 틀린 건 아닌지 모르겠네. 어떡하믄 좋지. 이눔의 시골 바닥엔 여관 하나도 안 보이던데, 쯧."

서울 여자가 코를 찡그린다.

"누구, 아는 사람을 찾아오신 게 아닌갑네요?"

젊은 아낙이 퍽 호의를 보이며 묻는다.

조까 '조금'의 사투리.

"아는 사람이 누가 있겠수. 이런 두메산골은 눈 째지고 나서 첨 와 봤다구요. 말로만 들었지, 종이쪽지 하나 들구 찾아와 보니깐 이거 원. 이게 모두가 다 그……."

모두가 다 그 몹쓸 년 때문이지 뭐야, 하려다가 서울 여자는 입을 오므리고 만다. 단무지마냥 누렇게 뜬 사평댁의 낯빛이 눈에 선하게 떠오른 까닭이다.

뚱뚱이 여자는 이날 아침 버스로 사평에 도착했다. 하지만 사평댁이 사는 마을은 고개를 둘이나 넘어야 하는 산골짜기에 있었다. 커다란 몸집을 절구통 옮기듯 씩씩거리며 두어 시간이나 걸려 마을에 다다랐을 때는 점심 나절이 한참 넘어서였다.

그녀는 사평댁을 만나면 머리채부터 휘어잡고 그동안 쌓인 분풀이를 톡톡히 할 참으로 벼르고 있었다. 그녀는 서울에서 음식점을 하나 갖고 있었는데 몇 달 전만 해도 사평댁은 주방에서 일을 했었다. 갓 서른이 넘은 나이에 성깔도 고와 뵈고 믿을 수 있을 것 같아서 그녀는 남다른 신뢰와 애정을 베풀어 주었노라고 지금도 자부하고 있는 터였다. 한데, 믿는 뫂에 뭐가 핀다더니 바로 그 사평댁에게 가게를 맡기고 단풍놀이를 갔다가 돌아와 보니 사평댁은 돈을 챙겨 넣은 채 온다 간다 말도 없이 사라져 버리고 없던 거였다. 이상한 건 금고에 돈이 더 있었는데도 없어진 것은 다만 삼십여 만 원 정도였다. 하지만 그녀가 분해하는 것은 없어진 돈 때문만은 아니었다. 세상이 아무리 막되었기로서니 친언니보다도 더 극진히 믿고 위해 주었던 은혜를 사평댁이 감쪽같이 배신했다는 사실이 더욱 분했다. 처음엔 그저 잊어버리고 말지, 했으나 생각하면 할수록 부아가 치밀어 올라 급기야는 어설픈 기억을 더듬어 사평댁의 고향으로 이날 쫓아 내려온 거였다.

사평댁이 살고 있는 마을은 지독한 빈촌이었다. 겨우 이십여 호 남짓한 흙벽돌 집들은 대부분이 초가였고, 한결같이 금방이라도 귀신이 나올 듯한 험상맞은 꼬락서니를 하고 있었다. 산비탈 여기저기에 밭을 일구어 간신히 입에 풀칠이나 하고 살아가는 화전민촌이라는 사실을 첫눈에 쉽사리 알 수 있었다.

세상에, 이눔의 동네는 그 요란한 새마을 운동인가 뭔가도 여태 구경 못 했담.

발 디딜 자리 없이 쇠똥이 지천으로 내갈겨진 고샅을 더듬어 올라가며 그녀는 내내 오만상을 구겨야 했다. 엄청나게 큰 아가리를 벌리고 있는 똥통이며 두엄 더미, 그리고 어쩌다 마주치는 시골 사람들의 몰골은 하나같이 수세미처럼 거칠고 쭈그러져 있었다.

금방 주저앉을 듯한 초가 사립을 들어섰을 때 그녀는 이미 그때까지 등등하던 기세가 사그라져 버리고 없었다. 기척을 들었는지 누구요, 하고 방문을 연 것은 바로 사평댁이었다. 순간 그녀를 보자마자 사평댁은 그 자리에서 풀썩 주저앉고 마는 거였다. 처음에 그녀는 송장같이 핼쑥한 그 여자가 바로 사평댁이라는 사실을 깨닫지 못했다. 그만큼 사평댁은 오랜 병석의 기색이 완연했다.

 에그머니나. 이게 무슨 꼴이야. 곱던 얼굴이 세상에 이렇게 못쓰게 될 수가 있담. 아니, 정말 네가 사평댁이 틀림없니, 틀림없어?

 머리채를 박박 쥐뜯어 놓겠다고 벼르던 일은 까맣게 잊고 뚱뚱이 여자는 사평댁의 허깨비 같은 몸뚱이를 부둥켜안고 안타까워 어쩔 줄을 몰랐다. 속사정이야 제쳐 두고 우선 두 여자는 한참 동안 울음보를 풀었다. 서울 여자는 일찍이 젊어 과부가 된 제 팔자가 새삼 서러웠을 테고, 송장같이 말라빠진 사평댁 또한 기구한 제 설움에 겨워 눈물을 쭐쭐 쏟아 내었다.

 한바탕 소란이 끝나고 차츰 그간의 경위를 들어 보니 사평댁의 소행이 이해가 갈 만도 했다. 본디 사평댁은 결혼 후 그 마을에서 죽 살아왔노라고 했다. 주정뱅이에다가 노름꾼인 건달 남편과의 사이에 아이 둘을 낳았으나, 갈수록 심해지는 남편의 손찌검에 못 견뎌 집을 나온 거였다. 물론 그런 사실을 사평댁은 까맣게 숨기고 있었다. 그런 어느 날 식당에 우연히 들어온 고향 사람을 만났고, 그에게서 지난 겨울 술 취한 남편이 밤길 눈밭에서 얼어 죽었다는 소식을 들었다. 부모 없이 거지 신세가 되어 이 집 저 집에 맡겨져 있다는 아이들을 생각하니 한시도 머물러 있을 수가 없었노라고 사평댁은 울먹이며 자초지종을

완연하다(宛然--) 눈에 보이는 것처럼 아주 뚜렷하다.

털어놓았다. 그러고 보니 방 한쪽 구석에는 사평댁의 아이들이 눈이 휘둥그래져서 그녀들을 쳐다보고 있었다. 머리통은 부스럼딱지로 더뎅이˙가 져 있고 영양실조로 낯빛이 눌눌한˙ 아이들은 유난히 배만 불쑥 튀어나온 기이한 모습들이었다. 다시 한바탕 설움에 겨운 넋두리를 퍼붓다가 뚱뚱이 여자는 몸에 지닌 몇 푼의 돈까지 쓸어 모아 한사코 마다하는 사평댁의 손에 쥐어 준 채 황황히 그 집을 나오고 말았다.

　젠장맞을. 하여간 나는 정이 많은 게 탈이라구. 그 꼴을 하고 있는 줄 알았으면 애당초 여기까지 찾아오지도 않았을 거 아냐. 쯔쯔쯔.

　서울 여자는 분풀이라도 하듯 북어를 어금니로 쭉 찢어서 씹기 시작한다.

　짧은 순간, 사람들은 모두 바깥의 어둠에 귀를 모은다. 분명히 기적 소리다.

　야아, 오는구나.

　저마다 눈빛을 빛내며 그들은 서둘러 짐 꾸러미를 찾아 들고 플랫폼을 향해 종종걸음을 친다. 그러나 맨 앞장선 서울 여자가 유리문에 미처 다다르기도 전에 문이 드르륵 열리며 역장이 나

더뎅이　부스럼 딱지나 때 등이 거듭 붙어서 된 조각.
눌눌하다　빛깔이 누르스름하다.

타났다.

"그대로들 계십시오. 저건 특급 열찹니다."

그렇게 말하고 역장은 문을 다시 닫더니 플랫폼으로 바삐 사라진다.

참, 그러고 보니 저건 하행선이구나. 대합실 안의 사람들은 일시에 맥이 빠진다. 이번에도 특급이야? 뚱뚱이는 짜증스레 내뱉었고 아낙네들은 욕지거리를 섞어 가며 툴툴대었으며, 노인은 더 심하게 기침을 콜록거렸고, 농부는 이번엔 늙은이의 가슴을 쓸어 줄 생각을 하지 못했다. 중년 사내와 청년도 말없이 난롯가로 되돌아갔고 맨 뒤로 몇 발짝 따라 나왔던 미친 여자는 쭈뼛쭈뼛 눈치를 살피며 도로 의자 위에 엉덩이를 주저앉힌다.

그 사이, 열차는 쿵쾅거리며 플랫폼을 통과하고 있다. 차 내부의 불빛과 승객들의 미라 같은 형상들이 꿈속에서 보듯 현란한 흔적으로 반짝이다가 이내 사라져 버리고 말았다. 사위는 아까처럼 다시금 고요해졌고, 창밖으로 칠흑의 어둠이 잽싸게 제자리를 찾아 들어온다. 열차가 사라진 어둠 저편에서 늙은 역장의 손전등 불빛이 휘적휘적 걸어오고 있는 게 보인다. 그 모든 것이 아까와 똑같이 반복되고 있는 것이다.

대학생은 방금 눈앞에 나타났다가 사라진 열차의 불빛이 아직 자신의 망막에 남아 있는 듯한 느낌이다. 그것은 어느 찰나에 피어올랐다가 소리 없이 스러져 버린 눈물겨운 아름다움 같은 거였다고 청년은 생각한다. 어디일까. 단풍잎 같은 차창들을 달고 밤 열차는 또 어디로 흘러가고 있는 것일까. 그것이 마지막 가 닿는 곳은 어디쯤일까. 그런 뜻 없는 질문을 홀로 던지며 청년은 깊숙이 가라앉은 시선을 창밖 어둠을 향해 던지고 있다.

사람들은 누구도 입을 열지 않는다. 대합실 벽에 붙은 시계가 도착 시간을 한 시간 반이나 넘긴 채 꾸준히 재깍거리고 있었지만 누구 하나 눈여겨보는 사람도 없다. 창밖엔 싸륵싸륵 송이눈이 쌓여 가고 유리창마다 흰보랏빛 성에가 톱밥 난로의 불빛을 은은하게 되비추어 내고 있을 뿐.

사람들은 약속이나 한 듯 말을 잊었다. 어쩌면 그들은 열차를 기다리고 있다는 사실조차 망각하고 있는 것인지도 모른다. 중년 사내는 담배를 입에 문 채 성냥불을 댕기려다 말고 멍하니 난로의 불빛을 들여다보고 있다. 노인을 안고 있는 농부도, 대학생도, 쭈그려 앉은 아낙네들도, 서울 여자도, 머플러를 쓴 춘심이도 저마다의 손바닥들을 불빛 속에 적셔 두고 망연한 시선을 난로 위에 모은 채 모두들 아무 말도 하지 않았다. 저만치 홀로 떨어져 앉아 있는 미친 여자도 지금은 석고상으로 고요히 정지해 있다. 이따금 노인의 기침 소리가 났고, 난로 속에서 톱밥이 톡톡 튀어 올랐다.

"흐유. 산다는 게 대체 뭣이간디……."

불현듯 누군가 나직이 내뱉었다.

그러자 사람들은 그 말꼬리를 붙잡고 저마다 곰곰이 생각해 보기 시작한다. 정말이지 산다는 게 도대체 무엇일까…….

중년 사내에겐 산다는 일이 그저 벽돌담 같은 것이라고 여겨진다. 햇볕도 바람도 흘러들지 않는 폐쇄된 공간. 그곳엔 시간마저도 아무런 흔적을 남기지 않는다. 마치 이 작은 산골 간이역을 빠른 속도로 무심히 지나쳐 가 버리는 특급 열차처럼……. 사내는 그 열차를 세울 수도 탈 수도 없다는 것을 잘 알고 있다. 그러면서도 여전히 기다릴 도리밖에 없다는 것, 그것이 바로 앞으로 남겨진 자기 몫의 삶이라고 사내는 생각한다.

농부의 생각엔 삶이란 그저 누가 뭐래도 흙과 일뿐이다. 계절도 없이 쳇바퀴로 이어지는 노동. 농한기라는 겨울철마저도 융자금 상환과 농약 값이며 비료 값으로부터 시작하여 중학교에 보낸 큰아들놈의 학비에 이르기까지 이런저런 걱정만 하다가 보내고 마는 한숨철이 되고 만 지도 오래였다. 삶이란 필시 등뼈가 휘도록 일하고 근심하다가 끝내는 늙고 병들어 죽는 것이리라고 여겨졌으므로, 드디어 어려운 문제를 풀어냈다는 듯이 농부는 한숨을 길게 내쉰다.

서울 여자에겐 돈이다. 그녀가 경영하고 있는 음식점 출입문을 들어서는 사람들은 모조리 그녀에겐 돈으로 뵌다. 어서 오세요. 입에 붙은 인사도 알고 보면 손님에게가 아니라 돈에게 하는 말일 게다. 그래서 뚱뚱이 여자는 식사를 마치고 나가는 손님들에게 결코 안녕히 가세요, 라는 말은 쓰지 않는다. 또 오세요다.

그녀는 가난을 안다. 미친 듯 돈을 벌어서, 가랑이를 찢어 내던 어린 시절의 배고픈 기억을 보란 듯이 보상 받고 싶은 게 그녀의 욕심이다. 물론 남자 없이 혼자 지새워야 하는 밤이 그녀의 부댓자루 같은 살덩이를 이따금 서럽게 만들기도 한다. 하지만 그녀는 두 아들을 끔찍이 사랑했다. 소중한 두 아들과 또 그들을 행복하게 만드는 데에 쓰여질 돈, 그 두 가지만 있으면 과부인 그녀의 삶은 그런대로 만족할 것도 같다.

춘심이는 애당초 그런 골치 아픈 얘기는 생각하기도 싫어진다. 산다는 게 뭐 별것일까. 아무리 허덕이며 몸부림을 쳐 본들, 까짓 것 혀 꼬부라진 소리로 불러 대는 청승맞은 유행가 가락이나 술 취해 두들기는 젓가락 장단과 매양 한가지일걸 뭐. 그래서 춘심이는 술이 좋다. 아무것도 생각나지 않게 해 주는 술님이 고맙다. 그래도 춘심이는 취하면 때로 울기도 하는데 그 까닭이야말로 춘심이도 모를 일이다.

대학생에겐 삶은 이 세상과 구별할 수 없는 그 무엇이다. 스물셋의 나이인 그에게는 세상 돌아가는 내력을 모르고, 아니 모른 척하고 산다는 것은 절대로 용서할 수 없다. 그런 삶은 잠이다. 마취 상태에 빠져 흘러보내는 시간일 뿐이라고 청년은 믿고 있다. 하지만 그는 얼마 전부터 그런 확신이 조금씩 흔들리기 시작하는 걸 느끼고 있다. 유치장에서 보낸 한 달 남짓한 기억과 퇴학. 끓어오르는 그들의 신념과는 아랑곳없이 이루어지고 있는 강의실 밖의 질서……. 그런 것들이 자꾸만 청년의 시야를 어지럽히고 혼란을 일으키고 있는 중이다.

행상꾼 아낙네들은 산다는 일이 이를테면 허허한 길바닥만 같다. 아니면, 꼭두새벽부터 장사치들이 떼거리로 엉켜 아우성치는 시장에서 허겁지겁 보따리를 꾸려 나와, 때로는 시골 장터로 혹은 인적 뜸한 산골 마을로 돌아다니며 역시 자기네 처지보다 나을 것이라곤 눈곱만큼도 없는 시골 사람들 앞에서 거짓말 참말 다 발라 가며 펼쳐 놓는 그 싸구려 옷가지 같은 것인지도 모른다. 어쨌든 그녀들에겐 그따위 사치스런 문제를 따지고 말고 할 능력도 건덕지도 없다. 지금 아낙네들의 머릿속엔 아이들에게 맡겨 둔 채로 떠나온 집 생각으로 가득 차 있다. 어린것들이 밥이나 제때에 해 먹었을까. 연탄불은 꺼지지 않았을까. 며칠째 일거리가 없어 빈둥대고 있는 십 년 노가다 경력의 남편이 또 술에 취해서 집구석에 법석을 피워 놓진 않았을까…….

그러는 사이에도, 밖은 간간이 어둠 저편으로 바람이 불어왔고, 그때마다 창문이 딸그락거렸다. 전신주 끝을 물고 윙윙대는 바람 소리, 싸륵싸륵 눈발이 흩날리는 소리, 난로에서 톡톡 튀어 오르는 톱밥. 그런 크고 작은 소리들이 간헐적으로 토해 내는 늙은이의 기침 소리와 함께 대합실 안을 채우고 있을 뿐, 사람들은 각기 골똘한 얼굴로 생각에 빠져 있다.

대학생은 문득 고개를 들어 말없이 모여 있는 그들의 얼굴을 하나하나 눈여겨본다. 모두의 뺨이 불빛에 발갛게 상기되어 있다. 청년은 처음으로 그 낯선 사람들의 얼굴에서 어떤 아늑함이랄까 평화스러움을 찾아내고는 새삼 놀라고 있다. 정말이지 산다는 것이란 때로는 저렇듯 한 두름의 굴비, 한 광주리의 사과를 만지작거리며 귀향하는 기분으로 침묵해야 하는 것인지도 모른다.

청년은 무릎을 굽혀 바께쓰 안에서 톱밥 한 줌을 집어 든다. 그리고 그것을 난로의 불빛 속에 가만히 뿌려 넣어 본다. 호르르르. 삐비꽃이 피어나듯 주황색 불꽃이 타오르다가 이내 사그라져들고 만다. 청년은 그 짧은 순간의 불빛 속에서 누군가의 얼굴을 본 것 같다. 어머니다. 어머니가 주름진 얼굴로 활짝 웃고 있었다.

다시 한 줌 집어넣는다. 이번엔 아버지와 동생들의 모습이 보였다. 또 한 줌을 조금 천천히 흩뿌려 넣는다. 친구들과 노교수의 얼굴, 그리고 강의실의 빈 의자들과 잔디밭과 교정의 풍경이 차례로 떠오르기 시작한다.

음울한 표정의 중년 사내는 대학생이 아까부터 톱밥을 뿌려대고 있는 모습을 곁에서 줄곧 지켜보고 있는 참이다. 대학생의 얼굴은 줄곧 상기되어 있다.

이 젊은 친구가 어쩌면 꿈을 꾸고 있는지도 모르겠군. 그러면서도 사내 역시 톱밥을 한 줌 집어낸다. 그리고는 대학생이 하듯 달아오른 난로에 톱밥을 뿌려 준다. 호르르르. 역시 삐비꽃 같은 불꽃이 환히 피어오른다. 사내는 불빛 속에서 누군가의 얼

삐비꽃 '뻘기꽃'의 사투리. '뻘기'는 볏과의 여러해살이 풀인 '띠'의 어린 꽃이삭을 말한다.

굴을 얼핏 본 듯하다. 허 씨 같기도 하고 전혀 낯모르는 다른 사람인 것도 같은, 확실치 않은 얼굴이었다. 사내의 음울한 눈동자가 간절한 그리움으로 반짝 빛나기 시작한다. 사내는 다시 한 줌의 톱밥을 집어 불빛 속에 던져 넣고 있다.

어느새 농부도, 아낙네들도, 서울 여자와 춘심이도 이젠 모두 그 두 사람의 치기 어린 장난을 지켜보고 있다. 누구도 입을 열지 않았다.

사평역을 경유하는 야간 완행열차는 두 시간을 연착한 후에야 도착했다.

막상 열차가 도착했을 때, 대합실에서 그때까지 기다리고 있던 승객들은 반가움보다는 차라리 피곤함과 허탈감에 젖은 모습으로 열차에 올라탔다. 늙은 역장은 하얗게 눈을 맞으며 깃발을 흔들어 출발 신호를 보냈고, 이어 열차는 천천히 미끄러져 가기 시작했다. 얼핏, 누군가가 아직 들어가지 않고 열차 난간에 기대어 서 있는 게 보였다. 역장은 그 사람이 재 너머 오 씨 큰아들임을 알았다. 고개를 반쯤 숙인 채 난간 손잡이에 위태로운 자세로 기대어 있는 청년의 모습이 역장은 왠지 마음에 걸렸다. 이내 열차는 어둠 속으로 길게 기적을 남기며 사라져 버렸다.

한동안 열차가 달려가 버린 어둠 저편을 망연히 응시하고 서 있던 늙은 역장은 옷에 금방 수북이 쌓인 눈을 털어 내며 대합실로 들어섰다. 난로를 꺼야 하기 때문이었다. 거기서 역장은 뜻밖에도 아직 기차를 타지 않고 남아 있는 한 사람을 발견했다. 미친 여자였다. 지금껏 난로 곁에 가지 않았던 유일한 사람이었던 그녀는 이제 난로를 독차지한 채, 아까 병든 늙은이가 앉았던 의자에 비스듬히 앉아 잠들어 있었다.

그녀의 집이 어디며, 또 어디서 왔는지 역장은 전혀 모른다. 다만 이따금 그녀가 이 마을을 찾아왔다가는 열차를 타고 떠나곤 했다는 정도만 기억할 뿐이다. 오늘은 왜 이 여자가 다른 사람들을 따라 열차를 타지 않았을까 하고 역장은 의아하게 생각했다. 아마 그 여자에겐 갈 곳이 없었을지도 모른다. 그녀에게 있어서 출발이란 것은 이 하룻밤, 아니 단 몇 분 동안이나마 홀로 누릴 수 있는 난로의 따뜻한 불기만큼의 의미조차도 없는 까닭이리라.

역장은 문득 그녀가 걱정스러웠다. 올 겨울 같은 혹독한 추위에 아직 얼어 죽지 않고 여기까지 흘러들어왔다는 사실이 신기했다. 꿈이라도 꾸는 중인지, 땟국물에 젖은 여자의 입술 한 귀퉁이엔 보일락말락 웃음이 한 조각 희미하게 남아 있었다.

이거 참 난처한걸. 난로를 그대로 두고 갈 수도 없고…….

하지만 결국 역장은 김 씨를 깨우러 가기 전에 톱밥을 더 가져다가 난로에 부어 줘야겠다고 생각하며 천천히 사무실로 돌아가고 있었다. 눈은 밤새 내내 내릴 모양이었다.

■「민족과문학」(1983. 가을); 『아버지의 땅』(문학과지성사, 1984)

사평역

● 등장인물 들여다보기

역장
사평역의 역장으로 수십 년 동안 역무원으로 일해 왔습니다. 현재는 간이역인 사평역에서 역무원 둘과 함께 일하고 있습니다. 사평역 인근 마을의 사람들을 거의 대부분 다 알고 있습니다.

대학생 청년
사평역 인근 마을이 고향으로, 부모님이 계시고 다섯 명의 동생이 있는 가난한 집안의 장남입니다. 사평역 인근 마을 안에서 하나뿐인 대학생이자 그의 집안의 유일한 희망입니다. 도회지의 국립대학에 다녔지만, 데모를 하다가 유치장에 한 달간 있었고, 그 후 학교에서 퇴학을 당했습니다. 고향집에 내려온 그는 차마 식구들에게 퇴학당한 사실을 알리지 못한 채 막막한 마음으로 다시 기차에 몸을 싣습니다.

중년 사내
열두 해 동안 감방에 갇혀 있다가 출감한 전과자입니다. 사평은 그와 함께 감방에 있던 무기수 허 씨의 고향입니다. 허 씨가 홀로 계신 어머니를 찾아가 봐 달라는 부탁을 해서 찾아왔으나, 허 씨의 어머니는 이미 세상을 떠난 후였습니다. 북에서 월남한 중년 사내는 갈 곳도, 찾아갈 사람도 없는 처지로 차라리 벽돌담(감옥)에 갇혀 있는 허씨의 처지가 자기보다 낫다고 생각하고 있습니다.

농부

노인의 아들로, 노인의 병 때문에 도회지의 병원으로 가기 위해 기차를 기다리고 있습니다. 평생 농사를 짓고도 가난과 근심에서 헤어나지 못하는 인물로, 노인의 병에 대해 짜증내면서도 한편으로는 죄스러움을 느낍니다.

춘심이

원래의 이름은 옥자입니다. 중학교를 졸업하고 몇 년을 빈둥거리다가 무작정 상경해서 술집 여자가 된 지 삼 년 만에 고향을 다녀가는 길입니다. 화장품 회사를 다닌다는 그녀의 거짓말을 믿고 취직을 부탁하는 동생 때문에 쓴웃음을 짓고 맙니다. 그녀가 일하는 '민들레집(술집)'에서는 뭇 남자들을 쥐락펴락하는 존재이지만, 여대생이 부럽고 낮에 길을 다니면 괜히 주눅이 드는 그녀입니다.

서울 여자

서울에서 식당을 운영하는 뚱뚱한 여자로 아들 둘을 키우며 살아가는 과부입니다. 그녀는 식당 주방에서 일을 돕던 사평댁을 찾으러 내려왔다 서울로 다시 돌아가는 길입니다. 사평댁은 어느 날 그녀가 가게를 비운 사이 돈 삼십만 원을 훔쳐 사라졌습니다. 가족처럼 사평댁을 대했던 그녀는 배신감에 사평댁을 찾아왔으나 병이

들어 몰골이 말이 아닌 사평댁을 보고 함께 부둥켜안고 울기만 합니다. 결국엔 그녀가 갖고 있던 돈마저 쥐어 주고는 돌아가는 길입니다. 사평역에 있는 시골 사람들 앞에서 우쭐하기도 하지만 잔정이 많은 여인입니다.

행상꾼 아낙네들

시골 장터나 인적이 뜸한 산골 마을을 돌아다니며 행상을 해서 살아가는 아낙네들로 젊은 아낙은 해산물을, 나이 든 아낙은 옷가지를 팔러 다닙니다.

미친 여자

사연을 알 수 없는 미친 여자는 사평역에서 기차를 타고 떠났다가 다시 돌아오곤 합니다. 하지만 이번에 그녀는 막차를 타지 않고 역 대합실에서 잠이 들어 버립니다.

● 작품 Q&A

"선생님, 궁금해요!"

Q 이 작품과, 작품의 앞부분에 나오는 곽재구 시인의 시 〈사평역에서〉의 연관성에 대해 설명해 주세요.

A 이 작품은 곽재구 시인의 시 〈사평역에서〉로부터 영감을 얻어 쓴 것으로 알려져 있습니다. 참고로 〈사평역에서〉의 전문은 다음과 같습니다.

> 막차는 좀처럼 오지 않았다
> 대합실 밖에는 밤새 송이눈이 쌓이고
> 흰 보라 수수꽃 눈 시린 유리창마다
> 톱밥 난로가 지펴지고 있었다
> 그믐처럼 몇은 졸고
> 몇은 감기에 쿨럭이고
> 그리웠던 순간들을 생각하며 나는
> 한 줌의 톱밥을 불빛 속에 던져 주었다
> 내면 깊숙이 할 말들은 가득해도
> 청색의 손바닥을 불빛 속에 적셔 두고
> 모두들 아무 말도 하지 않았다
> 산다는 것이 때론 술에 취한 듯

한 두름의 굴비 한 광주리의 사과를
만지작거리며 귀향하는 기분으로
침묵해야 한다는 것을
모두들 알고 있었다
오래 앓은 기침 소리와
쓴 약 같은 입술 담배 연기 속에서
싸륵싸륵 눈꽃은 쌓이고
그래 지금은 모두들
눈꽃의 화음에 귀를 적신다
자정 넘으면
낯설음도 뼈아픔도 다 설원인데
단풍잎 같은 몇 잎의 차창을 달고
밤 열차는 또 어디로 흘러가는지
그리웠던 순간들을 호명하며 나는
한 줌의 눈물을 불빛 속에 던져 주었다

시를 읽으며 깜짝 놀란 사람도 있을지 모르지만, 소설 〈사평역〉은 시 〈사평역에서〉와 기가 막히게 닮아 있습니다. 그도 그럴 것이 소설 〈사평역〉은 작가가 〈사평역에서〉를 읽고, 그 느낌과 장면을 모티프로 삼아 소설의 형식으로, 마치 한 가지 내용의 두 버전을 만들 듯이 썼다고 하니까요. 두 작품은 모두 '사평역'이라는 어느 간이역 대합실을 공간적 배경으로 삼고 있고, 눈이 내리는 늦은 겨울밤을 시간적 배경으로 삼고 있으며, 대합실 안에서는 몇몇 사람들이 톱밥 난로를 에워싸고 앉아 그날의 막차를 기다리고 있습니다.

그런데 사평역이라는 역명은 실제로는 존재하지 않습니다. 마치 황석영의 소설 〈삼포 가는 길〉의 '삼포'나 김승옥의 소설 〈무진기행〉의 '무진'이 실제의 지명이 아니라 소설 속의 지명, 허구의 지명인 것과 마찬가지입니다. 물론 삼포나 무진도 대략 비슷한 곳을 염두에 두고 붙여진 이름이듯이, 사평역도 전라남도 나주 부근 남평역을 모델로 한 것이라고 합니다. 하지만 그렇더라도 사평역은 결국 허구의 역명이요, 상상력의 산물인 셈입니다. 물론 이 작품에서 사평역이 실제의 지명인지를 따지는 것, 사평역의 모델이 남평역이라는 사실을 아는 것은 작품의 이해와는 직접적인 상관이 없습니다. 무진이나 삼포가 꼭 특정 지역이어야 하는 게 아니듯, 이 작품에서의 사평역도 굳이 특정한 지역이어야 의미를 갖는 것은 아닙니다. 그냥 사평역은 시골의 어느 작은 간이역이면 됩니다. 그리고 그곳의 대합실은 각자의 인생을 살던 사람들이 잠시 기차를 기다리는 공간이라는 함축적 의미를 갖는 것으로 충분합니다.

Q 이 작품은 이야기의 중심이라 부를 만한 이렇다 할 사건도 없고, 등장인물들 사이에 뚜렷한 갈등도 눈에 띄지 않습니다. 작가가 왜 이런 구성 방식을 선택했는지, 이와 같은 방식은 어떤 특징을 갖는지 설명해 주세요.

A 네, 아주 중요한 지적을 해 주었습니다. 이 작품은 독특한 형식으로 이루어져 있습니다. 대개의 소설은 어떤 중심 사건이 있어서, 그 사건의 전개 과정을 중심으로 인물들의 관계가 설정되고 그

관계 속에서 갈등이 발전하며, 마침내는 그 갈등이 파국을 맞고 사건은 결말을 맞이합니다.

하지만 이 작품은 중심 사건이라 할 만한 것이 존재하지 않습니다. 등장인물들은 대합실에서 기차를 기다리는 사람들과 역장 정도인데, 이들 사이에는 이렇다 할 갈등이 없으며 사실 그들은 사평역이라는 공간을 공유하고 있는 것 외에는 별다른 연관성도 없습니다. 따라서 결국에는 그들 각자의 사연이 작품의 주된 내용을 형성하고 있는데, 그 사연들 역시 서로 긴밀하게 연관되어 있는 것이 아니라 각기 따로 저마다의 이야기로 제시되고 있을 뿐입니다.

각기 다른 이야기들이 이처럼 기차역 대합실이라는 공간을 매개로 느슨하게 묶여 있는 것을 에피소드식 구성 혹은 옴니버스식 구성이라 부를 수 있습니다. 에피소드식 구성은 각기 독립적인 이야기들이 나열되어 있는 형식을 뜻하고, 옴니버스식 구성은 각기 다른 이야기들을 묶어 하나의 주제로 연결하는 형식을 말합니다. 이 작품에서는 각각의 이야기를 묶어 주는 주제의 공통점이 그다지 뚜렷하지 않다는 점에서 일단 에피소드식 구성에 가깝습니다만, '저마다의 아픔을 간직한 삶 혹은 고단하고 애잔한 삶의 단면들' 정도로 넓게 주제를 잡아 본다면 옴니버스식 구성으로도 볼 수 있습니다.

작가는 호젓하고 허름한 간이역, 눈이 내리는 산골의 겨울밤, 막차(완행열차)를 기다리는 대합실의 사람들 등 시간, 공간, 상황의 공통점을 바탕으로 이야기의 윤곽을 설정하였습니다. 그리고 그 속에서 인과 관계나 연관성이 별로 없는 사람들의 이야기를 나열하고 있습니다.

하지만 작품의 후반부에 가면 그들의 이야기는 누군가가 내뱉은 말 한마디로 갑자기 뚜렷한 구심점을 갖게 됩니다. 그 말은 바로 "흐유. 산다는 게 대체 뭣이간디……"입니다. 사람들은 모두 제각기 상념에 젖어 있다가 문득 이 한마디 말에 과연 산다는 것은 무엇일까라는 생각에 골똘히 빠집니다. 그리고 이를 통하여 이 작품의 형식이 갖는 의미가 분명하게 드러납니다.

비록 겉으로는 느슨하고 밀접한 인과성이 존재하지 않지만, 하나의 시간과 공간 및 상황을 설정하여 그 속에 존재하는 사람들의 사연들을 제시함으로써, 한편으로는 다양한 삶의 단면을 보여 주고, 다른 한편으로는 그 단면들을 통해 과연 산다는 것은 무엇일까라는 공통의 질문에 대해 생각하게 합니다. 이를 역설적으로 표현한다면 '느슨한 통일성', '다양성 속의 통일성'이라 말할 수 있겠습니다.

Q 이 작품을 읽고 나면 마음 가득히 애잔하고 슬픈 느낌이 듭니다. 왜 그런 것일까요?

A 〈사평역〉은 아름답고 서정적인 소설입니다. 대개 우리는 서정적이라는 표현을 시에 대해서 쓸 때가 많습니다. 하지만 이 소설은 웬만한 시 못지않게 짙은 서정성을 느끼게 합니다. 또한 이 작품은 무척 아름답습니다. 작은 산골에 송이눈이 하염없이 내리는 밤 풍경이 아름답고, 톱밥 난로에서 불꽃처럼 톱밥이 타오르는 장면도 아름답습니다. 대합실에서 바라보는 성에 낀 창의 모습도 그림 같은 풍경입니다.

그런데 이 작품을 읽으면서 서정적이라는 느낌, 아름답다는 느낌보다 더 압도적인 정서는 아마도 슬픔이라는 정서일 것입니다. 많은 문학 비평가들이 임철우의 〈사평역〉을 우리 문학사에서 손꼽히게 슬픔의 정서를 짙게 드러낸 작품으로 평가합니다. 비할 데 없이 쓸쓸하면서도 처연한 느낌은 이 작품의 백미라 해도 과언이 아닐 것입니다. 그렇다면 이 작품은 왜 슬플까요? 무엇이 그토록 이 작품을 슬프게 만드는 걸까요?

첫째, 대합실에 모인 사람들의 힘들고 고단한 삶의 모습들 때문입니다. 대합실 사람들의 에피소드들은 그다지 공통점이 없어 보이지만 그 밑바탕에는 비슷한 점들이 놓여 있습니다. 상실, 상처, 아픔 등이 그것입니다. 시대의 아픔을 끌어안으려다 퇴학을 당한 가난한 대학생, 막상 출감을 하였으나 갈 곳이 없는 중년 사내, 돈을 훔쳐 달아난 사람을 혼내려 왔다가 도리어 돈을 쥐어 주고 떠나는 서울 여자 등 대합실 사람들은 저마다 아픔과 상처, 상실을 안고 있습니다. 물론 그들의 상처와 아픔, 상실은 보기 드문 것들도, 아주 예외적인 것들도 아닙니다. 알고 보면 주위에서 흔히 목격할 수 있는 삶의 모습들입니다. 결국 사람들의 세상살이에 섞여 있게 마련인 상처와 아픔, 상실감 등을 작가는 이 작품에서 아주 자연스럽게 버무려 놓은 것입니다.

둘째, 마지막 완행열차, 간이역의 대합실, 밤새 내리는 눈 등의 이미지가 슬픔의 정서를 극대화하는 역할을 합니다. 이 작품에서 기차는 운송 수단의 의미만을 갖지 않습니다. 작품 후반부에 가면 기차는 인간의 삶 그 자체의 비유로 제시됩니다. 사람이 산다는 것이 결국 어딘가로부터 와서 어딘가로 떠나는 것이기 때문입니다.

그런데 막차인 완행열차는 어둠 속으로 사라지는 이미지로 형상화되어 있습니다. 그것은 인간의 유한한 삶, 삶의 찰나적인 속성과 연관됩니다. 또한 간이역의 대합실과 눈 내리는 풍경은 쓸쓸한 아름다움, 아름답지만 슬픈 그 무엇을 극명하게 보여 줍니다. 시끌벅적한 도시의 기차역이었다면, 햇볕이 내리쬐는 대낮의 기차역이었다면 그 느낌은 분명히 전혀 달랐겠지요.

셋째, 간결하면서도 서정적이고, 선명한 묘사가 특징적인 문체와 깊은 연관이 있습니다. 임철우의 문체는 시적이고 서정적이라는 평가를 받습니다. 특히 이 작품은 작가의 그러한 문체적 특성이 유감없이 빛을 발휘한 작품입니다. 서정적이고 간결한 문체는 슬픔의 정서를 드러내는 데 가장 효과적입니다.

Q 이 작품에서 작가가 말하고자 하는 것은 무엇인가요? 주제가 뚜렷이 드러나지 않는 듯하여 더 궁금합니다.

A 네, 맞습니다. 이 작품은 '주제가 뚜렷이 드러나'는 부류의 작품은 아닙니다. 흔히 소설의 서술 방식을 말하기(telling)와 보여주기(showing)로 구분하는데, 이 작품은 보여주기를 주된 방식으로 사용하고 있습니다. 그러다 보니 작가의 메시지랄까, 주제 의식이 뚜렷하게 드러나지 않습니다.

주제가 뚜렷하게 드러나지 않는다고 주제가 없거나 가벼운 것은 아닙니다. 단지 작가가 독자에게 메시지를 보내는 전략과 방식이 다를 뿐입니다. 이 작품에서는 작가가 특정의 메시지를 두드러진 목소리로 전달하는 것보다 독자 스스로가 작품을 읽으며 성찰과 상념에 빠져들기를 바란 것이 아닌가 하는 생각이 듭니다. 작품에 나오는 인물들과 배경을 바탕으로 독자들도 자기 삶을 되돌아보거나 산다는 것 그 자체를 생각해 보는 기회를 갖는 데 큰 의의를 둔 것입니다. 사건이 복잡다단하게 얽힌 구성, 인물 사이의 갈등이 증폭되는 구성보다는 인물들의 삶의 단면을 살짝 보여 주는 방식의 구성이 시골 간이역이라는 배경, 기차를 기다리는 상황 설정과 어우러져 삶에 대한 성찰의 기회로 자연스럽게 연결되는 것이지요.

결국 삶의 의미란 이런 것이라든가, 삶은 이렇게 살아야 하는 것이라는 식의 메시지는 따로 없습니다. '사평역이라는 간이역 대합실에 모인 사람들의 삶의 단면'들이 작품의 주제라면 주제겠지요. 오히려 작가는 어떤 답을 주기보다는 문제를 던져 주고 있습니다. 시골 간이역에 이러저러한 식으로 살아온 사람들이 있습니다, 그들 삶의 단편은 대략 이렇습니다, 당신의 삶은 어떻습니까, 당신은 삶의 의미가 뭐라고 생각합니까, 하는 식으로 말이지요.

✤ 더 읽어 봅시다 ✤

시를 읽고 그 느낌을 창작 동기로 하여 쓴 작품

박완서, 〈그 여자네 집〉_작중 화자인 '나'가 김용택의 시 〈그 여자네 집〉을 읽고 어렸을 때 한동네에 살았던 만득이와 곱단이의 이야기를 떠올리는 장면으로 시작되는 작품이다. 일제 강점 말기부터 6·25 전쟁으로 이어지는 민족 수난사를 시대적 배경으로 하여 그 속에서 만득이와 곱단이의 사랑과 이별, 이와 관련된 분단 현실의 비극과 아픔을 형상화하고 있다.

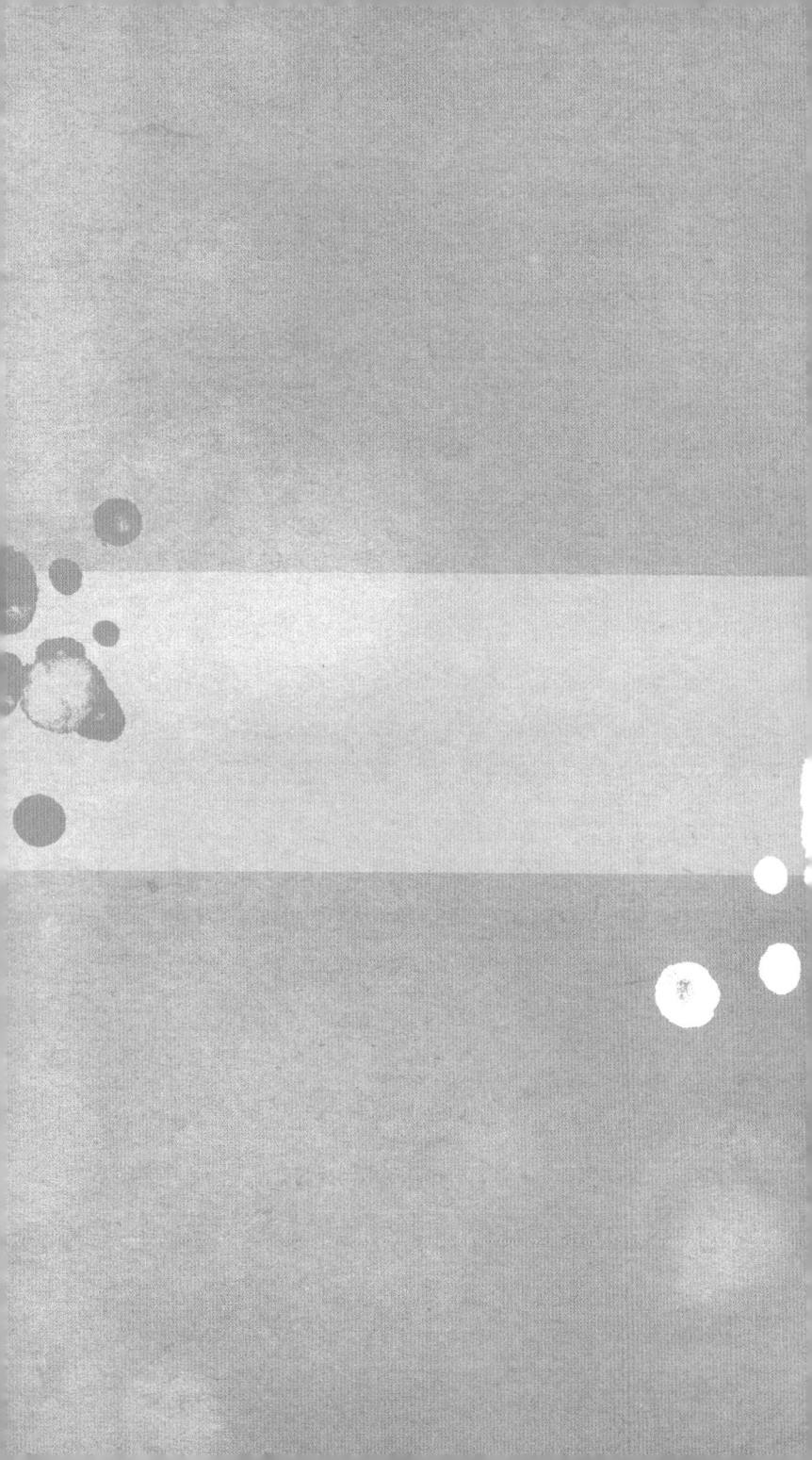

눈이 오면

    사람과 사람이 나누는 정(情) 중에서 가장 극진한 것이 모정(母情)이라고 합니다. 세상이 변하면 세태가 변하고, 세태가 변하면 인정도 변할 테니, 어쩌면 모정의 온기가 예전만 못할지도 모르겠습니다. 하지만 세상살이에 힘들고 지쳐 어떻게 해야 할지 막막할 때, 지금도 가장 먼저 떠오르는 것은 어머니의 인자하고 따뜻한 미소가 아닐까요?

    자식 키우느라 고생하고, 세월의 풍파에 머리가 하얗게 세어 버린 어머니의 간절한 소망을 위해, 남자는 고향 가는 열차에 몸을 싣습니다. 그와 그의 어머니 앞을 기다리고 있는 것은 무엇일까요?

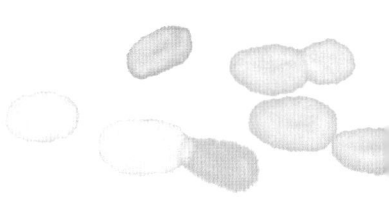

기차가 브레이크를 걸었다. 완강하게 레일을 엇물고[•] 미끄러지는 바퀴의 둔중한[•] 저항력 때문에 차체가 한 번 기우뚱 흔들렸고, 그 바람에 사람들의 몸이 일제히 같은 방향으로 짧게 왕복 운동을 하다가 정지했다.

  그는 재빨리 어머니의 얼굴을 살폈다. 하지만 어머니는 뒷머리를 의자에 기댄 채 아무 일도 없었다는 듯이 조용히 잠들어 있었다. 승객들 몇이 자리에서 일어나 선반에 올려놓았던 저마다의 가방이며 짐꾸러미들을 챙겨 들고 출입문 쪽으로 웅성거리며 빠져나가고 있었다. 차내 스피커를 통해 기차가 서대전역[•]에 도착했음을 알리는 안내 방송이 흘러나왔다. 이내 허름한 가죽 잠바 차림의 사내 하나가 문을 열고 들어오더니, 잠시 내려

엇물다 (어떤 것이 다른 것을) 서로 어긋나게 물다.
둔중하다(鈍重--) 성질이나 동작이 둔하고 느리다.
서대전역(---驛) 호남선이나 전라선 열차가 정차하는 역. 경부선은 대전역에 정차한다.

서 가락국수를 먹고 가라는 소리를 외치며 잰걸음으로 지나쳐 가 버렸다.

시간은 충분흡니다으. 이 열차는 앞으로 팔 분 후에 발차흡니다으.

사내의 잠바엔 미처 덜 녹은 눈이 번들거리는 물기로 남아 있었다. 통로 건너편 자리에서 그때까지 졸고 있던 중년 사내 셋이 윗도리를 집어 들고 일어났다. 그들은 조금 전 가죽 잠바가 사라진 출입문을 향해 어정어정 걸어 나가고 있었다.

그는 차창 밖을 내다보기 위해 허리를 구부렸다. 객실 천장에 붙은 형광등의 휘황한 불빛 때문에 차창 저편의 시야가 부옇게 흐려 보였으므로 유리창에 얼굴을 더 바싹 붙여야 했다. 얼음처럼 차갑고 매끄러운 감촉이 섬뜩하게 한쪽 뺨으로 전해져 왔다. 그는 무심결에 후두둑 몸을 떨었다.

밖은 어두웠다. 먹지 같은 창유리 저편으로 눈발이 희끗희끗 날리고 있었다. 저만치 플랫폼의 지붕을 떠받치고 있는 기둥에 '서대전'이라고 씌어진 청색 간판이 붙어 있었고 그 옆으로 조금 떨어진 곳에 알루미늄판으로 짜여진 사각형의 판매대가 보였다. 거기엔 예닐곱 명의 승객들이 한데 엉겨 붙어 제각기 국수 그릇을 하나씩 차지하고 서서 분주히 젓가락질을 해 대고 있

가락국수 굵게 가락을 뽑은 국수. 또는 그것을 삶아서 맑은장국에 요리한 음식.
잰걸음 보폭이 짧고 빠른 걸음.
어정어정 키가 큰 사람이나 짐승이 이리저리 천천히 걷는 모양.

었다. 높다랗게 걸린 수은등 불빛 아래서 선 채로 허기진 배를 채우고 있는 그들의 어수선한 모습은 얼핏 무대 위의 한 장면처럼 어딘지 생경하고 비현실적인 느낌을 자아내고 있었다. 판매대 안에 갇힌 두 여자들은 국수를 퍼 담아 내주거나 셈을 치러 주느라 부지런히 손을 움직였다. 뚜껑이 열려진 채로 화덕 위에 올려져 있는 국 솥에서는 뽀얗게 더운 김이 오르고 있었다. 주위에 빙 둘러서 있는 손님들의 코와 입, 그리고 그들이 저마다 얼굴을 들이밀고 있는 그릇으로부터도 끊임없이 하얀 김이 뭉실뭉실 피어올랐다.

그는 한동안 뺨이 얼얼해지도록 유리창에 바싹 붙어 앉아서 그 광경을 지켜보았다. 배경의 짙은 어둠과 함께 사람들의 얼굴이며 동작들은 돋을새김한˙ 동굴 속의 벽화처럼 신비로운 분위기조차 지니고 있었다. 불현듯 그는 그 부옇게 피어오르는 수증기를 바라보며 코를 벌름거렸다. 그러자 까마득하게 멀어진 어린 시절의 한 가닥이 그의 가슴 어디쯤인가에서 갑자기 꿈틀거리기 시작했다. 그것은 참으로 오랫동안 그가 잊어버리고 있었던, 그 한 그릇에 삼십 환˙짜리 빈민 구호소의 국수 냄새였다.

그 빈민 구호소 식당은 시장으로 통하는 길목 다리 옆에 세워져 있었다. 전쟁 전에는 공회당˙으로 쓰였었다는 형편없이 퇴락

돋을새김하다 조각에서, 평평한 면에 글자나 그림 등을 도드라지게 새기다.
환(圜) 화폐 개혁 이전 쓰이던 돈의 단위. 이후 '원'으로 바뀜.
공회당(公會堂) 사람들이 모임을 갖기 위해 지은 건물.

한 목조 건물에다가 헌 판자 쪽을 이어서 벽을 막고, 함석˚으로 지붕을 얼기설기 덮어 대충 비바람만 피할 수 있도록 만든 가건물이었다. 바로 앞쪽으로 난 하천으로는 도시의 온갖 오물들과 함께 시커먼 시궁창 물이 사시사철 둘둘거리며 흘러내리고 있었다.

  그 더럽고 궁상맞은 구호소 식당은 누구보다도 조무래기들에게는 선망˚의 표적˚이었다. 그 시절의 그는 늘 허기가 져 있었고, 당치도 않게 톡 튀어나온 올챙이배를 채우기 위해 무엇이든지 입안에 집어넣을 수 있는 것이 필요했다. 씹으면 입안에서 굴러다니는 까만 보리밥이나마 언제나 풍족하게 먹을 수 있는 처지가 아니었으므로, 같은 또래의 다른 아이들처럼 군것질을 할 호강스러운 기회 따위야 아예 그와는 인연이 멀었던 것이다. 고작해야 운 좋게 배급 나온 밀가루로 쑨 수제비나, 감자를 썰어 넣은 밀죽, 혹은 밥솥에 함께 쪄서 보리밥알이 허옇게 엉겨 붙어 있는 개떡 정도로는 늘상 허전하기만 했던 그에게 그 구호소에서 파는 삼십 환짜리 국수는 실로 믿어지기 어려울 만큼 굉장한 매력을 지니고 있었다. 무엇보다도 아이들을 흥분시켰던 것은 값이 거짓말처럼 싸다는 점이었다. 그때까지만 해도, 그는 국수라면 그저 집에서 하듯, 맹물에 사카린˚ 예닐곱 알을 떨어

함석 표면에 아연을 도금한 얇은 철판. 지붕을 이거나 양동이, 대야를 만드는 데 쓴다.
선망(羨望) 부러워하여 바람.
표적(標的) 목표로 삼는 물건.
사카린(saccharin) 설탕 대신 사용되던 인공 감미료.

눈이 오면 75

뜨려 넣고 훌훌 건져 먹는 것밖에 없는 줄로만 알고 있었던 참이었다.

언제나 길고도 길게만 느껴지던 수업이 모두 끝나고, 허옇게 마른버짐이 핀 얼굴로 허기에 져서 돌아오는 하학 길엔 아이들은 그 구호소 근처를 서성이며 으레 한참씩 시간을 보내곤 하였다. 하지만, 가까운 대인 시장의 행상꾼들 혹은 하천가 판자촌 사람들이 대부분인 그 구호소 안의 손님들이 넓고 커다란 대접에 수북이 담겨진 국수를 훅훅 입김까지 불어 가며 맛나게도 먹고 있는 모습을 아이들은 다만 하릴없이 문밖에 서서 손가락을 빨며 구경만 할 뿐이었다. 그러다가는 국자를 든 채 달려 나온 사나운 식당 아줌마의 고함 소리에 실실 뒷걸음을 치곤 했다.

그가 최초로 모락모락 김이 오르는 것을 먹어 보았을 때의 그 놀라움이란 과연 대단한 것이었다. 확실한 기억은 아니지만, 학용품을 산다고 거짓말을 해서 타 낸 돈으로 아마도 그는 그때 그 벅찬 기회를 마침내 누릴 수 있었던 게 아니었던가 싶다. 그 후부터 그 삼십 환을 모으기 위해 그는 아이들과 함께 보다 적극적인 사업을 벌이기 시작했다. 역 뒷담을 넘어 들어가 윗도리에다가 조개탄을 훔쳐 담아 내어 팔기도 했고, 때로는 시외버스

마른버짐 얼굴 같은 데에 까슬까슬하게 흰 버짐이 번지는 피부병. 대개 영양 결핍으로 생긴다.
하학(下學) 학교에서 그날의 수업을 마침.
으레 1. 두말할 것 없이 당연히. 2. 틀림없이 언제나.
하릴없이 달리 어떻게 할 도리가 없이.
조개탄(--炭) 조개 모양으로 만든 연탄.

정류장 매표소에서 어른들의 소매깃을 잡아당기며 십 환만 달라고 손을 벌리기까지 했다. 그러던 어느 날, 그는 기어코 버스 회사 직원들의 손에 우악스레 덜미를 잡힌 채 학교로 넘겨지고 말았다.

어떻게 연락이 닿았던지, 어머니가 직원실 유리문을 조심스레 밀고 들어섰을 때 그는 마침 다른 아이 둘과 함께 마룻바닥에서 무릎을 꿇고 만세를 부르는 자세를 하고 있었다.

도대체 아이가 저 지경이 되도록 집에서는 무얼 하고 계셨습니까. 까딱했으면 소년원으로 넘겨질 뻔했다구요, 원.

죄나 진 양 벌겋게 얼굴을 떨어뜨리고 있는 어머니를 향해 퉁명스레 내뱉던 그때의 그 젊은 담임 선생의 말을 그는 지금도 뚜렷하게 기억하고 있다. 양초 칠을 하여 매끄러운 복도를 지나, 모두가 집으로 돌아가 버리고 없는 휑한 운동장을 어머니는 그의 손을 잡은 채 땅만 내려다보며 잠자코 걸음을 옮기고 있을 뿐이었다.

그렇게…… 그렇게도 배가 고프디야.

그 넓은 운동장을 다 걸어 나올 때까지 불현듯 어머니의 입에서 새어 나온 말은 꼭 그 한 마디였다. 하지만 그것은 반드시 그를 향해 묻는 말이라기보다는 넋두리에 더 가까웠다. 교문을 나

우악스레(愚惡--) 무지하고 포악하며 드센 데가 있게.
덜미 목덜미.
넋두리 불만을 길게 늘어놓으며 하소연하는 말.

선 어머니는 집으로 가는 길을 제쳐 두고 웬일인지 곧장 다릿목˚에서 왼쪽으로 꺾어 드는 것이었다. 저만치 구호소 식당이 눈에 들어왔을 때 그는 까닭 모를 두려움과 수치심으로 뒷걸음질을 쳤다. 그런 그를 어머니는 별안간 무서운 힘으로 잡아끌었다.

가자. 아무리 없어서 못 먹고 못 입고 살더래도 나는 절대로 내 새끼를 거지나 도둑놈으로 키울 수는 없응께. 시상에˚……시상에, 돌아가신 느그 아버지가 이런 꼴을 보시면 뭣이라고 그러시끄나이.

어머니의 음성은 돌연˚ 냉랭하게˚ 변해 있었다. 끝내 그는 와앙 울음을 터뜨려 버리고 말았다. 그러나 어머니는 기어코 구호소 식당 안의 때 묻은 널빤지 의자 위에 그를 끌어다가 앉혀 놓았다.

잠시 후 어머니가 손바닥에 받쳐 들고 온 것은 한 그릇의 국수였다. 긴 대나무 젓가락이 찔려져 있는 그것을 어머니는 그의 앞으로 밀어 놓으며 말했다.

먹어라이. 어서 먹어 보란 말다이…….

어머니의 음성에는 어느새 아까의 냉랭함이 거의 지워져 있었다. 그는 몇 번 망설이다가는 젓가락을 뽑아 들고 무 조각 하

다릿목 다리가 놓여 있는 길목.
시상에 '세상에'의 사투리. 뜻밖의 일이나 이해하기 힘든 일이 생겨 놀랐을 때 내는 말.
돌연(突然) 예기치 못한 사이에 급히.
냉랭하다(冷冷--) 태도가 정답지 않고 매우 차다.

나가 덩그러니 떠 있는 그 구호용 가락국수를 먹기 시작했다. 그러다가 문득 고개를 들었던 그는 그만 젓가락을 딸각 놓아 버리고 말았다. 마주 앉아서 그때까지 그를 줄곧 지켜보고 있었을 어머니의 눈에 소리도 없이 눈물이 그득히 괴어오르고 있었기 때문이었다. 탁자 밑에 가지런히 모아져 있는 어머니의 낡은 먹고무신˚을 내려다보며 그는 갑자기 목구멍이 뻐근해져 옴을 느껴야 했다.

 그 후, 그는 두 번 다시 그 빈민 구호소 식당 앞에서 얼쩡거리지 않았다. 아마도 그런 기억 때문이었는지는 몰라도, 두 아이의 아버지가 된 지금까지도 국수는 그에게 여전히 싫어하는 음식으로 남아 있었다.

 승객들이 하나 둘 기차로 오르기 시작했다. 발차를 알리는 벨 소리가 둔탁하게˚ 울리고 있었다. 이제부터 기차는 호남선으로 들어설 것이었다. 붐비던 간이 판매대는 이내 텅 비어 버렸고, 안에서 여자들이 어수선하게 늘어져 있는 빈 그릇을 치우고 있었다. 저만치 플랫폼에 서 있던 역원˚이 깃발을 흔들었다. 이윽고 기차가 덜커덩 시동을 걸었다. 역사˚ 주변으로 늘어선 수은등의 창백한 외짝눈이 서서히 뒤편으로 밀려나기 시작했다. 마침

먹고무신 검정 고무신.
발차(發車) 자동차, 기차, 전동차 등이 떠남.
둔탁하다(鈍濁--) 소리가 굵고 거칠며 깊다.
역원(驛員) 역무원. 철도역에서, 안내 · 매표 · 개찰 · 집찰 등의 일을 맡아보는 사람.
역사(驛舍) 역으로 쓰는 건물.

내 역을 완전히 빠져나온 기차는 불빛이 드문드문한 도시의 변두리를 쿵쾅거리며 내달리고 있었다.

그는 유리창에 투영되어진 어머니의 옆모습을 말없이 들여다보았다. 여전히 그녀는 잠들어 있었다. 의자가 불편한 탓인지, 이마를 가느다랗게 찌푸린 채 눈을 감고 있는 모습이었다. 침대차에 모시지 못한 자신의 무능함을 죄스러워하며 그는 흔들리는 차창 너머 어둠을 향해 다시금 망연한 시선을 던졌다.

찬우야. 꼬두메˚로 가자이. 더 추워지기 전에 피잉˚ 우리 집으로 돌아가잔 말다.

코흘리개 아이들처럼 그렇게 보채던 어머니의 음성이 문득 귓전을 때리는 듯하여, 그는 몇 번이나 어머니를 돌아다보곤 했다. 칠십이 가까운 노인이었지만 어머니의 얼굴엔 아직도 고운 티가 남아 있었다. 일찍부터 혼자가 되어 그와, 또 지금은 죽은 그의 형을 키워 낸 그녀의 얼굴은 비록 주름살이 깊은 고랑을 이루고 있었고 머리카락은 어느새 서리가 내린 듯 반백으로 변해 있기는 했어도, 둥글고 아담한 이마의 선이며 날렵한 콧날에는 아직 고왔던 젊은 날의 흔적이 조금은 남아 있었다.

그는 한동안 그녀의 잠든 얼굴을 바라보면서 마치도 지금껏 전혀 모르고 있었던 어머니의 숨겨진 모습을 이제야 비로소 찾

꼬두메 어머니와 '그'의 고향을 일컫는 말. 두메산골에 붙여진 이름.
피잉 '빨리' 정도의 뜻을 지닌 사투리.

아낸 듯한 경이로움조차 느끼고 있었다. 그러고 보니 어머니는 참으로 놀랍도록 예쁜 차림새를 하고 있었다. 꼼꼼히 기름으로 다듬어서 가르마를 타고 은비녀로 쪽을 찐 머리 매무새는 머리카락 한 올 흐트러짐도 없이 단정하고 정갈해 보였다. 거기다가 환한 노란색의 양단˙ 치마저고리와 그 위에 남빛 두루마기를 입고, 버선발에 흰 코고무신˙까지 차려 신은 그녀의 모습은 흡사 이른 봄날 성급하게도 때 아닌 나들이를 나선 젊은 여인네처럼 화사하고 아름답기조차 했다.

하지만 누가 보기에도 그것은 노인의 옷차림이 아니었다. 바로 그 사실을 그는 시인할 수밖에 없었고, 그 때문에 그는 슬퍼하고 있는 것이었다. 어머니와 그 밝고 화사한 차림새와의 사이에는 도저히 서로 화해할 수 없는 세월의 틈이 존재하고 있었다. 그녀의 모습은 어설픈 희극 속의 배우처럼 지나칠 정도의 야박스러움과 우스꽝스러운 분위기마저 풍겨 내고 있는 것이었다. 고장 난 자물통같이 반쯤 입을 벌린 채 잠들어 있는 어머니를 내려다보며 그는 무심코 길게 한숨을 내쉬었다.

그것은 그가 알고 있던 어머니의 모습이 아니었다. 그 어느 때보다도 더 단정하고 정갈한 차림으로 지금 바로 자신의 한쪽 어깨 위에 비스듬히 머리를 기댄 채 잠들어 있는 그녀의 모습에

쪽 시집간 여자가 뒤통수에 땋아서 틀어 올려 비녀를 꽂은 머리털.
양단(洋緞) 은실이나 색실로 수를 놓고 겹으로 두껍게 짠 고급 비단의 하나.
코고무신 앞쪽이 코처럼 뾰족하게 나온 여자용 고무신.

서 어떤 분명한 이질감이 전해져 오고 있음을 결코 부인할 수가 없었다. 지금껏 그는 늘 어머니를 생각할 때마다 낡고 오래된, 그러나 믿음직한 괘종시계를 떠올리곤 했었다. 꾸준하게 똑딱거리면서 어김없이 제시간에 종을 울려 주는 정교하고 단단한 시계. 서른다섯 해가 되도록 그는 믿음직한 그 어머니 곁에서 살아온 것이었다. 그동안 몇 번이나 영영 일어나지 못할 것 같은 좌절의 잠자리 속에서 지쳐 쓰러져 있던 자신을 그때마다 다시 한 번 부축하여 일으켜 세워 주곤 했던 것은, 자신의 머리맡에서 울려오곤 하던 바로 어머니의 그 따뜻한 음성이었다. 그러면 그는 비로소 어머니의 그 말없는 웃음을 바라보며, 몇 번이나 돌부리에 걸려 넘어질 뻔하면서도 위태위태한 걸음을 앞으로 조금씩 조금씩 옮겨 놓을 수가 있었다.

그런데 어느 날 갑자기 그 정교한 시계가 딸각 멈추어 버린 것이었다. 도무지 상상조차 못 했던 일이었다. 그 오랜 세월을 단 한 번의 어김도 없이 째깍이며 나아가던 변함없는 움직임이 일시에 뚝 정지해 버린 순간 그는 심한 당혹감으로 허둥거렸고, 어쩌면 이제는 더 이상 자신으로서도 어떻게 할 도리가 없으리라는 사실을 깨달았을 때는 다만 절망할 뿐이었다. 아아 무엇일까. 무엇이 그 오랜 세월 동안 어머니 당신 홀로 꿋꿋하게 버텨 오시던 그 끈질긴 싸움으로부터 이렇듯 잔인하게도 어머니를

괘종시계(掛鐘時計) 시간마다 종이 울리는 시계. 보통 추가 있으며 벽에 걸어 둔다.

밀어 넘어뜨려 버린 것일까.

찬우야이. 인자 그만 돌아가자이. 더 어두워지기 전에 꼬두메로 가자니게 어째서 이러고 있는 것이냐이.

무슨 불길한 주문만 같은 어머니의 떨리는 음성이 다시금 그의 귓전을 때리고 있었다. 그는 담배를 꺼내 물고 불을 댕겼다.

어머니한테 뭔가 이상한 변화가 일어나고 있을지도 모른다는 불길한 조짐을 처음으로 느끼기 시작한 것은 두 달 전쯤부터였다. 그날따라 겨울이 전에 없이 일찍 앞당겨 찾아온 듯한 늦가을 날씨로 밖은 유난히 썰렁했다. 젓가락으로 밥알을 헤아리듯 하며 맛없는 아침상을 받고 있노라니까 아내가 심상찮은 기색으로 곁에 쪼그려 앉는 것이었다. 그녀가 미처 입을 열기도 전에 그는 짐짓 신경질적인 표정부터 준비했다. 그즈음은 마침 지난달의 봉급을 받지 못한 데다가 그달 봉급마저도 벌써 며칠째 넘기고 있던 참이었으므로, 이번에도 또 아내의 입에서 보나 마나 궁색한 소리가 튀어나오리라고 지레짐작했던 때문이었다. 급료도 제대로 나오지 않는 직장을 뭣 하러 나다녀야 하느냐는 당연한 투정 때문에 얼마 전에도 한바탕 말다툼을 벌였던 적이 있었던 것이다. 그러나 이날 아침은 그게 아니었다.

조짐(兆朕) 좋거나 나쁜 일이 생길 기미가 보이는 현상.
  기미(幾微/機微) 낌새. 느낌으로 알아차릴 수 있는, 일이나 상황의 되어 가는 형편.
그즈음 과거의 어느 때부터 어느 때까지의 무렵.
궁색하다(窮塞--) 말이나 태도, 행동의 이유나 근거 따위가 부족하다.
급료(給料) 일에 대한 대가로 고용주가 지급하는 돈. 월급이나 일급 등이 있다.

여보. 나가시기 전에 어머님 좀 잠시 들여다보세요. 암만해도······.

아니 왜. 감기약을 지어 드렸는데도 여전히 차도가 없으시대?

며칠 전부터 몸이 편찮으시다고 누워 계시는 줄은 그도 알고 있었다. 병원에 가 보는 게 어떻겠느냐고 물었더니, 특별히 아픈 데는 없노라고, 아마도 고뿔인 것 같으니까 누워 있으면 곧 괜찮아질 거라고 하며 어머니는 손을 내젓던 것이었다.

그게 아니라, 저어, 암만해도 어머님이 좀 이상해지신 것 같단 말예요.

그, 그건 또 무슨 소리야.

아내는 뭔가 숨기고 있는 듯한 어정쩡한 표정으로 그의 눈치를 살피고 있었다. 문득 불길한 예감이 뒤통수를 때렸다.

아무리 봐도 예전 같지가 않으시다구요. 그렇게 정신이 총총하시던 분이 별안간 무슨 말인지도 모를 헛소리를 하시기도 하고······. 어쩌다가는 또 말짱해 보이시는 것 같다가도 막상 물어보면 전혀 엉뚱한 대답을 하시는 거예요. 처음엔 일부러 그러시는가 했는데, 글쎄 그게 아니에요.

도대체 난데없이 무슨 소릴 하고 있는 거야, 지금.

설마 어머니가 그럴 리가 있을까 싶으면서도 왠지 섬뜩한 예

암만하다 이리저리 생각하여 보다.
차도(差度) 병이 조금씩 나아가는 정도.
고뿔 '감기'를 일상적으로 이르는 말.

감에 그는 숟가락을 놓고 곧장 건너가 보았다.

어머니는 이불을 덮고 누워 무얼 생각하는지 멀거니 천장만 올려다보고 있었다. 의외로 안색이 나아 보였으므로 그는 적이 맘을 놓았다. 하지만 어머니는 두 번씩이나 부르는 아들의 목소리에도 대답이 없었다. 그저 꼼짝도 하지 않고 망연한 시선을 천장의 어느 한 점에 멈춰 두고 있을 뿐이었다. 한동안 멍청하게 앉아 있던 그가 자리에서 마악 일어서려 할 때였다.

찬우야이!

어머니의 입에서 불쑥 그 한마디가 튀어나오는 순간 그는 가슴이 철렁했다. 직감적으로 어떤 불길한 예감이 전신을 휩싸 안는 것 같았다. 아직까지 어머니는 한 번도 그렇게 아들의 이름을 직접 부르는 적이 없었다. 적어도 그가 결혼한 후로는 그랬다. 하지만 그보다도 더 그가 놀랐던 것은 어머니의 음성에서였다. 그것은 이미 예전의 귀에 익은 음성이 아니었다. 언제나 보이지 않는 따뜻함과 부드러움으로 흘러나오곤 하던 그 목소리에는 대신 어딘가 냉랭하면서도 들떠 있는 듯한 건조함이 배어 있었다. 그 음성을 듣는 순간 그가 내심 섬찟했던 것은 바로 그 생경한 이질감 때문이었는지도 모른다. 그는 놀란 눈으로 황급히 어머니의 얼굴을 들여다보았다.

찬우야이. 어서 꼬두메로 돌아가자이. 느그 아부지랑 찬세가 얼매나 기다리겄냐아. 더 추워지기 전에 싸게싸게 집으로 가야 한단 말다이.

어머니는 나직하게, 그러나 힘이 서린 목소리로 그렇게 말하는 것이었다. 그는 너무 당황하여 그 말이 무슨 뜻인지를 얼른 쉽사리 가려낼 수가 없었다.

어머니. 그게 별안간 무슨 말씀이세요. 느닷없이 꼬두메 얘기는 왜 하시는 겁니까.

제발 그것이 우스갯소리이기를 비는 심정으로 그는 어설프게 웃어 보였다. 하지만 그녀는 이미 아들의 이야기를 듣고 있는 것이 아니었다.

찬우야. 빨리 가잔 말다이. 흐흐. 아까 나옴서 아랫목에다 밥그릇을 덮어 두고 나오기는 했는디, 어디 느그 아부지가 나 없다고 손수 차려 잡수실 양반이냐. 보나마나 탈탈 굶고 내가 오기만 기다리고 있으꺼이다. 그랑께 어서 늦기 전에 집으로 가야 한다이.

어, 어머니, 지금 대관절 무슨 말씀을 하고 계시는 겁니까. 돌아가신 아버지는 왜 찾으세요. 그리고 집이라니요. 여기가 바로 우리 집인데 어딜 가자는 말씀이시냐구요.

그의 목소리는 벌써 겁에 질려 있었다. 자신도 모르게 그는 어머니의 어깨를 세차게 움켜쥐고 있었다. 이것이 어떻게 된 영문일까. 벌써 오래전에 돌아가 흙 속에 묻힌 아버지와 형에게로 어머니는 가자는 것이었다. 그 해괴한 얘기에 그는 어안이 벙벙할 따름이었다.

뭣이여…… 집이라고? 아니여. 여그는 우리 집이 아니여. 꼬두메로 가자이.

어, 어머니.

꼬두메로 가장께. 우리 집으로 가자이.

어머니가 문득 고개를 돌려 처음으로 그를 치어다보았다. 순간 그는 온몸의 힘이 쭈욱 빠져나가 버리는 듯한 충격을 받았다. 그 눈. 아직까지 그는 그런 이상한 어머니의 눈을 본 기억이 없었다. 멀거니 풀린 어머니의 눈동자는 분명히 이쪽을 향하고 있었으나 그 초점이 머무는 지점은 그의 얼굴도 아니었고 혹은 그와 어머니 사이의 공간 어디쯤도 또한 아니었다. 그것은 오직 그녀 혼자만 알고 있는 자신의 내밀한 세계의 어디쯤인가에서 물방울처럼 둥둥 떠다니고 있었다.

이틀 후, 그는 어머니를 모시고 병원으로 찾아갔다.

약간의 정신 분열 증세가 보이는군요. 일종의 노인성 치매의 초기 현상이라고도 볼 수 있지요. 연로하신 분들에게서 가끔 나타나는 증상입니다.

서른이 갓 넘었을까 싶은 정신과 의사는 간단히 그렇게 진단을 내렸다. 보통 얘기하는 노망의 시초일 거라는 말이었다.

설마 그럴 리가……. 저희 어머님은 아직 그럴 만큼 노인이

내밀하다(內密--) 어떤 일이 겉으로 드러나지 아니하다.
치매(癡呆) 대뇌 신경 세포의 손상 등으로 말미암아 지능, 의지, 기억 등이 지속적·본질적으로 상실되는 병. 주로 노인에게 나타난다.
연로하다(年老--) 나이가 들어서 늙다.
노망(老妄) 늙어서 망령이 듦. 또는 그 망령.

아닙니다. 이제 겨우 칠십이신데요.

까마득한 벼랑 위에서 비틀거리는 듯한 심정으로 그가 다급하게 소리쳤을 때 사내는 어처구니없다는 투로 실소를 했다.

허허. 그 연세가 노인이 아니면 어린애란 말씀입니까. 꽤나 효자이신 모양이군요. 허허.

사내의 당돌한 물음에 그는 그제야 불현듯 얼굴을 붉혔다.

어떻게 해야 좋을까요. 입원을 해야겠습니까.

그는 거의 울상을 지을 뻔했다. 젊은 의사는 그의 차림새를 위아래로 훑어보더니* 극히 사무적인 투로 대답했다.

물론 그런 방법이 좋기는 하죠. 그쪽 사정이 어떠신지는 모르겠습니다만. 어쨌든 제 생각으로는 무엇보다도 당분간은 댁에서 안정을 취하시는 게 좋을 것 같습니다. 환자가 좀 쇠약해져 있는 상태이기도 하니까요.

여전히 꼬두메로 돌아가자는 괴이한 주문을 되풀이하고 있는 어머니를 모시고 집으로 돌아온 그는 온밤을 꼬박 뜬눈으로 지새웠다. 하나의 세계가 지금 바야흐로 무너져 가고 있다, 하고 그는 생각했다. 그것은 한 인간 영혼의 완전한 몰락이었다. 그리고 그것은 어머니의 몰락이자 동시에 그 세계 안에서 지금까지 서른다섯 해를 살아온 그 자신에게 있어서는 또 하나의 엄청난

✤ 젊은 의사는 ~ 위아래로 훑어보더니 경제적인 형편이 노인을 병원에 입원시킬 만한지를 살펴보고 있는 것이다.

상실을 의미하는 것이기도 하였다. 그는 그 어느 쪽도 결코 인정할 수가 없었다. 그러나 인정할 수가 없다고 스스로 다짐을 할수록 마음의 고통은 증가할 뿐이었다. 불을 끄고 누워 그는 자꾸만 몸을 뒤척였다. 생각하고 또 생각해 보았다. 하지만 시간이 갈수록 그의 믿음은 허물어져 갔고, 그 허물어진 성벽 너머로 현실은 보다 또렷한 모습으로 몸을 일으키고 있었다. 그는 몇 번이나 이불을 박차고 일어나 앉았다. 아니다. 그럴 리가 없어. 그토록 단단하고 정갈하시던 어머니가 그럴 리가 없다. 그는 속으로 안타깝게 울부짖었다. 그렇지만 끝내 변한 것은 아무것도 없었다.

아마도 무엇보다 그는 홀로 버려져 있다는 느낌으로 두려웠을 것이다. 그는 참으로 뒤늦게야 자신이 얼마나 허약한 존재였는가를 깨닫고 있었다. 그는 아직도 어린아이와 같은 세계로부터 자신이 완전히 벗어나 있지 못한 것인지도 모른다고 생각했다. 어머니의 그늘˙이 주위에서 걷히어진 순간에야 비로소 그는 자신이 지금껏 어머니의 그늘 안에서 살아오고 있었다는 사실을 새삼스레 확인한 셈이었다. 그의 까마득한 어린 시절부터 소년기까지의 온갖 기억들은 그 따뜻하고 아늑한 그늘 저 안쪽에 남아 있었다. 그것들은 그의 삶의 퍽도 소중한 몫이었다. 그러나 그 그늘이 치워져 버리려는 이 순간, 어쩌면 자신의 인생의

그늘 의지할 만한 대상의 보호나 혜택.

커다란 한쪽도 그것과 함께 지워져서 사라져 버리고 말 것 같았다. 그것은 난생 처음 경험하는 엄청난 혼돈[●]일 터였다. 밑도 끝도 헤아릴 수 없는 그 혼돈이 그는 마냥 두려웠고, 그 때문에 거의 숨이 막힐 지경이었다. 하지만 그 혼돈의 문 앞에 서서 다만 망설이고 두려워만 할 뿐 그는 끝끝내 아무런 해답을 찾을 수가 없었다. 그렇게 거의 두 달이 흘러갔다. 여전히 어머니는 주문을 외듯 꼬두메와 돌아가신 아버지의 말만을 되풀이하고 있었고, 그는 밤잠을 설치며 그녀의 주문의 의미를 부인하려는 헛된 노력을 계속해야만 했다.

기차는 규칙적인 진동을 계속하며 달리고 있었다. 차 안은 매우 후텁지근한 열기로 가득 차 있었다. 의자 밑으로 난방기가 설치되어 있어서 더운 바람이 끊임없이 피어올랐다. 오래 밀폐된 공기 탓일까. 뒷머리를 이따금씩 무엇인가가 잡아당기는 듯한 불쾌한 통증을 느끼며 그는 앉아 있었다. 어머니는 아들의 한쪽 어깨에 머리를 아예 기댄 채로 비스듬히 앉아 잠들어 있었다. 벌써 오랫동안 그러고 있으려니 불편하긴 했지만, 그는 그녀의 잠을 깨울까 봐 몸을 움직이지 않으려고 애썼다. 귓전으로 어머니의 가느다란 숨소리가 희미하게 들려오고 있었다.

그는 지금 어머니와 함께 꼬두메를 찾아 내려가고 있는 참이었다. 허황하기조차 한 그녀의 넋두리를 좇아 이렇듯 추운 한겨

혼돈(混沌) 마구 뒤섞여 있어 갈피를 잡을 수 없음. 또는 그런 상태.

울밤을 완행열차에 흔들리며, 떠나온 지 십삼 년이 넘은 고향으로 향하게 되리라고는 바로 몇 시간 전까지만 해도 그는 미처 상상조차 못 했던 것이다. 이 느닷없는 귀향길은 어찌 보면 어처구니없을 만큼 충동적으로 결행된 셈이었다. 아내의 말마따나 제정신이 아닌 짓인지도 모를 일이었다.

바로 이날 오후였다. 휴일이 아닌데도 그는 담배꽁초만 재떨이에 수북하게 쌓아 가며 종일 방구석에 틀어박혀 있었다. 몸이 불편해서 출근하지 않는 줄로만 여겼는지, 아내는 되도록이면 그를 혼자 있도록 내버려 두고 있는 눈치였다. 이날 아침 그는 기어이 사표를 써서 집 앞 우체통에 넣었던 것이다. 몇 푼 안 되는 퇴직금은 고사하고라도 몇 달째 밀린 봉급이라도 받을 수 있을까 하는 기대조차 사라진 지 오래였다. 무엇보다 자신과 똑같은 처지의 동료들의 누렇게 뜬 얼굴들을 대하기가 소름이 돋도록 두려웠다. 결국 그는 또다시 실업자가 되었다는 것 외에는 아무것도 변한 게 없다는 사실을 알았다. 이번으로 두 번째였다. 신문사를 나온 후, 오 년 동안의 그 공백 기간에 겪었던 처참함을 그는 아직도 생생히 기억하고 있었다.

이제 아내는 다시 예전처럼 방 한 칸이 달린 구멍가게 자리를 구하기 위해 발바닥이 부르트도록 변두리를 돌아다닐 수도 없으리라. 그나마 남아 있던 쥐꼬리만 한 돈은 바닥이 난 지 오래

결행되다(決行--) 일이나 계획 등이 어떤 일에도 변함이 없이 결단되어 실행되다.

였고, 전세금을 줄여 가며 변두리로만 이사를 다니다가 급기야 월세방 처지로 주저앉게 된 지도 벌써 이태째였다. 하지만 그는 이젠 도저히 또 다른 직장을 찾아 나설 용기도 아니, 그래야 할 것이라는 생각조차도 사라져 버리고 만 듯한 느낌이었다.

놀라우리만큼 자신이 허약해져 있다는 사실을 이즈음*에야 그는 뒤늦게 깨닫고 있었다. 참으로 비겁한 변명일지도 모르겠지만, 어쩌면 그것은 어머니의 몰락이 자신에게 가져다준 가장 확실한 선물일 수도 있었다. 어머니의 그 넓고 미더운 그늘이 머리 위에서 걷히어져 버리고 난 후, 그는 햇볕 속으로 나온 음지 식물처럼 삽시간에 말라 비틀어져 가고 있었다. 눌눌한* 콧물을 후룩거리던 어린 시절부터 지금까지 그는 수없는 방황을 치러 왔지만, 그때마다 그를 단단히 붙잡아 안전한 곳으로 이끌어 준 것은 바로 어머니의 그 보이지 않는 손길이었던 것이다. 오년의 실직 기간 동안, 거의 날마다, 그것도 얻어 마신 술에 취해 밤늦게 돌아와 대문 앞에서 허물어지듯 쓰러져 버리곤 하던 그가 그래도 최후의 고집스러운 용기만은 요행히* 지킬 수 있었던 것도 역시 어머니의 그 변함없는 그늘을 은연중*에 믿고 있었음으로 해서이리라. 하지만 이젠 어머니의 그 야윈 손길마저도 아

이즈음 얼마 전부터 이제까지의 무렵.
눌눌하다 털이나 풀 등의 빛깔이 누르스름하다.
요행히(僥倖-) 뜻밖으로 운수가 좋게.
은연중(隱然中) (흔히 '은연중에' 꼴로 쓰여) 남이 모르는 가운데.

무런 기적을 베풀 수가 없게 되었다는 사실을 인정해야만 하는 것이었다. 그는 한 번도 경험해 보지 못한 엄청난 절망의 심연˙으로 까마득히 가라앉아 가고 있는 느낌이었다.

그는 방 안에 누워 연거푸 담배만 빨아 대었다.

자박 자박 자박…….

문밖에선 마당을 서성거리는 어머니의 끊임없는 발소리가 아까부터 들려오고 있었다. 그녀의 그 괴이한 서성거림이 시작된 것은 며칠 전부터였다. 몇 평 되지 않는 좁은 콘크리트 바닥 위를 이따금 슬리퍼를 끌고 혼자 자박자박 맴을 도는 것이었다. 그렇다고 해서 그 괴이한 서성거림은 흔히 초조한 사람들이 그러하듯 안절부절못하고 주변을 빙빙 도는 걸음걸이도 아니었고, 혹은 무료하다거나˙ 따분할 때 이리저리 어슬렁거리며 시간을 죽이는 것과 같은 한가함도 지니고 있지 않았다. 어머니는 한 발 한 발 떼어 놓을 때마다 대단히 진지하고도 무엇엔가 열중해 있는 표정으로 땅을 밟는 것이었다. 두 손을 모아 뒷짐을 지고, 허리를 약간 굽힌 채 잔걸음을 꾸준히 옮겨 가는 모습을 보고 있노라면, 그것은 차라리 노동이라고 해야 할 어떤 의도적인 몸짓이었다. 그러다가는 이따금 발끝을 유심히 들여다보며 무엇인가를 집어내어 저만치 휙 내던지는 시늉을 하기도 했다.

심연(深淵) 좀처럼 빠져 나오기 어려운 곤욕이나 상황을 비유적으로 이르는 말.
무료하다(無聊--) 흥미 있는 일이 없어 심심하고 지루하다.

얼마 후에야 그는 어머니의 그 서성거림이 무엇을 의미하는지를 알았다.

으응. 오늘맨키로˙ 날이 조까˙ 풀어진다 싶으면 보리밭을 밟아 줘야 쓰는 벱이여. 뿌리가 들뜨고 잎사구가 깡충하니 겉자라 불면 추위에 배겨나지를 못하니께 미리미리 꾹꾹 밟아 줘야 한단 말다이……

퇴근해서 돌아오는 그를 향해 어머니는 태연스레 대답하던 것이었다. 그는 경악했다. 한동안 입이 떼어지지가 않았다. 아내는 마루 끝에서 울상을 지은 채 그의 눈치만 살피고 있었다. 그것이 바로 며칠 전의 일이었다.

그런데 이날 어머니는 또 그 기막힌 보리밟기를 시작한 모양이었다. 자박, 자박, 자박…… 끊임없이 이어지는 발소리를 들으며 그는 방 안에서 머리를 쥐어뜯고만 싶었다.

해가 지며언 바암이 오고

나알이 새며언 해 뜨는디

이 하루를 또 어찌 새앨끄나

이내 가슴 타는 부울을 어찌 헐끄나…….

어머니는 무슨 작은 짐승의 웅얼거림만 같은 흥타령까지 섞어 가며 집 모퉁이 쪽으로 다가가고 있었다. 하지만 그녀는 모퉁이

오늘맨키로 '오늘처럼'의 사투리.
조까 '조금'의 사투리.

까지 갔다가는 이내 어김없이 몸을 돌려 다시 가던 길을 되밟아 오곤 했다. 그 판에 박힌 궤적은 어쩌면 주인집의 눈을 두려워해서일지도 모르는 일이라고 생각하니, 그는 그런 가운데서도 가슴이 아팠다. 무엇일까. 도대체 무엇이 그렇듯 견고하고 믿음직스럽던 어머니의 성을 저리도 무참하게 무너뜨려 버린 것일까.

그는 그 넋두리 섞인 흥타령을 기억하고 있었다. 잣고개 아래 비탈진 콩밭에서 김을 매거나, 마을 앞 개울가에서 빨래를 할 때면 어머니의 입에서는 늘 그렇듯 분명치도 않은 낮은 흥얼거림이 청승맞게 흘러나오곤 했었다. 그런데 그의 뇌리에서 벌써 아득한 옛날에 지워져 버렸던 그 흥타령을 그는 지금 서울 한복판 비탈진 산동네의 콘크리트 마당에서 다시 듣고 있는 것이었다. 어쩌면 그녀는 이 순간, 검은 콘크리트 바닥 위에 파아랗게 돋아 오른 보리순을 보고 있는지도 모를 일이었다. 드문드문 잔설에 덮인 보리밭 고랑마다 모진 추위를 견디어 내며 싱싱하게 살아 있는 그 대견스런 인동의 풀잎들이 지금 어머니의 슬리퍼 밑에서 가만가만 밟혀지고 있는 것이었다.

유난히도 풀잎의 푸르른 빛깔을 못 잊어 하던 어머니였다. 눈을 들면 사방 어디에고 온통 잿빛으로 뒤덮인 집들이며, 붉은 황토 한 줌 쥐어 볼 수 없는 거리와 골목, 그리고 항상 부옇게 매연에 절어 있는 도시의 탁한 하늘을 바라보며 어언 십 년이

잔설(殘雪) 채 녹지 않고 남아 있는 눈.

넘도록 살아오고 있었지만, 어머니는 아직도 서울의 척박한 콘크리트 땅에 뿌리를 내리지 못하고 있었다. 어디서 구해 왔는지 채송화와 맨드라미 서너 뿌리를 가져와 깨진 그릇 속에 심고 무슨 보물단지나 되듯 소중하게 키우기도 했고, 언젠가 봉천동 산비탈 이층집에 세를 들어 살 때는 헌 사과 궤짝에 상추 씨를 뿌려 정성으로 가꾸다가 결국은 그만둔 적이 있었다. 거기다가 거름으로 아이들의 오줌을 받아 뿌리는 통에 악취 때문에 견딜 수가 없다며 주인집 여자가 쫓아 올라와 한바탕 법석을 떨었기 때문이었다.

자박, 자박, 자박······.

어머니의 발소리는 꾸준히 반복되고 있었다. 어느 순간, 그는 참으로 우연처럼 문득 아버지를 생각해 내었다. 그러고 보니 그는 그때까지 아버지를 까맣게 잊고 있었던 것이다. 그가 세 살 나던 해에 돌아가셨다는 아버지는 꼬두메 마을 뒷산 솔밭 기슭의 공동묘지에 지금도 묻혀 있을 것이었다. 찬우야이. 꼬두메로 핑 가자이. 아버지가 얼매나 기다리시끄나이······. 어머니의 넋두리가 그의 귓전을 맴돌고 있었다. 그는 자리에서 벌떡 일어났다. 서울로 떠나온 후 십삼 년이 넘도록 한 번도 찾아가 보지 못한 아버지의 무덤이 별안간 어마어마한 부피로 부풀어 올라 그의 가슴을 무섭게 두드려 대기 시작했다.

귓전 귓바퀴의 가장자리.

그렇다. 어머니는 아버지의 무덤을 결코 잊고 있었을 리가 없었다. 지금껏 단 한 번도 그 말을 꺼내지 않았을 뿐이었다. 한결같이˚ 하루하루를 조마조마한 마음으로 이리저리 쫓겨 다니다시피 하는 못난 자식의 피곤하고 가난에 찌든 생활이 당신의 그 간절한 소망을 매번 틀어막아 버리고 만 것이리라.

그는 방문을 와락 밀어젖히고 밖으로 달려 나갔다. 그리고 보리를 밟고 있는 어머니의 어깨를 세차게 잡아 흔들었다.

좋아요, 어머니. 가십시다. 여한˚이라도 없게 내려가십시다. 오늘 당장 꼬두메로 가시자구요!

한동안 어머니의 망연한 눈망울이 그의 앞에서 고장 난 자물통처럼 힘없이 열려져 있었다.

가시자니까요. 알아들으셨어요, 어머니? 꼬두메로 가요. 아버지를 뵈러 가시는 겁니다!

뭐, 뭐라고……?

그때 그는 불현듯 그녀의 텅 빈 동공에서 믿기 어려우리만큼 희미한 출렁거림을 똑똑히 보았다. 부엌에서 아내가 튀어나왔다.

왜 그러세요, 당신. 무슨 일이냐구요.

놔. 당신은 모르는 일이야. 아무도 어머니 마음을 몰라. 그러니 상관하지 말라구!

한결같이 처음부터 끝까지 변함없이 꼭 같이.
여한(餘恨) 풀지 못하고 남은 원한.

흡사 실성한˚ 사람처럼 그는 고함을 질러 댔다. 그리고는 방으로 들어가 간단한 짐을 가방에 챙기기 시작했다. 도대체 제정신이세요. 이 시간에 느닷없이 꼬두멘가 어딘가를 무엇하러 내려가신다는 거예요. 아내가 손을 잡고 만류했지만 그는 듣지 않았다. 기어코 아내의 입에서 울음이 터져 나왔다. 그제야 그는 차근차근한 말로 아내를 설득시켰다. 잠시 후 그가 밖으로 나왔을 때였다. 어느 틈에 화사하게 밝은 노랑색 양단 치마저고리와 남빛 두루마기를 차려입은 어머니가 방문 앞에서 기다리고 있는 것이었다. 그 놀라운 광경에 그와 아내는 약속이나 한 듯 입을 따악 벌리고 말았다. 그 옷은 그가 학교를 졸업하던 날 이후로는 한 번도 본 적이 없었다. 어머니는 어디엔가에 지금껏 몰래 감추어 두고 있었던 모양이었다.

어서 가자이. 느그 아부지가 눈이 아프게 기다리시겠다이.

그 희한한 옷차림으로 예쁘게 단장한 채 어머니는 소녀처럼 가늘게 웃는 것이었다.

쿵더덕쿵더덕…….

철교 위를 지나는 참인지 별안간 바퀴 소리가 커지면서 공허하게 울리고 있었다. 아마도 금강의 지류˚이리라. 덜컹대던 바퀴 소리는 한참 후에 다시 잦아들었다. 시계가 두 시 반을 가리키고

실성하다(失性--) 정신에 이상이 생겨 본정신을 잃다.
지류(支流) 강의 원줄기로 흘러들거나 원줄기에서 갈려 나온 물줄기.

있었다. 승객들은 피곤에 젖어 대부분 의자 위에서 허리를 구부린 채 불편한 잠을 청하고 있었다. 자욱한 담배 연기 때문에 실내는 부옇게 흐려 보였다. 사람들의 창백한 얼굴들은 얼핏 흔들거리는 요람 속에 누운 미라의 모습을 연상케 했다.

몸은 피곤했으나 왠지 그는 그다지 졸음기를 느낄 수가 없었다. 오히려 정신은 갈수록 투명해지는 듯한 느낌이었다.

꼬두메. 어두운 차창 저편으로 시선을 던지며 그는 혼자 가만히 그렇게 뇌까려 보았다. 불현듯 까맣게 묻혀 있던 기억의 저편 어딘가로부터 아련한 그리움과 함께 그 이름은 그에게 다가오기 시작했다. 생각하면 참으로 오랫동안 그 정겨운 고향 마을을 잃어버린 채, 그는 매몰차고도 척박한 도시의 뒷거리를 병든 개처럼 지금껏 홀로 비틀거리며 헤매어 다니고 있었던 것이다.

그는 담배 연기를 한 모금 깊숙이 빨아들였다가 천천히 내뿜었다. 파란 연기가 창유리에 부딪치며 실타래로 가느다랗게 풀어지고 있었다.

꼬두메는 무등산 기슭의 작고 한적하기만 한 동네였다. 사십여 호가량 되는 토담집들이 고막 껍질처럼 옹기종기 둘러앉은 마을 뒤쪽으로는 꽤 가파른 고개가 있었는데 사람들은 그것을 잣고개라고 불렀다. 고개 위로 뱀이 기어가듯 구불구불 나 있는 길은 무등산으로 통하는 유일한 군용 작전 도로였다. 그 잣

토담집(土--) 흙으로 만든 토담만 쌓아 그 위에 지붕을 덮어 지은 집.

고개 기슭을 흐르는 실개천을 따라 얼마쯤 내려가노라면 마을 초입에 커다란 당산나무가 보였고, 거기서부터 다시 산쪽을 향하면 그의 집은 멀지 않았다. 껑충하니 키 큰 대나무밭을 뒤로 두르고, 탱자나무와 뜨락의 수국꽃이 아름답던 그 두 칸짜리 토담집 오막살이에서 어머니는 그와 형의 탯줄을 자른 것이었다.

그는 아버지의 얼굴을 본 기억이 없었다. 그가 세 살 때 돌아가셨다는 아버지는 그나마 빛바랜 사진 한 장 남겨 놓지 않았으므로 결국 그는 영영 얼굴을 알지 못하게 된 셈이었다. 다섯 살 손위였던 형에게서 들은 얘기로는 아버지는 한쪽 눈을 보지 못하는 불구였다고 했다. 함경도 어느 산골이 고향이라는 아버지는 무슨 연유에서인지 해방이 되기 전에 이미 남도까지 흘러 들어와 머슴살이를 하며 아예 눌러앉아 살게 된 모양이었다. 당연히 그에겐 아버지 쪽의 친척이라고는 아무도 없었다. 그 점에서는 어머니 쪽도 거의 비슷한 처지였으므로 결국 병으로 아버지가 돌아가신 후, 어머니는 의지할 만한 변변한 피붙이 하나 없이 그들 두 형제를 홀몸으로 키워야만 했던 것이다.

태어나서부터 그의 소년기와 청년기의 앞부분까지를 고스란히 보낸 그 꼬두메 시절을 생각할 때마다 그는 언제나 입안에 쓰디쓴 풀뿌리를 씹고 있는 듯한 느낌이 들곤 했다. 그 이십여 년의 세월을 돌이켜 보면 그에게는 다만 쓰디쓴 슬픔과 가난의

당산나무(堂山--) 마을의 수호신으로 모셔 제사를 지내 주는 나무.

기억밖에 남아 있지 않았다. 그리고 그 가난은 땅바닥에서 흙을 집어먹던 어린아이 때부터 두 아이의 아비가 된 이 순간까지도 아무리 지우려 해도 지워지지 않는 저주가 되어 참으로 끈질기고도 완고하게 그의 등에 변함없이 달라붙어 있는 것이었다.

 그 시절의 그는 늘 허기가 져 있었다. 빈 뱃속에서 아름아름회가 끓어오르기 시작하면 허리를 꺾어 안고 주저앉아 하릴없이 손톱만 물어뜯어야 했던 시절……. 들일 나간 어머니가 좀체 돌아오지 않을 때면 그는 형과 함께 손을 잡고 뒤안 대숲을 돌아서 산기슭에 있는 묵정밭을 찾아 나서곤 했다. 그때마다 어머니는 길다란 밭고랑 한 귀퉁이에서 한 마리 배추흰나비처럼 엎드린 채 자그맣게 움직이고 있었다. 가끔 어머니가 과수원이나 동네 토마토 밭으로 삯일을 나가 있을 때면 아침부터 그들의 작은 가슴은 기대에 부풀어 오르게 마련이었다. 그날은 과수원이 내려다보이는 산기슭의 아버지 산소 옆 풀밭에 앉아 몇 시간이고 어머니의 모습을 지켜볼 수가 있었다. 다른 사람들의 눈치를 살피며 가끔은 이쪽을 향해 어머니는 빨리 집으로 돌아가라는 시늉으로 손짓을 해 대기도 했지만, 그들은 풀섶에 납작 엎드린 채 키들키들 웃음을 터뜨리며, 어머니가 보자기에 적지 않은 과

아름아름 말이나 행동을 분명히 하지 못하고 우물쭈물하는 모양.
✤ 회가 끓어오르기 배가 고파 오기.
뒤안 뒤꼍. 집 뒤에 있는 뜰이나 마당.
묵정밭 오래 내버려 두어 거칠어진 밭.
풀섶 '풀숲'의 사투리.

일을 얻어 싸 가지고 집으로 돌아오게 될 해질녘을 목구멍이 간질간질해지도록 기다리곤 했던 것이다.

그렇듯 어머니는 들일이 많아지는 철이면 품삯일을 나다니기도 했지만, 대개는 바느질에 매달려 있었다. 손때가 고우면 팔자가 기구하다등만, 그거이 틀린 말이 아니여. 이따금 한숨을 내쉬면서 어머니는 바늘 끝을 여미느라 머리에 문질러 가며 다소곳이 앉아 한 땀 한 땀 바느질을 떠 가는 것이었다. 그는 왠지 그런 어머니의 모습을 바라보기 좋아했다. 추운 겨울밤, 흐릿한 불빛 아래서 갸웃이 고개를 수그린 채 바느질에 열중해 있는 어머니의 옆모습을 아랫목에 누워서 몰래 훔쳐보고 있을 때면, 인두를 달구기 위해 어머니가 방 안에 들여다 놓은 숯불 화로에서는 구수하게 고구마 익어 가는 냄새가 솔솔 피어오르기 시작하고, 뒤안 대숲에서는 바람결에 대나무들이 서로 허리를 비벼 대며 스산하게 울어 대는 소리가 장지문 새로 흘러 들어오곤 했었다.

잠이 들었다가 어느 땐가 얼핏 눈을 떠 보면 밤이 늦도록 어머니는 머리맡에서 여전히 바느질을 하고 있었다. 그것은 그가 대학을 졸업할 때까지도 거의 매일같이 계속되는 변함없는 일과였다. 그러는 사이 어머니의 머리카락은 희끗희끗 변해 가기

손때 손끝. 손을 놀려 일을 하는 솜씨.
기구하다(崎嶇--) 방해하는 조건이 많아 세상살이가 순탄하지 못함을 비유적으로 이르는 말.
인두 뜨겁게 달구어서 다림질하는 도구.
장지문(障-門) 방과 마루 사이, 또는 방과 방 사이에 칸을 막아 끼우는 문.

시작했고, 바늘귀를 꿰는 시간이 갈수록 길어져 가고 있었다.

　이제 그만 주무세요, 어머니.

　보다 못해 일어나서 대신 바늘귀에 실을 꿰어 주고 나면, 어머니는 문득 빙그레 웃으며 억지로 그를 다시 이불 속에 밀어넣어 주곤 했다.

　괜찮하다이. 이 저고리는 오늘까지 꼭 해 줘야 쓰꺼인디 그만 늦어 부러서 그런다. 아침에 일찍 일어나 학교에 갈라면 너도 고단하꺼인디 어서 푹 자거라이.

　그러면 할 수 없이 그는 누워서 다시 잠을 청해야 했다. 하지만 어느새 잠은 멀리 달아나 버리고 말았고, 따뜻한 이불 속에서 눈을 감은 채 뒤안 대나무 숲을 흔들고 지나가는 바람 소리를 헤아리고 있노라면 그때마다 까닭 모를 서글픔으로 눈가에 피잉 물기가 차오르는 것이었다.

　형이 죽은 것은 그가 고등학교 졸업반이었던 해 여름이었다. 중학교를 채 마치지도 못하고 열다섯 살 때부터 철공소에 다니기 시작했던 형은 하사관으로 지원 입대한 지 일 년 후에 전쟁이 한창인 월남으로 떠났다.

　어머니. 다른 사람은 몰라도 나는 절대로 안 죽어라우. 염려 놓으시요이. 그라고, 찬우 너는 다른 걱정은 말고 그저 공부만

❋ 바늘귀를 꿰는 시간이 갈수록 길어져 가고 있었다　나이가 들어 눈이 나빠지면서 바늘귀(바늘구멍)가 잘 보이지 않아 실을 꿰는 시간이 길어진 것이다.

열심히 하면 된다이. 네 대학 등록금은 내가 충분히 뒷감당*을 해 줄 터잉께. 알았지야?

떠나기 전에 열흘간의 휴가를 받아 꼬두메로 돌아온 형은 전쟁터로 떠나는 사람답지 않게 유난히도 밝고 쾌활해 보였다. 여기보다야 덜 안전하겠지만, 잘만 하면 목돈을 만질 수가 있을 거라는 얘기를 마치 무슨 대단한 행운을 잡은 사람처럼 그에게 몰래 귀띔해 주기도 했다. 그렇듯 기대에 들떠 있는 형의 얼굴에서 그때 그는 무엇인지 모를 불길한 예감을 느꼈었다. 그리고 그 예감은 떠난 지 불과 두 달 만에 전사했다는 쪽지로 바뀌어져서 집으로 불쑥 돌아왔다.

그 쪽지를 직접 받은 사람은 그였다. 마침 어머니는 일감을 돌려주기 위해 시내에 있는 한복집에 나간 뒤였으므로 방학 중인 그 혼자 집에 남아 있던 참이었다. 그 허망한 소식에 놀라워하기보다는 우선 그는 어머니가 받을 충격이 무섭고 끔찍하기만 했다. 유난히도 속이 넓고 착한 형을 어머니가 얼마나 사랑했는지 그는 잘 알고 있었다.

어머니는 해가 서산으로 뉘엿뉘엿 넘어가기 시작할 무렵에야 돌아왔다. 저만치 동구 밖 느티나무 너머로 홀로 힘없이 걸어오는 어머니의 모습을 맨 처음 발견했을 때부터 그는 울음이 터질 것만 같아 서너 차례나 마당을 빙빙 돌았다. 이윽고 꼬불

뒷감당(-堪當) 일의 뒤끝을 맡아서 처리함.

꼬불한 골목길을 돌아서 어머니는 사립문을 밀고 마악 마당으로 들어서고 있었다. 그 짧은 순간에 보았던 어머니의 모습을 그는 아마 죽는 날까지도 영영 잊지 못할 것이다. 사위에 차츰 땅거미가 드리워지기 시작하는 시각, 허름한 회색 치마저고리에 지친 표정으로 힘없이 사립문을 들어서는 그녀의 가슴엔 그의 집의 오랜 가난과 허기의 상징 같은 두 되짜리 봉지쌀이 소중히 안겨져 있었다. 하지만 어머니도 그날은 집에 들어서자마자 뭔가 불길한 예감이 들더라는 것이었다.

마당 한가운데서 엉거주춤 서 있는 그를 보고 어머니는 한동안 멍하니 그 자리에 서 있을 따름이었다. 기어코 그가 와락 울음부터 터뜨리고 말았을 때 어머니는 비명조차 없이 허물어지듯 주저앉아 버리고 말았다. 순간, 그는 땅바닥으로 눈송이처럼 하얗게 흩어져 내리는 눈부신 쌀알들을 보았다. 그것은 그가 기억하기에는 평생에 단 한 번, 어머니가 곡식 낟알을 함부로 헤프게 다루었던 유일한 날이었을 것이다.

얼마 후, 형의 유해가 돌아왔을 때 그들 모자는 그제야 이 세상에 단둘이만 남았다는 사실을 확연히 깨달았다. 돈을 벌어 오겠다던 형은 죽어서 그들에게 얼마간의 돈을 남겨 주었다.

내 눈에 흙이 들어간다면 몰라도, 그 전에는 절대로 이 돈에 손 하나 까딱하지 않을란다. 시상에 어느 몹쓸 에미가 즈그 새끼

봉지쌀(封紙-) 종이 봉지에 담은 쌀.

팔아서 목구멍에 풀칠을 한다디야.

그 돈이 형의 목숨을 판 값이라고 믿은 어머니는 끝끝내 손을 대지 않았다. 결국 그 돈은 훗날 그의 대학 입학금으로 쓰여지게 되었다. 아무 걱정 말고 공부만 열심히 하라던 형의 마지막 말은 어쨌든 들어맞은 셈이었다.

깜박 잠이 들었던 모양이었다. 주위가 소란해진 듯한 기척에 눈을 떠 보니 옆자리가 비어 있었다. 가슴이 철렁했다. 출입문 가까이에서 제복 차림의 승무원 사내가 누군가를 붙잡고 큰 소리로 떠들어 대고 있었다. 반쯤 열려져 있는 문틈으로 찬 바람이 매섭게 불어 들어왔고, 졸다가 깨어난 사람들의 시선이 일제히 그리로 향하고 있었다. 승무원이 부축하고 있는 사람은 분명히 어머니였다. 그는 황급히 뛰어나갔다.

여보세요 할머니. 아무리 그렇다고 글쎄, 화장실을 코앞에다 놔두고 여기서 이러시면 어떻게 합니까.

아마도 그가 잠든 사이에 화장실 앞 복도에다가 그만 일을 보신 모양이었다. 그러고 보니 바닥에 흥건한 물줄기가 벌써 객실 안으로 흘러들기 시작하고 있었다. 그는 다가가서 어머니를 부축했다.

댁이 이 할머니의 보호자 되시는 분이슈?

그는 얼굴을 붉히며 그렇다고 대답했다.

보아 하니 모친이신 모양인데, 아니 여기서 이러고 계시도록 이때까지 뭘 하셨소, 원. 쯔쯧.

사내는 힐난하듯 위아래로 훑어보며 말했다. 그는 문득 어디선가 그와 비슷한 말을 들은 듯한 기억이 있었다. 그것은 언젠가 버스 정거장에서 손을 벌리다가 학교로 끌려왔을 때, 그 젊은 담임 선생이 어머니에게 했던 바로 그 말이었다. 여러 사람들의 웃음소리와 수군거림을 들으며 그는 어머니를 모시고 자리로 되돌아왔다. 창피를 톡톡히 당한 셈이었다.

어머니도 참. 저를 깨우실 일이지. 바닥에다가 그러실 게 또 뭡니까?

분풀이를 하듯 퉁명스레 쏘아 주었을 때 어머니는 전혀 엉뚱한 대답을 했다.

꼬두메까장은 아직도 멀었다니야. 원, 무신 놈의 차가 이렇게 더디 간다냐.

이윽고 그녀는 다시 잠이 든 모양이었다. 그는 분명 어처구니없는 이 한겨울밤의 여행을 차츰 후회하기 시작했다. 헐겁게 입을 벌린 채 잠들어 있는 어머니의 얼굴, 그리고 딱딱하게 못이 박힌 거친 손을 번갈아 바라보며 그는 문득 울적했다. 지금 곁에서 잠들어 있는 이 노인의 모습이 결코 어머니의 진정한 모습은 아니리라고 그는 차라리 믿고 싶었다. 그것은 그 안에 오래도록 간직되어 왔던 한 인간의 꿈 혹은 소중한 영혼이 어느 날 문득 몰래 빠져나가 버린 후 비로소 뒤에 남겨진 낡고 빈 패물 상자와 같은, 그런 쓸쓸하기만 한 모습이었다.

그는 잠든 어머니를 남겨 둔 채 홀로 출입문 밖으로 나왔다. 객차와 객차를 연결한 통로에 그는 섰다. 그곳은 어둡고 몹시 추웠다. 열려져 있는 양쪽 출구를 통해 칼날 세운 바람이 맹렬한 기세로 불어 들어왔고, 쉴 새 없이 쿵쿵거리는 바퀴의 진동음이 엄청나게 커다랗게 들려왔다. 그는 벽에 기대어 담배를 꺼내 물었다. 바람 때문에 자꾸만 성냥불이 꺼져 버리곤 했으므로 끝내 불 붙이기를 단념했다. 그는 호주머니에 두 손을 깊숙이 찔러 넣었다.

출구 저편으로 눈에 덮인 들판이 희끄무레하게 펼쳐지고 있었다. 어느새 눈은 멎은 모양이었다. 철길을 따라 줄지어 선 전신주의 행렬이 끊임없이 이어지고, 희게 빛나는 벌판 멀리 검은 산들이 몸을 웅크린 채 천천히 뒤로 물러나고 있었다. 이따금 야산 기슭이나 눈 쌓인 벌판 어디쯤인가에서 농가의 작은 불빛이 반딧불처럼 반짝 튀어나왔다가는 이내 스러져 버리곤 했다. 그 자그맣게 빛나는 불빛들은 하얗고 탐스럽게 피어난 수국 꽃송이들을 닮아 있었다. 먹빛 차창으로 문득문득 피어났다가 순식간에 어둠 속으로 사라져 버리곤 하는 그 물기 젖은 꽃송이들을 바라보며 그는 불현듯 긴 한숨을 내쉬었다. 생각하면, 저렇듯 흰 수국 꽃송이들처럼 숱한 기억의 꽃 이파리들을 피워 내기도 하면서, 인간이란 또 얼마나 많은 작고 소중한 이야기들을 날마다 손 흔들어 떠나보내며 살아가야만 하는 것일까. 불현듯 까닭도 없이 눈시울이 뜨거워 오는 느낌에 그는 손바닥으로 얼굴을 문질러 보았다. 덜컹대는 바퀴의 요란스러운 진동음을 따라 기차는 규칙적인 흔들림을 계속하고 있었다.

발가락이 시려 왔다. 어머니는 멍하니 풀린 시선을 허공에 던져 둔 채로 말없이 그의 곁에 서 있을 뿐이었다.

그는 자꾸만 언 발을 구르며 어떻게 해야 할지 갈피를 잡지 못하고 허둥대고 있었다. 눈앞으로는 거대한 아파트 건물들이 길게 줄을 이어 펼쳐져 있었다. 그는 다른 곳으로 눈길을 돌렸다가는, 마치 기적을 바라듯 다시 고개를 돌려 앞을 쳐다보곤 했으나, 거기 눈앞에 우뚝 서 있는 십 층 건물은 결코 환상이 아니었다. 그곳은 K시의 로터리 부근이었다. 거기서부터 다섯 개의 길이 따로 갈라져 있어서, 통칭 오거리라고 불리운다는 사실을 그는 조금 전에야 알았다. 시가지를 좇아서 두 가닥의 길이 시원스레 뚫려 있고, 북으로는 기차역, 서쪽으로 공단 지대를 향하고 길이 나 있었다. 그리고 시가지의 반대편으로 난 이차선 도로는 무등산으로 통해 있었는데, 그들은 바로 그 길목에서 벌써 오랫동안 뱅뱅 맴을 돌고 있는 참이었다.

하늘은 금방 눈이 쏟아질 듯 잔뜩 흐려져 있었다. 짙은 잿빛 구름장이 느린 속도로 흘러가고 있는 게 보였다. 세상은 온통 은빛이었다. 밤새 내린 눈으로 거리와 지붕들, 그리고 가로수의 헐

구름장(--張) 넓게 퍼진 두꺼운 구름 덩이.

벗은 가지들도 모두가 두툼한 솜옷을 껴입은 듯한 모습이었다.

폭설 주의보가 내렸다더군.

글쎄 말이시. 삼십 년 만에 처음 보는 굉장한 눈이래지 아마.

행인들이 그런 말을 주고받으며 빙판길을 엉금엉금 지나가고 있었다. 벌써 열 시가 가까워 오는 시각이었다. 기차가 종착역인 K시에 닿은 때가 아침 일곱 시. 역 앞 식당에서 요기를 하고, 방 안에 들어가 잠시 몸을 녹인 다음 그는 택시를 타고 곧장 그곳으로 달려왔던 것이다.

꼬두메라구요? 그런 동네는 금시초문인디요.

운전수의 뜻밖의 대답에 그는 아차, 했다. 하지만 너무 변두리인데다가 그동안 명칭이 바뀌었을지도 모른다고 애써 믿으며, 그가 다시 잣고개라고 가르쳐 주자 비로소 운전수는 고개를 끄덕이는 것이었다. 그러나 사내가 막상 전혀 낯선 곳에 그들을 내려 주었을 때 그는 눈을 의심해야 했다. 거대한 아파트 건물들과 고급 주택들이 빼곡히 들어차 있는 그곳이 예전의 논밭과 야산이 있던 자리라고는 도저히 믿어지지가 않았다. 암만해도 엉뚱한 곳으로 잘못 찾아온 것이리라 생각했다.

글쎄요. 꼬두메라는 동네는 모르겠소만, 잣고개는 저어기 있잖소.

근처의 구멍가게 주인 남자는 시큰둥한 표정으로 손가락질을

요기(療飢) 시장기를 겨우 면할 정도로 조금 먹음.

해 주었다. 그쪽으로 시선을 주었던 그는 삽시간에 온몸의 힘이 쭈욱 빠져 버리는 느낌이었다. 비록 비좁고 흙먼지투성이이던 예전의 작전 도로가 그새 말끔한 이차선 포장도로로 바뀌긴 했지만, 그것은 아무리 봐도 잣고개임에 틀림없었다.

그렇다면…… 그는 고개 아래 기슭까지 들어앉아 있는 육중한 고층 아파트 건물들을 바라보았다. 그것은 그의 기억 속의 풍경과는 눈곱만큼도 닮아 있지 않았다. 변두리의 맨 마지막 가로등이 있는 곳으로부터도 논둑길을 따라 반 시간은 족히 걸어야 했던 산비탈 동네가 번드르르한 고급 주택가로 변해 있었고, 눈만 뜨면 을씨년스레 시야를 붙잡아 내리곤 하던 맞은편 언덕의 공동묘지 자리엔 아파트가 여러 채 들어서 있었다. 그리고 그 사이로 우람한 팔뚝 같은 아스팔트가 훤히 뚫려 있는 것이었다.

모두가 생각하면 할수록 어리석은 짓이었음을 그는 뒤늦게야 깨닫고 있었다. 처음부터 앞뒤 가릴 여유조차 없이 어머니의 황당한 넋두리를 좇아서 덜컥 그곳으로 찾아 내려온 것부터가 엉뚱하기 그지없는 일이었다. 애당초 십여 년이 지난 지금까지 그 가난한 꼬두메 마을이 고스란히 남아 있을 리가 만무했다.

찬우야이. 어서 우리 집으로 가자니께 왜 여그서 이러고 있냐이.

어머니는 어린아이처럼 보채기 시작했다. 추위로 그녀의 입술이 푸르게 변해 있었다. 여기가 꼬두메예요, 어머니. 똑똑히 보시라구요. 어머니가 그렇게 가자고 조르시던 곳이 바로 여기라니까요. 하지만 그는 차마 그 말을 입 밖에 낼 수가 없었다. 설혹 그런다 한들 알아들을 리도 없을 터였다. 그는 눈앞으로 허공을 비스듬히 가로지르고 있는 아파트 건물을 우울하게 올려다보았다. 거기는 바로 예전에 공동묘지가 있던 자리였다. 십년이 넘도록 한 번도 찾아보지 못한 채 내버려 두었던 아버지의 무덤. 그 무덤이 어쩌면 저 거대한 아파트 밑 어딘가에 묻혀 있을지도 모른다는 생각이 들었다. 그는 문득 목구멍을 치밀어 오르는 뜨거운 덩어리를 삼켰다. 뒤늦은 후회와 죄책감이 가슴을 후벼 파고 있었다.

어머니는 파랗게 질린 입술로 몸을 떨고 있는 기색이 역력했다. 우선 추위를 피해야겠다는 생각에 그는 부근의 다방으로 들어가 난로 가까운 자리에 어머니를 앉으시도록 했다.

잠깐만 여기서 기다리고 계세요, 어머니. 무얼 좀 알아보고 나서 금방 돌아오겠습니다. 아셨지요. 네?

절대로 그 자리에 앉아 계시라고 신신당부를 한 다음, 그는 다방을 나와 아까 보아 두었던 동사무소를 찾아갔다.

아아, 뉴 타운 아파트 말이군요. 글쎄요. 아마 지은 지는 몇 년 되지 않았을 겁니다. 그런데 왜 그걸 여기 와서 물어보십니까.

나이가 꽤 들어 뵈는 남자가 난로 곁에 서 있다가는 그가 내민 담배 한 갑을 어색한 기색으로 받아 들며 대답했다. 그는 지

신신당부(申申當付) 거듭하여 간곡히 하는 당부.

금의 아파트 자리에 있었던 공동묘지에 관해 알고 싶노라고 말했다.

원 세상에, 저런. 그러니까 묘를 잃어버리셨다는 말씀이구먼. 아니, 그때 신문지상에 분묘 이장* 공고를 냈었을 텐데 보지 못하셨소?

사내는 조금 놀랍다는 시늉으로 새삼스레 그의 얼굴을 훑어보는 것이었다. 그는 까닭 모를 부끄러움에 얼굴이 벌겋게 달아올랐다.

못 봤습니다. 알았으면 이런 일이 있었겠습니까. 하지만, 아무리 주인 없는 분묘라고 해도 어디론가 이장을 하기는 했을 게 아닙니까.

물론, 그랬겠지요. 어쨌든 일단 시청으로 가서 알아보시구려. 해도, 보나마나 헛수고일 거요. 거 참, 이제 와서 그걸 어떻게 찾아낸단 말이오. 시퍼렇게 살아 있는 사람들도 못 만나서 아우성들인데…….

대관절 이제껏 어디서 뭘 했길래 무덤이 파헤쳐진 줄도 모르고 있었담, 하는 눈초리로 사내는 그를 쳐다보고 있었다. 그는 도망치듯 허둥지둥 그곳을 빠져나오고 말았다.

허탈해진 걸음으로 다방에 들어서니 뜻밖에 어머니의 모습이 보이지 않았다. 바닥에 물걸레질을 하고 있는 아가씨에게 그는

이장(移葬) 묘를 옮기는 일.

달려갔다.

어머, 그 이쁜 옷 입은 할머니 말이죠. 방금 전에 밖으로 나가시던데, 못 만나셨어요?

여자는 무엇이 우스운지 연신 빙글빙글 웃음을 흘리며 대답했다. 정신이 번쩍 나는 것 같았다. 허겁지겁 문을 열고 밖으로 나와 주위를 두리번거렸지만 어디에고 어머니는 보이지 않았다.

이것이 어떻게 된 노릇인가. 정신도 온전치 못한 노인이 이 한겨울 눈 속에 어디로 가셨단 말인가.

그는 가까운 골목과 골목을 기웃거리며 뛰어다녔다. 부근 가게와 약국으로 들어가 혹시 이런저런 노인을 못 보았느냐고 물어보기도 했다. 하지만 어머니의 행방은 알 수가 없었다. 불과 몇 분가량 자리를 비운 틈에 설마 노인의 걸음이 그토록 빠를까 싶었다. 그러다가 요행히도 어머니와 비슷한 사람을 보았다는 아낙네를 찾아냈다. 길가에서 군밤이며 쥐치포 따위를 팔고 있는 여인이었다.

맞어라우. 틀림없이 저쪽 언덕바지° 길로 혼자 끄덕끄덕 올라가십디다여. 색시맨키로 하도 곱게 차리셨길래 내가 찬찬히 봐두었구만이라우.

여자가 손가락으로 가리킨 쪽은 잣고개로 넘어가는 도로였다. 그는 황황히 비탈진 길을 따라 오르기 시작했다. 빙판에서

언덕바지 언덕의 꼭대기. 또는 언덕의 몹시 비탈진 곳.

두어 번이나 미끄러져 땅바닥으로 곤두박질을 쳤지만 아픈 줄도 몰랐다. 그만큼 그는 다급해져 있었다. 하지만 국민학교를 지나 주택가가 끝나는 산기슭에 거의 다다랐을 때까지도 어머니를 발견할 수가 없었다. 행여 이러다가 어머니를 영영 다시 만나지 못하게 되고 마는 것은 아닐까 하는 불길한 예감이 시야를 아득하게 했다.

눈이 다시 내리기 시작했다. 만발한 목화송이처럼 희고 탐스러운 눈송이가 이내 하늘을 가득 채우며 펑펑 쏟아져 내리고 있었다. 그는 산기슭에 이르러 한동안 걸음을 멈추고, 어디로 가야 할지를 몰라 망설였다. 거기서부터 길은 구불구불하고 가파른 잣고개로 이어지게 되어 있었다. 저편으로 고갯길을 오르는 사람들의 모습이 띄엄띄엄 눈에 띄기는 했지만, 그 가운데에 어머니가 끼여 있는지는 확실치가 않았다. 아아. 이 눈 속에서 어머니는 혼자 어디로 가신 것일까. 찬우야이. 꼬두메로 핑 가자이. 불길한 주문만 같던 어머니의 음성이 귓전에서 맴을 돌았다. 정말, 어머니는 기어코 꼬두메를 찾아가시겠다고 얼토당토않게시리 홀로 길을 나선 것일까. 온몸에 하얗게 눈을 맞으며 어디론가 하염없는 걸음을 옮기고 있을 어머니의 모습이 눈앞에 떠올랐다. 꼬두메는 이미 이 세상에는 존재하지 않는 과거 속의 마을이었다. 그렇다면 어머니는 이젠 더 이상 아무도 그곳

국민학교(國民學校) '초등학교'의 예전 용어.

을 기억해 주지 않는 이 땅을 떠나, 그 과거의 이름들이 아직 살아 숨 쉬고 있을 또 다른 세계를 찾아 길을 나선 것일까. 그렇다면 그 세상은 오직 어머니 혼자만 아는, 당신만의 소중한 세계일 터였다. 거기엔 어머니가 한시도 잊지 못했던 그리운 사람들과 정겨운 이름들이 예전 그대로 살아 있을 것이었다. 한쪽 눈을 못 보는 아버지와 착한 형, 그리고 어쩌면 어린 시절의 그의 앳된 얼굴도 그 가난한 식구들 곁에서 함께 곤히 잠들어 있을지도 모른다.

아니, 아니야. 그러나 그는 세차게 고개를 흔들어 버렸다. 꼬두메는 이미 이 세상에는 존재하지 않는다. 그것은 결코 아무도 찾아갈 수 없는 망각의 땅일 뿐이다. 그는 그것을 알고 있었다. 아니, 온 세상 사람들이 모두가 알고 있는 그 분명한 사실을 다만 어머니 혼자서만 아직도 모르고 있을 뿐이었다.

찾아야 해. 어머니를 찾아내야만 해.

그는 마침내 흐드러지게 쏟아져 내리는 함박눈을 맞으며, 비틀거리는 걸음으로 잣고개를 기어오르기 시작했다. 차츰 눈송이가 굵어져 가고 있었다. 은빛, 세상은 온통 은빛이었다.

■ 『그리운 남쪽』(문학과지성사, 1985)

눈이 오면  작품 해설

● 등장인물 들여다보기

그(찬우)

서른다섯 살의 회사원입니다. 세 살 때 돌아가신 아버지는 사진 한 장 남아 있지 않아서 얼굴조차 모르고 홀어머니 밑에서 형과 함께 자랐습니다. '그'의 뒷바라지를 호언장담했던 형은 월남에 파병된 지 두 달 만에 전사했으며, 형이 죽어서 받은 약간의 보상금은 '그'의 대학 입학금으로 쓰이게 됩니다. 대학을 졸업하고 신문사에 입사하였으나 실직을 하고 5년 동안 실업자 신세로 지내다가, 새로이 입사한 회사마저 월급을 주기 힘든 형편이어서 결국 사표를 쓰고 맙니다.

어려서부터 가난이 지긋지긋하지만 '그'는 좀처럼 가난에서 벗어나지를 못 합니다. 항상 배가 고팠던 어린 시절, '그'는 마을의 빈민 구호소에서 파는 삼십 환짜리 국수가 너무 먹고 싶어서 돈을 마련하기 위해 버스 터미널에서 구걸을 하다가 버스 회사 직원들에게 걸리고 맙니다. 이로 인해 어머니가 굴욕을 당하게 만든 아픈 기억 때문에 '그'는 어른이 되어서도 국수를 좋아하지 않습니다.

언제나 자신은 어머니의 그늘 아래서 살아왔다는 사실을 어머니가 치매에 걸리면서 새삼 깨닫게 된 그는, 어머니가 그토록 가고 싶어 하는 고향 '꼬두메'를 찾아 어느 날 어머니를 모시고 기차에 오릅니다.

어머니

젊어서 남편을 여의고 밭일도 하고, 남의 일을 해 주어 품삯도 받고, 삯바느질도 해서 어렵게 어렵게 두 아들(형 찬세, 동생 찬우)을 키웁니다. 첫째 아들인 찬세는 월남에 파병되어 전사하였으나 둘째 아들은 대학까지 졸업을 시킵니다.

비록 젊어서 과부가 되었고, 가난 속에서 두 아들을 키우기는 하지만, 사람의 도리를 잃지 않으려 애를 쓰며 경우에 어긋날 일을 하지 않으려 혼신의 힘을 기울입니다. 또한 자식 앞에서 부드러움과 강인함을 잃지 않으려 했기에 아들들은 어머니를 의지하고 따랐습니다.

하지만 그녀는 세월의 풍파를 이기지 못하고 결국 노인성 치매에 걸리고 맙니다. 치매에 걸린 그녀는 입버릇처럼 "꼬두메로 가자"고 아들(찬우)에게 조릅니다. 치매에 걸린 그녀의 기억은 비록 가난했어도 온 가족이 함께 살던 시절의 어디쯤에 고정되어 버린 것입니다. 이렇듯 고향을 그리워하는 그녀를 안타깝게 바라보던 아들은 결국 화사한 한복을 곱게 차려입은 어머니를 모시고 고향을 찾아갑니다.

● 작품 Q&A

"선생님, 궁금해요!"

Q 이 작품에서 주인공이 '어려서 빈민 구호소에서 팔던 국수를 사 먹으려다가 결국에는 어머니가 학교에 불려 오는 일'을 회상하는 것은 어떤 의미를 갖나요?

A 이 작품의 주인공은 '그(찬우)'입니다. '그'는 서대전역에서 사람들이 가락국수를 사 먹는 모습을 보다가 문득 국수에 얽힌 어린 시절의 일을 떠올립니다. 빈민 구호소에서 삼십 환을 받고 팔던 국수가 먹고 싶어서 '그'는 버스 터미널에서 구걸을 합니다. 그러다 버스 회사 직원에게 걸려 학교에 넘겨지고 결국에는 어머니가 학교에 불려 옵니다. 학교에서 젊은 담임 선생님한테 굴욕을 당한 어머니는 집으로 돌아가는 길에 '그'를 데리고 구호소 식당에 갑니다. '그'는 어머니가 사 준 국수를 먹다가 어머니의 눈가에 괸 눈물을 보고야 맙니다. 그 후 '그'는 어른이 되어서도 국수를 싫어하게 됩니다.

이 일은 '그'에게 하나의 트라우마(trauma)가 됩니다. 트라우마는 흔히 '심리적 외상'이라고 부르는데, 어떤 사람이 충격적이거나 비참한 일을 겪고 그 일로 인하여 얻은 마음의 상처를 평생토록 간직함으로써 이후의 삶에 지속적으로 영향을 미치는 것을 뜻합니다. 국수 사건은 '그'로 하여금 단지 국수를 싫어하게 만들었다는 의미에서만 트라우마인 것이 아닙니다. 그 일은 결코 잊히지 않을 가난의 자국이자 유년의 상처이면서 동시에 굳세어 보이면서도 한없이 따스한 어머니의 사랑을 상기시키는 일이기도 합니다. 아픈 상처이기만 한 것이 아니라 '그'의 삶에서 어머니가 차지하는 비중이 어느 정도인지를 부각시키는 일이기도 합니다.

어른이 된 '그'는 어느 날 어머니가 치매에 걸린 것을 알게 되고는 심한 좌절감에 빠집니다. 거의 공황 상태에 가깝다 해도 과언이 아닐 것입니다. 이러한 모습은 '그'가 얼마나 어머니를 마음 깊이 사랑했는가라는 사실보다는 그가 얼마나 어머니를 의지했던가라는 사실을 뚜렷하게 보여 줍니다. '그'에게 그토록 힘이 되고 의지가 되었던 어머니의 모습 혹은 존재감을 최초로 극명하게 보여 주는 것이 바로 국수 사건이라 할 수 있습니다.

Q 어머니가 그토록 꼬두메로 가자며 조르는 이유는 무엇인가요? '꼬두메'는 이 작품에서 어떤 의미를 갖는 곳인가요?

A 노인이 된 어머니는 치매에 걸립니다. 그러니까 어머니가 꼬두메로 가자며 조르는 것은 일차적으로 치매에 걸린 탓입니다. 하지만 왜 하필이면 꼬두메로 가자고 하는 것일까요?

꼬두메는 '그'와 '그'의 가족들이 살던 고향 마을의 이름입니다. 아마도 산골의 후미지고 작은 마을이었기에 꼬두메라 불렀을 겁니다. '그'의 가족들이 꼬두메에서 윤택하고 행복한 시절을 보냈던 것은 아닙니다. 오히려 '그'에게 꼬두메는 가난과 슬픔으로 기억되는 곳입니다. 어머니 역시 지긋지긋한 가난의 기억과 고생스럽던 시절이 잊힐 리 없을 겁니다.

하지만 결정적으로 꼬두메, 정확히 말하면 꼬두메에서 살던 과거의 어느 시점은 어머니가 평생 그리워했던 사람들과 함께 살던 시간입니다. '그'가 세 살이었을 때 죽은 남편이 살아 있던 어느 시점, 또 월남전에 가서 전사한 첫째 아들 찬세와 함께 살던 어느 시점이 바로 꼬두메인 것입니다.

가난 속에서 의지할 데도 없이 홀로 어린 두 자식을 키워야 했던 어머니는 살면서 얼마나 힘들고 외로운 시간이 많았을까요? 아마, 우리가 상상할 수 있는 그 이상으로 인고의 세월을 보냈어야만 했을 겁니다. 그처럼 힘들고 외로울 때, 어머니인들 어째서 일찍 죽은 남편과 첫째 아들 생각이 간절히 나지 않았겠습니까? 이 두 사람은 한없이 그리운 존재이고 언제나 보고 싶은 대상이며, 이 두 사람과 함께 살았던 시간과 공간은 어머니에게는 언제나 다시 가고 싶은 곳이었을 겁니다. 이제는 치매에 걸린 어머니가, 평생을 가난과 싸우고 외롭게 살아야만 했던 어머니가 가장 간절하게 그리워하는 곳은 남편과 첫째 아들이 살아 있는 꼬두메의 어느 시간입니다. 그래서 어머니는 그곳으로 가자고 조르는 것이겠지요.

Q '그'는 어머니가 꼬두메로 가자고 조르는 소리를 계속 들으면서도 한동안 귀향할 마음을 먹지 않다가 어느 날 갑자기 어머니와 꼬두메로 가려고 길을 나섭니다. '그'는 왜 갑자기 그런 결심을 하게 된 건가요?

A '그'는 치매에 걸린 어머니가 고향에 가자고 하는 말을 들으면서도 그저 어머니의 치매에 당황할 뿐 선뜻 고향 길에 오르지는

않습니다. 그도 그럴 것이 고향을 떠난 지 워낙 오래되었고, 제정신이 아닌 어머니의 말을 따르기보다는 병세를 어떻게 완화시킬 것이냐에 더 신경을 썼기 때문이지요. 그러던 어느 날, 갑자기 '그'는 어머니를 모시고 고향 가는 기차에 오릅니다.

이렇게 된 결정적인 계기는 두 가지로 볼 수 있습니다.

우선 첫째로 마당을 맴돌며 시골에서 밭의 보리를 밟아 주고 있다는 착각에 빠진 어머니를 보면서입니다. 도시의 좁은 마당을 맴도는 어머니를 보며 '그'는 문득 어머니가 오래도록 도시에 살아도 여전히 도시의 콘크리트를 낯설어 하고 고향의 초록빛을 그리워했다는 것을 깨닫게 됩니다.

둘째는 고향에 '그'가 서울로 온 뒤 한 번도 찾지 못한 아버지의 무덤이 있음을 새삼 자각했기 때문입니다. 비록 '그'는 얼굴도 기억하지 못하는 아버지이지만, 어머니에게는 평생 그리운 존재이자 슬픔과 한(恨)의 근원이라는 점을 생각하자 더는 어머니의 바람을 외면해서는 안 된다고 생각한 것입니다. "서울로 떠나온 후 십삼 년이 넘도록 한 번도 찾아가 보지 못한 아버지의 무덤이 별안간 어마어마한 부피로 부풀어 올라 그의 가슴을 무섭게 두드려 대기 시작했다."는 구절은 이런 '그'의 심리를 잘 보여 줍니다.

Q '그'와 '그'의 어머니는 밤을 새워 고향을 찾아가지만, 그곳은 더 이상 옛날의 고향 마을이 아닙니다. 낯선 고층 아파트 단지로 변한 고향 마을의 모습은 어떤 소설적 효과를 지닐까요?

A 어쩌면 이 작품은 작가의 자전적 이야기일 수도 있습니다. 아

니면 주변 사람이 실제로 겪은 이야기일 수도 있죠. 그럴 경우 산골 마을이 고층 아파트 단지로 변한 것은 단지 실제로 그렇게 변했기 때문에 그렇게 썼을 수도 있습니다. 하지만 중요한 것은 이 작품 속 이야기가 실제와 어떤 연관을 갖느냐 하는 것이 아닙니다. 작품으로 형상화되는 순간, 실제의 사실이든 아니든 모든 것은 소설적(허구적) 설정으로 봐야 합니다. 그리고 이러한 전제를 바탕으로 이 장면이 갖는 의미와 효과를 이해해야 합니다.

'그'와 어머니는 밤을 새워 기차를 타고 고향에 도착했습니다. 고향에 가고 싶다는 것은 치매에 걸린 어머니의 간절한 소원이었기에, 여기까지 읽은 독자들은 당연히 고향에서 어떤 이야기가 펼쳐질 것인지 궁금할 수밖에 없습니다. 그런데 느닷없이 '그'와 '그'의 어머니 앞에 고층 아파트 단지가 펼쳐집니다. 이것은 한마디로 극적 반전(反轉)이라 말할 수 있습니다.

어차피 산골 마을이 그대로 있다고 하여도 그곳은 어머니가 가고 싶은 '꼬두메'가 아닙니다. 더 이상 그녀의 남편도, 그녀의 큰아들도 존재하지 않기 때문입니다. 그런데 산골 마을 자체가 말 그대로 상전벽해(桑田碧海 : 세상일의 변천이 심함) 되어 고층 아파트 단지가 됨으로써 아직 과거의 시간 및 공간에 갇혀 있는 어머니와 현실 사이의 간극은 극대화될 수밖에 없습니다. 결코 현실이 될 수 없는 어머니의 그리움 혹은 환상의 불가능성이 더욱 극명하게 드러나는 효과를 갖는 셈이죠. 그리고 이를 통해 독자는 '그'와 '그'의 어머니 못지않게 당혹감과 절망감을 공유하게 됩니다. 소설의 일반적인 사건 전개 과정으로 보면 위기의 장면이 극적으로 펼쳐지는 셈입니다.

Q '그'는 어머니가 사라진 것을 알게 된 후 허겁지겁 어머니를 찾다가 잣고개로 넘어가는 산기슭에서 한동안 걸음을 멈추고 어머니에 대한 생각에 잠깁니다. 그러다 정신을 차리고 반드시 어머니를 찾겠다고 마음을 먹습니다. 치매에 걸린 어머니를 찾는 위급한 상황에서 '그'는 왜 잠시 딴 생각에 빠진 걸까요?

A '그'는 다방에서 어머니가 사라진 것을 알게 된 후 어머니가 꼬두메를 찾아 나섰음을 직감합니다. 문제는 그 꼬두메가 현실에서 이미 사라지고 없다는 것이지요. 그러나 '그'의 생각에 비록 현실의 꼬두메는 아파트 단지로 변했지만 어머니의 머릿속에서는 "오직 어머니 혼자만 아는, 당신만의 소중한 세계일 터"라고 생각합니다. 즉, 실재하지는 않지만 어머니에게는 그 어떤 곳보다 소중한 곳이며 그곳을 가려는 어머니의 심정은 그 무엇보다 절실한 것이라는 점을 생각하는 것이지요. 따라서 그렇다면 그곳을 찾아가려는 어머니를 자기가 막을 수는 없는 게 아닌가, 어머니의 그 절박한 바람은 자신이 개입할 여지가 없는 것이 아닐까라고 생각하기에 이릅니다. 그러다가 '그'는 다시 그러한 자신의 생각을 부정하게 됩니다. 아무리 어머니의 바람이 절실하고 꼬두메가 어머니의 기억 속에 선명할지라도, 엄연히 현실은 현실이기 때문입니다. 아파트 단지로 변한 꼬두메를 어머니가 찾는다는 것은 불가능한 일이고, 불가능한 일임을 알면서도 어머니가 꼬두메를 찾아 헤매도록 놔둘 수는 없기 때문입니다. 자식으로서 그 모든 것보다 우선하는 것은 잃어버린 어머니를 찾는 일이라는 지극히 단순한 사실에, '그'는 먼 길을 돌아 도달한 셈이지요.

Q 작품의 결말 부분에서 '그'는 반드시 어머니를 찾아야겠다는 생각을 하면서 잣고개를 기어오릅니다. 하지만 정작 '그'가 어머니를 찾는지, 찾지 못하는지는 알 수가 없습니다. 이러한 결말이 갖는 의미와 효과를 설명해 주세요.

A 이 작품에서 '그'가 어머니를 찾게 되는지, 아니면 찾지 못하는지는 그 누구도 알 수가 없습니다. 따라서 독자의 입장에서는 무척 궁금할 수밖에 없습니다. 또한 '그'가 어머니를 꼭 찾았으면 좋겠다는 마음이 작품의 마지막 구절을 읽으며 강하게 들 것입니다. 이런 식으로 이야기의 결말을 맺는 것을 '열린 결말(혹은 종결)'이라고 합니다. 고전 소설을 보면 주인공이 모든 부귀영화를 누리며 다복하게 살았다더라, 혹은 부귀영화를 누리다가 신선이 되어 하늘로 올라갔다더라는 식으로 이야기를 맺는 경우가 많습니다. 완벽한 해피엔딩인 셈이죠. 하지만 현대 소설에서는 열린 결말의 이야기가 꽤 많습니다.

열린 결말은 우선 독자의 호기심과 상상력을 자극합니다. 당연히 독자들은 이야기가 전개되다 중간에서 끝나 버렸으므로 이후의 일이 어떻게 될지 궁금할 수밖에 없습니다. 독자의 호기심을 이끌어 내고 결말에 대해 독자가 나름대로 상상을 하게끔 하는 효과는 열린 결말이 갖는 일차적 효과입니다.

또한 열린 결말은 앞서 말했듯이 현대 소설에서 종종 쓰이는데, 이는 현대 소설의 본질적인 성격과 관련이 깊습니다. 그 본질적 성격은 바로 현대 소설의 현실적 세계관 및 사실성을 추구하는 경향입니다. 현대 소설은 현대 사회 및 현대인의 삶을 반영하며 현대인의 세계관을 담고 있습니다. 그 결과 현대 소설은 현실적인 세계관을 담는 경향이 있으며 사실성을 추구합니다. 그런데 현대인이 부딪히는 다양한 문제들은 대체로 쉽사리 근본적으로 해결될 수 있는 문제들이 아닌 경우가 많습니다. 따라서 이를 형상화하고 있는 현대 소설도 열린 결말로 끝나는 것이 많은 것입니다. 그럼으로써 독자들의 공감을 더 많이 이끌어 내고 소설이 삶의 문제를 진정성 있게 다루고 있다는 느낌을 주는 것입니다.

❈ 더 읽어 봅시다 ❈

눈길에서의 추억을 통해 어머니의 사랑을 깨닫는 작품
이청준, 〈눈길〉 _어머니에게 빚진 것이 없음을 반복적으로 강조하면서 어머니의 사랑을 한사코 외면하던 주인공 '나'가 아내의 중재로 비로소 늙은 어머니의 참된 사랑을 깨닫게 되는 작품이다.

전쟁으로 아들을 잃은 어머니의 한(恨)을 그린 소설
박완서, 〈엄마의 말뚝 2〉 _〈엄마의 말뚝〉 연작 소설 중 두 번째 작품으로, 6·25 전쟁으로 인해 아들을 잃고 그 한을 가슴속에 담은 채 힘든 세월을 견뎌 온 여든이 넘은 어머니의 이야기이다. 정신 착란 증세를 보이는 어머니를 통해 6·25 전쟁 당시와 현재를 오가면서 민족의 비극과 분단의 상처를 직시하게 한다.

붉은 방

    때로는 한 사회 전체가 광기(狂氣)에 휩싸이기도 합니다. 한 개인이 아니라 한 사회의 구성원을 송두리째 집어삼키는 광기, 그것은 우리의 이성을 눈멀게 하고 우리의 감성을 날뛰게 하며 인권의 가치마저도 내동댕이치게 합니다. 문명사회에서 어떻게 그런 일이 일어날 수 있을까 생각할 수도 있지만, 사실 그러한 광기는 우리 사회의 어느 구석에 언제나 잠복해 있을지도 모릅니다. 여기, 영문도 모른 채 붉은 방에 잡혀 온 한 소시민이 있습니다. 과연 그는 거대한 광기의 거친 숨결 앞에서 어떻게 자신을 지켜 낼까요?

하나

　모든 게 그저 그렇군. 오늘도 변한 거라곤 하나도 없어. 건성°으로 신문을 뒤적이며 나는 중얼거린다. 세상은 늘 그대로인 모양이다. 어제도 그랬고 그제도 그랬고 그 전날도 그랬던 것처럼, 지극히 상투적°인 사건들이 역시 상투적일 수밖에 없는 언어들로 그저 그렇게 맥 빠지게 그려져 있을 뿐이다. 특대 활자로 찍힌 일면의 기사들도 그렇고, 잇새에 낀 음식 찌꺼기 모양 어수선하게 박혀 있는 사진들도 그렇고, 죄다 하나같이 진부하고° 낡아 빠진 것들에 지나지 않는다는 느낌이다. 오른쪽 한 귀퉁이엔 어제 있었다는 대학가의 시위°에 관한 몇 줄 안 되는 기사가

건성 진지한 자세나 성의 없이 대충 하는 태도.
상투적(常套的) 늘 써서 버릇이 되다시피 한. 또는 그런 것.
진부하다(陳腐--) 사상, 표현, 행동 등이 낡아서 새롭지 못하다.
시위(示威) 시위운동. 많은 사람이 공공연하게 의사를 표시하여 집회나 행진을 하며 위력을 나타내는 일.

붙어 있고, 인천과 마산 어딘가의 공장에서 노동자들이 최루탄˙ 분말을 잔뜩 들이마셨다는 구절이 마지못해 간신히 끼어 있긴 하지만, 그에 대한 짤막한 논평 하나 실려 있지 않다.

요즘 신문은 얼굴이 없고 기사 속엔 목소리가 없다구. 몽땅 껍데기뿐야. 너나없이 껍데길 뒤집어쓰고서 너도나도 다투어 껍데기 행세만 하는 거라구. 어젯밤 술집에서 그렇게 악을 쓰듯 했던 게 누구였더라. 영어과 유 선생이었던가. 그런데 왜 그때 그 얘길 하는 유 선생의 얼굴 역시 똑같은 껍데기를 뒤집어쓰고 있는 것처럼 보였을까 몰라. 아니, 그 자리에 앉아 있던 우리들 모두가 하나같이 두껍고 무표정한 데드마스크˙를 쓰고 있는 건 아닐까 싶었어.✽ 문득 그런 생각을 떠올리며, 나는 정작 하단의 정력 강장제˙ 광고며 영화 광고 따위들은 꼼꼼히 훑는다. 하지만 그것들도 마찬가지로 새로울 건 하나 없다.

여보, 지금 몇 시야, 정확히!

나는 변기에 걸터앉은 채로 소릴 지른다. 수도꼭지에서 떨어지는 물소리 때문일까. 재차 똑같은 소리를 아까보다 더 크게 되풀이했을 때에야 화장실 문밖에서 응답이 온다.

십삼 분, 아니 십이 분 전예요. 아직 멀었어요?

최루탄(催淚彈) 몹시 매워 눈물이 흐르게 하는 시위 진압용 무기.
데드마스크 데스마스크. 사람이 죽은 직후에 그 얼굴을 본떠서 만든 안면상.
✽ 아니, 그 자리에 ~ 아닐까 싶었어 신문 보도가 항상 수박 겉핥기 같다는 유 선생의 비판, 그 비판을 듣고 있는 우리 모두의 얼굴이 진실 혹은 사건의 핵심을 가리고 가면을 쓴 채 사는 것 같았다.
정력 강장제(精力强壯劑) 심신의 활력을 높이고 물질대사를 촉진하는 약.

붉은 방

으응, 알았어.

서둘러야 한다. 오늘따라 영 내장이 뜻대로 구실을 해 주지 않는다. 도대체 언제나 이놈의 창자가 제대로 말을 들어먹는담. 오늘따라 더더욱 신통찮은 까닭은 필시 어제 저녁 늦게까지 퍼 마신 술 탓일 게다. 아침에 곤욕을 치를 게 두려워서 간밤 내 나름으로는 짐짓 게으름을 피워 가며 잔을 비웠는데도 이 꼴이니 원, 벌써 이 나이에 다 된 건가. 하긴 애꿎은 창자 탓만 해서도 안 될 일이다. 아침마다 변기 위에 걸터앉아서 아내에게 서너 번씩이나 벽시계를 읽어 달라고 궁상을 떨어 가며 신통찮은 내장을 억지로 쥐어짜지 않아도 좋을, 그런 여유 있는 일자리로 옮겨 갈 수는 없을까. 최소한 지금보다 삼십 분 정도만이라도 늦게 출근할 수 있는 그런 직장 말이다. 정말, 이건 해도 너무한다 싶다. 새벽같이 일어나 출근했다가, 보충 수업까지 마치고 집에 돌아오면 밤 아홉 시이니, 원. 어느덧 입버릇처럼 되어 버린 한심스러운 푸념을 뇌까리다 말고 나는 까닭 없는 한숨을 내쉰다.

아유, 늦겠어요, 여보. 여섯 시 십오 분예요. 버스를 놓치면 택시 잡기가 더 힘들다면서.

으응, 알았다니깐.

여전히 뒤가 미진하긴 하지만, 나는 별 도리 없이 서둘러 꼭

곤욕(困辱) 참기 힘든 일.
궁상(窮狀) 어렵고 궁한 상태.
미진하다(未盡--) 아직 다하지 못하다.

지를 내리고, 고양이 세수하듯 대충 얼굴에 물을 찍어 바른 뒤에 밖으로 나온다. 그 다음부터는 모두 정해진 대로다. 와이셔츠·넥타이·양말·양복을 입고 매고 걸치고 껴 신고, 그리고는 팔목에 시계를 끼우며 식탁 앞에 주저앉아 허겁지겁 몇 숟갈 뜨는 둥 마는 둥 하고 일어서야 한다. 일 년 중 얼마 안 되는 휴일, 그리고 보충 수업 때문에 쥐꼬리만 해진 방학 몇 날을 뺀 나머지 날들을 매양˚ 이렇듯 똑같은 꼬락서니로 허둥거려야 하는 것이다.

그러니깐 내가 뭐랬어요. 이십 분만 더 일찍 일어나시면 될 텐데두, 꼭.

아내는 그런 내 모습을 안쓰럽기도 하고 한심스럽기도 하다는 듯이 서서 지켜보며, 어제도 그제도 해 왔던 식상한˚ 소리를 녹음기처럼 되풀이하고, 나 역시 입안에 남은 밥알을 우물거리는 채로 바바리코트에 어깨를 끼우며 현관으로 나선다. 아내가 도시락이 든 가방을 건네주었다. 방 안에서 딸아이의 울음소리가 터져 나온다. 이제야 잠을 깬 모양이다.

오늘은 꼭 잊지 않고 알아보시는 거죠?

뭘 말야?

학교 장학 금고에서 돈을 대출할˚ 수 있다고 그랬잖아요, 당신.

매양 매 때마다. 번번이.
식상하다(食傷--) 음식이나 사물 등이 되풀이되어 물리거나 질리다.
대출하다(貸出--) 돈이나 물건 등을 빌려 주거나 빌리다.

붉은 방

그거? 아, 알았어. 어서 들어가 봐. 애가 울어.

아내는 그래도 한마디 더 붙인다.

오늘은 일찍 들어오시는 거에요. 또 어제저녁처럼 술 드시지 말구.

탁 하고 현관문이 닫히고 아이의 울음소리도 함께 끊어졌다. 나는 잰걸음으로 복도를 질러 계단을 뛰어내린다. 때마침 엘리베이터가 떵동 소리를 내며 눈앞에서 열린다. 아무도 없다. 오늘은 운수가 좋은걸. 뭔가 잘 풀리려나 보다, 하고 생각하며 안으로 뛰어들었다. 백오십 세대나 모여 살고 있는 십오 층 건물에 승강기라곤 꼭 한 대뿐이어서 아침이면 늘상 애를 태우기 일쑤다.

그러고 보니 이 아파트로 옮겨 온 지도 어언 일 년째 되어 가나 보다. 결혼 후 이 년 넘게 줄곧 큰방 사람들 눈치 보느라 주눅이 든 채 곁방살이˚를 하다가, 비록 남의 집이긴 해도 열아홉 평 아파트를 독차지하고 살게 되었을 때 아내는 여간 기뻐하는 기색이 아니었다. 하지만 엊그제 집주인으로부터 삼백만 원을 더 올려 받아야겠다는 전화를 받고 나서는, 그녀는 공연히 분수에 맞잖은 짓을 한 건 아닌가 싶다며 금방 울상을 지었다.

어떻게 되겠지 뭐. 학교 장학 금고에서 교직원들에게 이백만 원까지는 대출해 준다니까, 한번 알아볼게. 이자도 은행보담야 훨씬 싼 편이니까.

곁방살이(-房--) 남의 집 곁방을 빌려서 생활함.

그렇게 말해 놓고서도 막상 벌써 여러 날째 나는 그 일을 미적거리기만 하고 있는 터이다. 이사장의 아들인 서무과장 작자에게 아쉬운 소릴 하기가 무엇보다 싫었기 때문이다. 아무에게나 반말투로 말꼬리를 잘라먹는 버릇을 가진 그 육군 대위 출신의 교활하고 능글맞은 눈빛을 떠올리려니 울컥 역겨움이 치민다. 그러나 오늘은 어쩔 도리가 없다. 목마른 쪽이 손을 벌릴 수밖에. 문득 오늘따라 가방이 터무니없이 무거워져 오는 듯한 느낌에 공연히 손만 번갈아 바꿔 본다. 정말이지, 나란 녀석은 이게 뭔가. 언제까지 이렇게 살아야만 하는 건가. 나는 하루에도 수십 번씩 되풀이해 온 그 지겹고 익숙한 푸념을 다시 씨부렁대면서도, 눈으로는 재빨리 팔목시계를 확인하고, 두 다리를 부지런히 움직이며 종종걸음을 치기 시작한다.

눈이라도 쏟아지려는가. 잔뜩 찌푸린 하늘이 멀리 도시의 머리 위에 낮게 걸려 있다. 초겨울 이른 아침의 공기는 제법 맵차다. 식료품 가게 앞에서 젊은 주인 여자가 생선 궤짝을 내려놓고 두 손에 호호 입김을 쐬고 있는 게 보인다. 나는 그녀의 시선을 피하려고 일부러 땅을 내려다보며 걷는다. 그녀는 언제부터인가 내게 인사를 보내곤 했는데, 그것이 아파트 주민들에겐 반드시 그래야 한다는, 장사꾼다운 속셈에서임을 짐작하게 되면

미적거리다 할 일을 자꾸 미루며 시간을 끌다.
능글맞다 태도가 음흉하고 능청스러운 데가 있다.
맵차다 맵고 차다.

서부터 나는 그녀의 인사가 거북스러워지기 시작했던 것이다.

약국 앞을 돌면 삼층 연립 주택 건물 두 채가 나란히 서 있고, 그 건물 모퉁이를 오른쪽으로 끼고 돌면 한길로 이어진다. 거기서부터 정류소까지는 정확히 오 분 거리이다. 자칫하면 버스를 놓치게 될지도 모른다는 조바심 때문에 나는 약국을 지나면서부터는 거의 달음질하듯 다리를 부지런히 옮기기 시작한다. 워낙 변두리 동네인 까닭에 버스는 십 분마다 한 대 꼴로 다니고 있다. 그래서 늘 정확한 시각에 이곳을 지나치는 버스를 놓치게 되면 그날 아침은 보나마나 지각이다.

팔목시계를 들여다보며 연립 주택 모퉁이를 마악 돌았을 때다. 나는 하마터면 누군가와 몸을 부딪칠 뻔했다. 처음 내가 얼핏 본 것은 다만 누군가의 감색 잠바였는데, 그와 맞부딪치지 않기 위해 반사적으로 얼른 몸을 피했다. 하지만 어찌 된 셈인지 감색 잠바는 오히려 이쪽을 향해 정면으로 다가온다. 나는 의아해하며 무심코 고개를 든다.

잠깐만.

사내는 단지 그렇게 말했을 뿐이다. 그리 큰 키는 아니지만, 몸집이 운동선수처럼 단단하면서도 날렵해 뵈는 근육질의 사내다. 좀 전의 그 낮고 짤막한 한마디가 정말 이 자의 입에서 튀어나온 것일까 의심하며, 나는 멈칫해서 그를 살핀다. 작고 날카로운 눈빛의 사내는 무표정한 얼굴이다. 사내가 입술을 거의 움직이지도 않고 다시 말한다.

실례합시다. 오기섭 선생이쇼?

네? 아, 그렇습니다만. 누구신지…….

학부형들 가운데 한 사람인가, 아니면 우리 아파트에 사는 이웃들 중 하나인가. 나는 한순간 기억을 헤집어 그 낯선 사내의 얼굴을 찾아내려 애쓴다. 그러나 역시 알 수가 없다.

잠깐 함께 가 볼 데가 있소. 자세한 얘기는 가면서 하기로 하고.

사내가 다짜고짜 내 왼쪽 어깨를 꽉 움켜쥐었고, 이내 오른쪽에서 또 한 사내가 다가와 내 다른 쪽 겨드랑이와 어깨춤을 두 손으로 우악스레 낚아챈다. 그리고 보니 사내들은 둘이다. 내가 첫 번째의 사내와 마주 서 있는 동안 다른 사내는 서너 발짝 떨어진 자리에서 큰길 쪽을 등으로 가리고 서 있었던 것이다. 도망칠 방향을 미리 막고, 동시에 행인들의 눈에 띄지 않도록 하기 위해서이리라. 두 번째 사내는 우람한 체격에 손바닥이 엄청나게 크고 두꺼워 뵌다.

이, 이게 무슨 짓이오. 누구요, 당신들은.

나는 눈 깜짝할 순간에 그들에게 간단히 결박당한 채로 다급하게 소리친다. 목구멍에 돌멩이라도 턱 걸려 버린 듯 숨쉬기가 거북하고 가슴이 무서운 기세로 쿵쿵쿵 뛰어오르기 시작한다.

조용히 하시지. 곱게 얘기할 때 말요. 당신 동네에서 이렇게 떠들어 봐야 꼴만 흉하잖소, 응?

결박(結縛) 몸이나 손 등을 움직이지 못하도록 묶거나 붙잡음.

야, 차에 태워!

두 번째 사내의 팔이 파충류의 혓바닥처럼 내 허리에 척 감겨 오더니, 이내 믿을 수 없을 만큼 완강한 힘으로 길 쪽을 향해 밀어붙인다. 불과 사오 미터 거리에 회색 승용차 한 대가 서 있다. 아마 아까부터 그 자리에 대기해 있었으리라. 그런데도 여태까지 왜 그걸 보지 못했을까. 비명을 질러야 할까. 도대체 이자들은 누군가. 경찰? 하지만 나를 왜, 무슨 일로? 사내들의 팔에 일방적으로 끌려가면서 내 머릿속에서는 그런 갖가지 잡다하고 혼란한 의식들이 어지럽게 얽혔다 풀리고 다시 얽힌다. 문이 열리고, 사내들이 나를 뒷좌석으로 밀어 넣으려 할 순간 나는 그래도 마지막 안간힘을 써 본다.

놔! 이거 무슨 짓들요. 당신들은 누구냐 말야.

어, 이 친구가 죽을라고!

이봐. 곱게 말할 때 순순히 듣는 게 좋다잖소. 가 보면 알 거 아냐.

사내들의 표정이 일순 험악하게 굳는다. 두 번째 사내의 손목이 어느 틈에 내 넥타이를 그러쥐고 있고, 나는 그자의 엄청나게 큰 눈알이 바로 내 코앞에서 무섭게 희번덕이고 있음을 본다. 순간, 반항할 힘과 의욕이 일시에 스르르 빠져나가는 것을 느낀다. 가방이 땅바닥에 떨어져 구른다. 그동안에도 나는 줄곧 그것을 놓치지 않고 있었던 것이다. 아내가 싸 넣어 준 도시락, 그리고 김치통이 가방 안에서 엉망으로 뒤집혔을지 모른다는 생각과 함께, 엉뚱하게도 까닭 모를 억울함과 서러움 같은 것이 울컥 치밀어 오른다.

가방, 내 가방을…….

어느 틈에 내 몸뚱이는 뒷자리 안쪽에 쑤셔 박혀져 있다. 내 입에서는 당치도 않게 가방이란 소리가 튀어나왔다. 첫 번째 사내는 운전석 옆에 탄다. 두 번째 사내가 내 곁으로 앉으며, 탁 하고 거칠게 문을 닫는다.

자, 가방 여깄소.

두 번째 사내가 내게 가방을 밀어 주었고, 나는 그걸 받아 재빨리 두 팔로 허겁지겁 감싸 안는다.

차가 움직이기 시작한다. 차창 밖 거리의 풍경이 뒤로 밀리고 있다. 왠지 모든 것이 물속에라도 잠긴 듯 침침하고 무겁게 보인다. 그것이 차창 유리의 짙은 채색 탓임을 곧 깨닫는다. 급작스러운 혼돈 속에 빠져 갈피를 잡지 못하면서도 나는 호흡을 가다듬느라 애쓴다. 무어라고 항변을 해야 한다는 걸, 이대로 순순히 끌려갈 수만은 없음을 어떤 식으로든 보여 주어야 한다고 나는 생각한다.

영장˙을 보여 주시오. 이런 법이 어딨소. 출근하는 사람을 무작정 연행하다니˙ 말요.

영장(令狀) 법원 또는 법관이 사람 또는 물건에 대하여 체포, 구금, 수색, 압수의 명령 또는 허가를 내용으로 하여 발부하는 문서.
연행하다(連行--) 강제로 데리고 가다.

대단한 분노에 차 있음을 나타내기엔 내 목소리는 너무 작고 더더구나 역력하게 떨리고 있다. 그건 비참한 일이다.

영장? 체, 선생이라고 배운 티를 되게 내는구만. 그런 건 이따가 가서 따지쇼. 우린 상관없는 일이니깐.

앞자리의 사내가 힐끔 넘겨다보며 빈정댄다.

뭐라구요. 세상에, 이런 무법천지가 어딨소.

무법천지라구. 이봐, 법 없이 설쳐 대는 쪽은 당신야. 그렇게 법에 빤한 친구가 왜 법을 어겨. 일단 가 보면 알 거 아냐.

예? 내가 뭘, 어쨌다는 거요. 내가 무슨…….

이보쇼 선생. 제발 조용히 합시다 응. 우리도 피곤한 사람들야. 아직 아침밥도 못 먹었다구.

이번엔 옆자리의 사내가 노골적으로 얼굴에 불량기를 드러내며 말한다. 금방이라도 그 커다란 주먹을 휘두르기라도 할 것처럼 눈알을 험악하게 굴리며 나를 째려본다. 그러더니 으아아, 하고 입을 한껏 벌려 하품을 한다. 나는 시도하려 했던 모든 항변과 거부의 몸짓을 포기할 수밖에 없음을 깨닫는다. 이들에겐 아무런 말도 논리도 통할 구석이 없다. 그보다는 차라리 내 생각을 미리 정리해 두는 쪽이 더 급한 일일 것이다. 도대체 이들은 나를 어디로 끌고 가는 것인가. 법을 어겼다고? 앞자리의 잠바는 조금

역력하다(歷歷--) 자취나 기미, 기억 등이 환히 알 수 있게 또렷하다.
무법천지(無法天地) 법이나 제도가 확립되지 않고 질서가 문란한 세상.

전에 분명히 그렇게 말했었다. 내가 무슨 일을 했던 것일까. 나는 허리를 잔뜩 웅크리고 가방은 가슴에 껴안은 채, 그간의 나 자신의 행적에 대해 어떤 혐의점이 숨겨져 있었던가를 찾아내기 위해 분주히 기억을 헤집어 댄다. 하지만 얼핏 마음에 짚이는 것이 달리 있을 턱이 없다.

혹시 어디서 내가 입을 잘못 놀렸던 건 아닐까. 수업 중에 시국에 관한 얘기를 슬며시 던져 본 적은 가끔 있지만, 설마 아무러면 그런 정도를 갖고야……. 하긴 대학 때 은사 한 분은 술집에서 취중에 지껄인 소리 때문에 연행되어 가서 유언비어 유포죄로 구류를 산 적이 있었다. 손으로 파리 한 마리 죽이지 못할 사람이었는데도……. 가만, 누구한테 빚보증 선 일도 없지. 또 설마 그런 일로 이렇듯 살쾡이가 닭 채 가듯 하지는 않을 테고. 투서를 했는지도 모르지. 누군가 나를 겨누고 모함을 했을 수도 있지. 아냐, 그것도 아닌 듯하고……. 혹시? 순간 가슴이 텅 하고 내려앉는 듯한 충격에 눈앞이 아찔해 온다. 그와 함께 누군가의 초췌한 얼굴이, 검은 두루마기 차림의 한 남자가 불현듯 시야로 떠오른다. 그것은 철이 들면서부터 내 의식의 밑바닥에

혐의점(嫌疑點) 남에게 혐의를 받을 만한 점.
시국(時局) 현재 당면한 국내 및 국제 정세나 대세.
유언비어(流言蜚語) 아무 근거 없이 널리 퍼진 소문.
구류(拘留) 죄인을 1일 이상 30일 미만의 기간 동안 교도소나 경찰서 유치장에 가두어 자유를 속박하는 일. 또는 그런 형벌.
투서(投書) 드러나지 않은 사실의 내막이나 남의 잘못을 적어서 어떤 기관에 몰래 보내는 일.

깊고 어두운 흉터로 도사리고 있다가, 어느 때라도 불쑥불쑥 튀어나와 나를 숨막히게 하던 바로 그 모습이다.

그는 바로 내 큰아버지이다. 아직 한 번도 얼굴을 본 적도 없고, 퇴색한 사진 한 장 들여다본 기억도 없는데도, 그는 항상 내 의식의 음습한 한 모퉁이에서 그렇듯 검은 한복 차림에, 윤곽이 분명치는 않지만 초췌하고 우울한 얼굴 모습으로 말없이 서 있곤 하는 것이다. 그런데, 그 큰아버지가 현실로 나타난 것일까. 북으로 올라갔다는 소문만 남긴 채 종적이 없다가 지금에야……? 삼십 년도 훨씬 더 지난 지금에야……? 혹시, 간첩이 되어? 모종의 어마어마한 지령을 받고? 서, 설마…… 나는 두 손이 부르르 떨리고 있음을 깨닫는다. 지금껏 평범한 내 일상의 내부에 은밀히 숨겨져 있던 하나의 가정이 드디어 눈앞에 현실로 나타난 것인지도 모른다는 엄청난 두려움이 나를 사로잡는다. 하지만, 설마 그럴 리야 없으리라. 그게 어디 가당키나 한 얘기인가 말이다. 무슨 텔레비전 연속극이나 영화에 나오는 얘기쯤으로 여기고 있었는데…….

나는 잔뜩 웅크리고 있던 어깨를 비로소 약간 펴고는, 차창 밖으로 시선을 돌려 본다. 그런데도 양쪽 무릎이 덜덜 떨려 오고

퇴색하다(退色--) 빛이나 색이 바래다.
음습하다(陰濕--) 정서적으로 느끼기에 음산하고 눅눅하다.
종적(蹤跡) 없어지거나 떠난 뒤에 남는 자취나 형상.
지령(指令) 단체 등에서 상부로부터 하부 또는 소속원에게 그 활동 방침에 대하여 명령을 내림.
가당하다(可當--) 대체로 사리에 맞다.

있다. 나는 두 손으로 무릎을 감싸 쥐고 누른다. 낯익은 거리가 스쳐 가고 있다. 목욕탕 굴뚝으로 검은 연기가 풍풍 피어오르고 있고, 언젠가 은단을 산 적이 있는 약국, 금붕어집, 미장원 그리고 복덕방 간판이 차례로 지나간다. 아파트로 이사를 오기 전, 집을 구하느라 그 복덕방엘 들른 적이 있었지. 연립 주택 이층 하나가 나와 있긴 했는데, 은행에 담보로 잡혀 있다는 점이 꺼림칙해서 그만두었던 기억이 난다.

뭐야, 아침부터 하품만 하구. 어젠 몇 시에 들어갔었나, 이 형사.

앞자리의 잠바가 내 옆의 사내에게 묻고 있다.

말도 마슈. 쓰발, 새벽 두 시가 넘어서야 들어갔다구요. 그 새끼 한번 술판에 앉았다 하면 꼭지가 돌기 전에는 끝장을 안 내거든. 어제도 오 차까지 갔지 뭡니까.

그 새끼라니. 또 술 먹었구먼. 누구랑?

최 과장 말입니다. 최달식이. 그 친구가 오랜만에 한잔 사겠다고 전환 했는데, 안 갈 수가 있어야죠. 에이, 그랬더니 마누라는 한밤중에 질질 짜고, 게다가 애새끼까장 덩달아 악악대고, 에잇 참, 이틀 만에 집이라고 찾아 들어가 보니 속만 상해서 원.

옆자리의 사내는 또 입이 찢어져라 하품을 한다. 그러고 보니 사내에게서 술내가 훅 끼쳐 오는 것도 같다.

최달식이? 아, 알겠어. 작년엔가 ○과로 옮겼다든가, 아마? 자네하곤 동기라고 했지?

아닙니다. 나이는 동갑이긴 해도, 내가 일 년 늦게 시작했죠. 그 친구, 그쪽에선 이젠 아주 이력이 붙은 모양입니다. 어제도 한 건 해치웠다고, 꽤 생기가 나 있던데요.

사내들은 참으로 무심한 어조로 그렇게 얘기를 나누고 있다. 나는 얼핏, 지금 여느 아침처럼 출근을 위해 낯모르는 사내 둘과 우연히 합승을 하고 있는 듯한 착각을 일으켰고, 이내 제발 그것이 사실이기를 빌고 싶어진다.

네거리로 차가 진입한다. 앞 유리창에 시내버스의 뒷면이 확대되어 나타난다. 그건 바로 내가 늘 타고 다니는 38번 버스이다. 이럴 수가 있담. 난 지금쯤 바로 저 버스에 타고 있어야 하는 것이다. 언제나처럼 붐비는 사람들 속을 뚫고 삼분의 이 지점쯤으로 들어가, 손잡이를 찾아 쥔 채 비로소 느긋하게 창밖을 내다보고 있거나, 아니면 미리 자리를 차지하고 있던 우리 학교 아이들 중 한 녀석으로부터 요행히 자리를 양보받아 편안하게 앉아 있어야 옳을 일이다. 그런데 터무니없게도 내가 왜 지금 여기에 앉아 있어야 하는 것인가. 이건 억울하다. 참말이지, 너무나 분통 터지는 일이잖은가. 나는 여전히 잡담을 지껄이고 있는 그 낯선 사내들의 얼굴을 번갈아 쳐다본다. 한없이 천연스럽고 평범해 보이는 그들의 얼굴과 음성과 웃음소리가 더없이 생

이력(履歷) 많이 겪어 보아서 얻게 된 슬기.
무심하다(無心--) 아무런 생각이나 감정 등이 없다.
요행히(僥倖-) 뜻밖으로 운수가 좋게.

경하고 이질적인 느낌으로 다가온다.

별일이야 있을라구. 뭔가 착오가 있는 걸 거야. 나는 점차 온몸을 옥죄어 오는 어떤 불길한 예감을 한사코 부인하려 애쓰며 뇌까린다. 그리고 되도록 태연한 척, 차창 밖을 내다본다. 놀랍게도 세상은 모두가 그대로이다. 횡단보도를 건너는 행인들도 그렇고, 콩나물시루 같은 버스 속에서 이쪽을 멀거니 내어다보고 있는 허연 얼굴의 아이들도 그렇고, 핸들에 팔꿈치를 괸 채 껌을 찍찍 씹어 가며 신호등이 바뀌기를 초조하게 기다리고 있는 운전수들도 그렇고…… 거리는 아무것도 변한 게 없다. 모두가, 어제도 그랬고 그제도 그랬듯이, 하나같이 진부하고 상투적인 모습으로 무심히 움직이고 있을 뿐이다. 오직 변한 것은 나 혼자뿐인 것 같다. 바로 조금 전 아파트 앞 골목을 돌아 나오기 전까지만 해도 전혀 짐작조차 못했던 어떤 놀라운 변화가 내게 지금 일어나고 있는 것이다.

문득 어디론가 끝 모를 어둠 속으로 추락해 내리고 있는 듯한 아뜩한 절망감에 자꾸만 발끝이 저려 온다. 아내는 지금 무얼 하고 있을까. 딸아이는 이제 겨우 돌을 이십여 일 남겨 두고 있는 터이다. 참, 교무 회의가 곧 시작할 텐데……. 텅 빈 내 자리가 눈앞에 보인다. 오늘은 일 교시부터 시작해서 자그마치 여섯

생경하다(生硬--) 익숙하지 않아 어색하다.
부인하다(否認--) 어떤 내용이나 사실을 옳거나 그러하다고 인정하지 아니하다.
뇌까리다 아무렇게나 되는대로 마꾸 지껄이다.

시간이나 수업이 있는 날이잖은가. 내 수업은 누가 대신 해 준담. 교감이 화가 잔뜩 나서 집으로 전화질을 해 대겠지……. 나는 불현듯 그런 갖가지 자질구레한 것들에 대해 믿기 어려울 만큼 절실한 애정과 그리움을 난생처음 확인한다.✱ 그리고 내게서 그것들을 빼앗아 가려 하고 있는 무엇인가에 대한 분노와 공포심으로 무릎을 떨기 시작한다. 차는 어느덧 거대한 백색의 건물 안으로 기어들고 있다. 정문에서 제복 차림의 보초가, 뭔가 알아듣기 힘든 짧은 구호와 함께, 경례를 붙이는 모습이 보인다.

둘

오늘 밤엔 필시 눈이 쏟아질 모양이다. 하늘 한쪽이 우중충하고 시커멓게 썩어 들어가고 있다. 피고름 덩어리 같은 구름장들이 두텁게 엉겨 붙은 저녁 하늘을 배경으로 하고 멀리 고층 아파트의 유리창들이 하나 둘 불을 켜기 시작하고 있다.

목욕탕 문을 나서자마자 담배 생각이 간절해진다. 주머니를 더듬어 보았지만 추리닝 바람으로 집에서 나온 까닭에 담배가 있을 턱이 없다. 아무래도 이걸 끊어야겠는데. 나는 길을 가로

불현듯 갑자기. 느닷없이.
✱ 나는 불현듯 그런 ~ 그리움을 난생처음 확인한다 '나'는 갑자기 닥친 일을 겪으면서 새삼 순조로운 일상의 소중함을 깨닫고 있다.

질러 맞은편 가게에서 '솔' 한 갑을 산다. 지난번엔 겨우 닷새를 채 넘기지 못하고 다시 담배를 피우고 말았다.

 아유. 냄새가 난단 말예요. 옆 사람 보기가 민망하지도 않아요. 당신. 전번에도 목사님이 집에 오셨을 때 미안해서 혼났어요. 정순이 그년이, 재떨이를 치우라고 그렇게 시켰는데도 글쎄, 응접실 탁자 밑에다가 고스란히 모셔 놨잖아요. 하필이면 권 목사님 앉으신 자리 바로 앞에다가 말예요. 겉으로는 안 보신 척하셨지만, 그걸 못 보셨을 리가 있어요. 이게 뭐예요. 교인이, 아니 명색이 교회 집사라는 양반이 골초라니 원.

 여편네가 입만 벌어지면 줄줄줄 쏟아 놓는 핀잔이다. 어쨌든 틀린 얘긴 아니다. 예배 나갈 때마다 양치질을 한다 옷을 갈아입는다 신경을 쓰긴 하지만, 몸에 밴 냄새가 쉬이 지워질 리가 만무하다. 주일날 교회에서 찬송가를 뒤적이다가도 문득 손가락 끝에 누렇게 절어 있는 담뱃진을 감추기가 어려워 당혹했던 적도 한두 번이 아니다. 하지만 말이 쉽지, 아편처럼 좀체 끊기 어려운 게 이거 아닌가. 지난해 간염으로 입원했던 동료 이 형사도, 거기 누웠을 땐 당장 끊겠노라고 장담이더니, 퇴원하자마자 다시 예전의 골초로 돌아가질 않던가, 젠장.

 나는 한 모금을 맛나게 빨아 올리며 골목길을 걸어 오르기 시

명색(名色) 실속 없이 그럴듯하게 불리는 허울만 좋은 이름.
골초(-草) 담배를 많이 피우는 사람을 놀림조로 이르는 말.
담뱃진(--津) 담배에서 우러난 끈끈한 물질.

작한다. 사우나실에서 한바탕 땀을 주욱 빼고 나니 한결 몸이 가뿐해진 듯싶다. 아무래도 어젯밤의 술이 과했던 모양이다. 사 차였던가 오 차였던가 그랬었지 아마. 정오가 다 되어서야 일어나긴 했지만, 도끼로 패 대는 것 모양 골이 지끈지끈 쑤시고 당겨 오는 통에 오후까지 내내 드러누워 시달려야 했다.

그나저나 이번 녀석은 아주 악질˙이었다. 처음엔 금방이라도 술술 털어놓을 듯하더니만 입을 꽉 다물고, 아예 날 잡아잡수쇼 하는 식으로 오리발을 내미는 통에 나흘 동안 나까지 덤으로 잠 한숨 제대로 편히 자 보질 못했으니깐. 요즘 젊은 녀석들은 겉보기만 그렇지, 형편없이 겁대가리가 많고 약아빠진 것들이 대부분인데, 그래도 이번 자식은 제법 깐깐하게 버티려고 용˙을 썼다. 그래 보았자 결국 저만 손핼 봤다는 걸 이젠 알았겠지만 말이다. 츳, 병신 같은 새끼. 어차피 처음부터 그렇게 끝나도록 다 되어 있는 건데, 그걸 모르구.

나는 길바닥에 찍 소리가 나게 침을 뱉고는 휙휙 휘파람을 불어 본다. 어젯밤 맥줏집 '아방궁'에서 내 옆에 앉았던 계집애는 꽤 쓸 만했다. 몸집은 후리후리한 편이었는데, 의외로 살집이 통통하고 탄력이 있어서 은근히 회를 동하게˙만드는 구석이 있었다. 가슴을 멋대로 주물러도 꼼짝 않더니, 스커트 밑으로 손

악질(惡質) 못된 성질. 또는 그 성질을 가진 사람.
용 한꺼번에 모아서 내는 센 힘.
✿ 회를 동하게 '회가 동하다'는 '구미가 당기거나 무엇을 하고 싶은 마음이 생기다'를 뜻한다.

을 집어넣는 것만은 한사코 막으려 앙탈을 부렸다. 다른 년들 같았으면야 대번에 귀싸대기에 손이 올라갔겠지만, 왠지 그년한텐 그러기가 싫었다. 어젯밤엔 같이 있던 동료들이 별로 생각이 없는 듯한 눈치길래 모르는 척하고 따라나왔지만, 내 기분이야 정말이지 오랜만에 외입*이라도 하고 싶었는데, 쯧. 나흘 넘게 집에도 못 들어가고 그 자식 족치느라 진을 다 쏟고 났더니, 원, 온몸이 근질근질하고 사지가 녹작지근해* 오는 게 영 뭐 같았다. 덕분에 오랜만에 마누라 좋은 일 시키긴 했지만. 흐흐. 마누라가 간밤엔 제법 용을 썼다. 며칠 굶겼더니 어지간히 맛이 당기기도 했겠지만, 나 역시 왠지 기분이 개운찮고 허전해 있던 터라, 참말 오랜만에 한바탕 격렬하게 달려들었던 것이다.

참 알 수 없는 일이다. 며칠 동안 실갱이를 한 끝에, 마지막으로 조서*를 다 꾸며 놓고 나서 녀석들을 넘기는 일만 남게 되면 그렇듯 이상스러운 기분이 되고 마는 것이다. 뭐랄까, 가슴 한 귀퉁이 어딘가에 구멍이 뻥 뚫려 있어서, 그 구멍을 통해 내 심장의 피가 밖으로 솔솔 빠져나가기 시작하는 것만 같다. 허탈감이랄까, 아쉬움 같기도 하고, 한편으로는 무엇인지 모를 것에 대한 지독한 분노와 자포자기식의 절망감 같은 게 불쑥불쑥 치

외입(外入) 오입. 남자가 아내가 아닌 여자와 성관계를 갖는 일.
사지(四肢) 사람의 두 팔과 두 다리를 통틀어 이르는 말.
녹작지근하다 온몸에 힘이 없고 맥이 풀려 몹시 나른하다.
실갱이 실랑이. 이러니저러니, 옳으니 그르니 하며 남을 못살게 굴거나 괴롭히는 일.
조서(調書) 조사한 사실을 적은 문서.

밀어 오르곤 하는 것이다. 말하자면, 성교 후에 슬며시 찾아드는 칙칙한 절망감 같은 거랄까, 누구에겐가 속임을 당하고 난 느낌 같은, 그런 영 뭐 같은 기분 말이다.

나는 공터 옆길로 접어든다. 얼마 전부터 벽돌이며 자갈 따위를 실은 트럭들이 드나들더니, 어느새 집을 짓기 시작한 모양이다. 붉은 벽돌로 대충 쌓아 올려 놓으니 그런대로 집 꼴이 되어 간다. 오늘 일을 마악 끝낸 참인지, 인부들이 장갑을 툭툭 털며, 뭐라고 떠들어 대면서 골목을 내려오고 있다.

우리 집은 공터 반대편 끝에 붙은 이층 양옥이다. 아내는 늘상 등 뒤쪽이 휑하니 트여 있어서 불안하기도 하고 을씨년스럽다며, 어서 빨리 공터에 집이 들어섰으면 좋겠다고 입버릇처럼 투덜대곤 했었는데, 이젠 그런 투정은 듣지 않아도 좋을 것 같다.

그런저런 생각을 하면서, 집에 이르러 마악 대문의 초인종을 눌렀을 때다. 느닷없이 머리 바로 위에서 벽력같이 터져 나오는 짐승의 소리에 나는 기겁을 했다.

저, 염병맞을 놈의 개 새끼가!

순간 머릿속의 피가 한꺼번에 왈칵 곤두서는 듯한 분노에 사로잡혀 나는 소리쳤다. 형편없이 더러운 털을 흔들어 대며 발바리 하나가 사납게 짖어 대고 있다. 이층의 발바리다. 돌멩이를 집어 들고 던지는 시늉을 해 보이자, 놈은 오히려 이빨을 앙당

벽력(霹靂) 벼락.

하게 드러내 놓고 더욱 앙칼지게 짖어 대기 시작한다. 정말이지, 당장 저놈의 아가리를 갈기갈기 찢어발겨서 땅바닥에 내동댕이치고 싶은 충동 때문에 나는 금방 담장을 기어오르고 싶을 지경이다. 그런데 마침 대문이 열리고, 아내가 이쪽을 내어다본다.

왜 그러세요, 여보.

저 쌍놈의 개 새끼 어찌 된 거야. 집주인도 못 알아보고. 아주 잡아먹겠다고 길길이 날뛰는구만, 쓰발. 톱으로 모가지를 썰어 버릴까!

홧김에 욕부터 터져 나온다.

그러게 말예요. 당장 팔아 치우라고 해야지 원.

사람들이 염치가 없는 거지 뭐야. 남의 집에 세 들어 사는 주제에 개 새끼는 무슨 개 새끼람! 정 키우려면 목줄을 매어서 짖지 못하게 단속을 하든지.

아유, 조용 좀 해요. 이층에서 다 듣겠수.

아내가 내 등을 떠밀어 넣는다.

그 사람들도 들으라지. 아니, 들어 보라고 일부러 그러는 거야. 셋방 사는 것들이 무슨…….

나는 더 큰 소리로 씨부렁거려 주고는 마당으로 들어선다. 암만해도 세를 잘못 내어 준 모양이다. 이번 사람들이 들어온 건 보름 전쯤이었는데, 처음엔 신혼부부 단 두 식구뿐이라더니, 막

단속(團束) 주의를 기울여 다잡거나 보살핌.

상 이삿짐을 옮길 때 보니까 동생들이랍시고 군식구가 둘이나 붙어 있었다. 둘 다 대학에 다닌다는 사내 녀석들은 이쪽을 쳐다보는 눈초리가 당돌하고 시건방져 보여서 썩 맘에 들지 않았다. 하지만 이제 와서 당장 나가랄 수도 없으니, 몇 달 기다렸다가 전세금을 몇 백쯤 더 얹어 달라고 요구하면 별수 없이 꼬리를 사리고 나가 주겠지.

현관으로 들어서자 막내딸이 아빠아, 하고 양팔을 벌린 채 달려든다. 아이구 내 새끼. 나는 딸년을 번쩍 안아 올리며, 쪽 소리가 나게 뺨에 뽀뽀를 해 준다. 본디 남들 모양 나긋나긋하고 잔정스레 대할 줄을 모르는 무딘 성격이긴 하지만, 그래도 내 핏줄이라 그런지 아이들을 마주 대하면 나는 어린애처럼 단순해지고 조금은 마음이 가벼워지곤 한다. 여고 졸업반인 큰딸은 오늘도 밤이 늦어서야 학교에서 돌아올 것이다. 날마다 새벽 여섯 시에 일어나서는 도시락을 두 개씩이나 싸 들고 집을 나갔다가, 꼭 밤 열 시가 다 되어서야 돌아오는 까닭에 나하고는 정작 얼굴을 마주 대하는 기회가 드물다. 몸도 약한 녀석이 어떻게 잘 견뎌 내야 할 텐데, 그게 걱정이다.

나는 막내딸을 어깨에 태우고 안방으로 들어선다. 중학교에 갓 들어간 아들 녀석은 텔레비전 화면에 눈길을 박아 둔 채 아예 본체만체하고 있다. 한기야. 이 녀석, 아빠가 들어오시는데

군식구(-食口) 원래 식구 외에 덧붙어서 얻어먹고 있는 식구.

도 돌아보지도 않는구나. 맨날 텔레비전만 보고 있으면 공부는 언제 할 거야. 숙제는 했어? 나는 아들 놈을 믿지 않게시리 나무란다. 그러자 웬일인지 녀석이 입을 뿌루퉁해 가지고 힐끔 돌아다본다.

몰라, 치이. 오늘은 숙제도 많은데, 방에 들어갈 수가 없어, 치.

아니, 네 방이 어때서? 엄마가 지난번에 예쁘게 벽지를 발라 줬잖아. 네가 아기 동물원 그림이 든 걸로 사 달라고 했잖았어.

그래도 아들은 뭔가 화가 풀리지 않는 모양이다. 싫어. 내 방엔 들어가기도 싫단 말야. 냄새가 나서 토할 것만 같다니깐. 흐으응. 아들은 아예 울상이다. 나는 일어나서 텔레비전을 껐다. 무슨 소리냐. 냄새라니. 무슨 냄새가 난다고 그래. 이 녀석이 공연히 또 심술을 부리려는 거지. 너, 아빠한테 혼날 거야. 나는 짐짓 눈을 부릅떠 보인다. 하지만 나는 내심 긴장한다.

사실 나는 이따금 아이들에게 심하게 손찌검을 할 때가 있다. 그건 모두가 내 잘못된 성격 탓이다. 그들 나이 특유의 고집스러움으로 아이들이 막무가내 반항을 하는 때가 가끔 있는데, 그러면 나는 어느 순간엔가 정말로 눈앞이 캄 막혀 오면서 이성을 잃어버린 채, 눈앞에 있는 게 철없는 어린아이들이라는 사실을 깜박 망각하고 무섭게 주먹을 휘두르고 마는 것이다.

막무가내(莫無可奈) 도무지 융통성이 없고 고집이 세어 달리 어찌할 수 없음.

그리고 그렇게 해서 나는 내 큰아들을 잃었다. 아니, 아내의 말대로 아이의 죽음은 그것과는 무관한 일인지도 모른다. 하지만…… 난 그 녀석이 사실은 바로 내가 휘두른 주먹 때문에 결국 죽게 된 것이리라고 믿고 있는 것이다. 그 불쌍한 녀석을, 내가 그 지경으로 만들었단 말이다.

  큰딸 은옥이와 아들 한기는 여섯 살이나 터울이 진다. 그러니까 그 가운데에 한수라는 이름의 아들 하나가 있었는데, 몇 해 전에 저세상으로 가고 말았다. 병원에선 뇌막염이라고 했지만 그 아이의 죽음은 내게 엄청난 충격을 주었다. 그때 열한 살이었으니까 지금의 한기 녀석보다 두 살 어렸을 것이다. 병원에서 시체를 받아 안고 나오던 날, 밖엔 억수 같은 비가 쏟아지고 있었다. 그날, 나는 아이를 안고 온 세상과 나 자신을 저주하고 또 저주했다. 그리고 앞으로 다시는 이 세상을, 인간을, 또한 그 무엇보다도 나 자신을 사랑할 수 없을 것이라는 사실을 깨달았다. 난 그 아이가 죽기 몇 달 전에 그 애에게 주먹질을 무섭게 했던 적이 있었던 것이다. 아무것도 아닌 일로, 정말 어처구니없을 만큼 사소한 일 때문에 나는 녀석의 뺨을 미친 듯 몇 차례나 후려갈겼다. 그때 그 녀석은 지푸라기 인형 모양 픽 쓰러졌는데, 그 녀석의 코에서 주루루 흘러나오던 자줏빛 선연한 핏물은 지

터울 한 어머니의 먼저 낳은 아이와 다음에 낳은 아이와의 나이 차이.
뇌막염(腦膜炎) 수막염. 세균이 뇌수막에 들어가 생기는 염증.
선연하다(鮮然--) 뚜렷하다. 실제로 보는 것같이 생생하다.

금도 내 뇌리*에 생생히 박혀 있다. 앞으로도 오래도록, 어쩌면 죽는 날까지 나는 그 모습을 잊지 못할 것이다.

말해 봐. 냄새라니. 네 방에서 무슨 냄새가 난다는 거야.

나는 텔레비전 앞을 가로막으며 눈을 부라린다.

똥 냄새가 난다니까. 할머니가 내 방 한가운데다가 똥물을 갈겨 놓았단 말에요. 으허엉.

뜻밖에 한기 놈은 그렇게 소리를 질러 놓고는 지레* 울음을 쏟아 놓는다.

뭐라구. 할머니가 왜 네 방에다가……. 왜 거길 들어갔단 말야.

아내를 불렀다. 두 번이나 커다랗게 악을 썼는데도 대답이 없다. 나는 화가 잔뜩 치밀어 올라 마루로 뛰쳐나간다. 아내는 욕실에 쪼그려 앉아 빨랫감을 주무르고 있는 참이다.

그래요. 어머님이 글쎄, 좀 전에 아이 방에다가 그래 놓았지 뭐에요. 나도 모르겠어요. 어느 틈에 네발로 북북 기어서 그 방으로 들어갔는지. 이래저래 정말이지 나도 이젠 더 이상 못살겠다구요. 하루이틀도 아니고 벌써 몇 년째에요. 나이 마흔이 다 되도록 난 도대체 언제까지 이렇게 노망난* 늙은이의 똥오줌이나 받아야 하우.

뇌리(腦裏) 사람의 의식이나 기억, 생각 등이 들어 있는 영역.
지레 어떤 일이 일어나기 전 또는 어떤 기회나 때가 무르익기 전에 미리.
노망나다(老妄--) 망령스러운 증세가 나타나다.
　망령스럽다(妄靈---) 늙거나 정신이 흐려 말과 행동이 주책없는 듯하다.

붉은 방

아내가 발딱 일어서더니, 기다렸다는 듯이 마구 퍼부어 대기 시작한다. 그녀가 끼고 있는 붉은 고무장갑이 문둥이의 곯아 문드러진 손처럼 흉측하게 보인다. 아내는 아마 그때까지 어머니의 오줌 걸레를 빨고 있었던 참이리라. 무슨 소리야, 새삼스럽게. 파출부가 있잖아. 나는 금방 기가 팍 죽고 만다. 어머니에 관한 한 나는 아내에게 할 말이 없는 까닭이다.

뭐라구요. 파출부라뇨. 파출부 떨어진 지가 언젠데 그래요. 아니, 또 그 사람들은 쓸개도 없을까. 파출부 하는 여자들이 남의 집 노망한 노인네 똥오줌까지 뒤치다꺼리해 준답디까? 당신, 정말이지 해도 너무하는구려. 나도 이젠 더 이상 못 견디겠다니까요!

아내는 그 흉물스러운 손 허물을 억지로 벗겨 내더니, 그것을 욕실 바닥에 내팽개치며 앙칼지게 고함을 지른다. 순간 나는 눈이 확 뒤집히게 화가 치밀어 오른다.

엠병할, 이게 무슨 지랄인가. 난 왜 이리도 재수라곤 손톱만큼도 없는 놈일까. 어머니 때문이다. 아직 저 나이가 되도록, 숨이 끊어지기는커녕 똥오줌도 못 가리면서도 멀뚱멀뚱 눈을 뜨고 염치없게시리 살아 있는, 저 노망한 어머니 때문에 집안 꼴이 항상 이 지경인 것이다.

나는 머리꼭지까지 화가 치밀어서 맨 구석방으로 달려가 와

파출부(派出婦) 보수를 받고 출퇴근을 하며 집안일을 하여 주는 여자.

락 문을 열어젖힌다. 방 안은 어둡다. 해가 완전히 져 버린 시각인데도 어머니는 전등을 켜지 않고 있다. 하긴 늘 그랬다. 아내나 내가 켜 주지 않는다면, 어머니는 밤새 내내 캄캄한 방 안에 누워 이따금 혼자 낄낄대거나 뜻 모를 소리를 중얼거리거나 하면서, 똥오줌을 갈기기도 하고 아예 그 고약한 덩어리를 손바닥으로 떡 주무르듯 하고 있을 게 틀림없다. 나는 어두운 방 안을 들여다보며 짧은 순간 망설인다. 훅, 코끝으로 끼쳐 오는 역한 냄새. 지린내와 땀 내음과 늙은이의 썩어 가는 살비듬* 냄새 따위가 뒤범벅이 된 그 기묘한* 악취에 콧구멍이 터질 것만 같다.

 나는 문 가까운 쪽 벽을 더듬어 스위치를 찾아낸다. 몇 번 깜박이던 형광등에 이윽고 불이 들어온다. 방 안 풍경은 간단하다. 가구 따위를 대부분 꺼내어 창고 등지로 옮겨 놓았으므로 키 낮은 이불장 하나만 한쪽에 달랑 놓여 있을 뿐이다. 그 이불장에 구부정하니 등을 기댄 채 속옷 차림의 늙은이 하나가 귀신처럼 앉아 있는 모습이 눈에 들어온다. 허옇게 센 머리카락은 영락없이 쥐에 뜯긴 모양으로 가위질 흔적이 듬성듬성 남아 있다. 그건 아내의 솜씨이다.

 나는 한동안 문 앞에 선 채 움직일 수가 없다. 제발, 이게 악몽이었으면. 저 귀신같이 끔찍스러운 몰골*로 이쪽만 멀거니 올

살비듬 피부에서 하얗게 떨어지는 살가죽의 부스러기.
기묘하다(奇妙--) 이상하고 묘하다.
몰골 볼품없는 모양새.

려다보고 있는 늙은이가 어째서 내 어머니여야만 한다는 말이냐. 이건 말도 안 된다. 억울하다. 나는 그렇게 마구 고래고래 고함이라도 질러 대고 싶어진다. 으흐크크. 별안간 어머니가 이쪽을 올려다보며 웃기 시작한다. 서너 개밖에 남지 않은 시커먼 앞니를 드러낸 채 어머니는 기묘하게 입술을 흐느적이며 웃고 있다. 저승꽃이 만발한 어머니의 얼굴에 깊은 고랑 같은 주름살이 잡힌다.

쥑여라아. 아암. 느그들이 시방…… 나알…… 쥑일라고 그러지이. 그래애. 쥑여라아…… 어서 쥑여어.

무슨 불길한 주문을 외듯이, 혹은 아주 지쳐 빠진 사람이 억지로 소릿가락을 겨우겨우 읊어 가듯이, 그렇게 잔뜩 쉰 목소리로 어머니는 나를 노려보며 말한다. 대관절 어머니는 왜 그런 소릴 해 대는 것일까. 언제부터인가 어머니는 곧잘 그런 지긋지긋한 소리를 혼자 씨부렁거리곤 했던 것이다.

아아, 그래요. 어머니. 나도 참말 그러고 싶소. 어머니 말대로 그냥 콱 죽어 버립시다. 어머니도 죽고, 나도 죽고, 여편네랑 새끼들까지 모조리 콱 죽어 버립시다. 제발이지, 그렇게 해서 이놈의 세상살이 후련하게 끝장을 내 버립시다. 염병맞을!

나는 꽥 소리를 지르며 문을 쾅 닫고 나와 버리고 만다. 문득 목구멍 안쪽에서 무엇인가가 불끈 치밀어 오르면서 가슴이 빡

저승꽃 '검버섯'을 비유적으로 이르는 말.

빡하게 차오른다. 차라리 어린애처럼 와악 울음이라도 터뜨려 버리고 말았으면 싶다. 안방으로 돌아와 방바닥에 털썩 주저앉아 담배 연기만 빽빽 빨아 대기 시작한다. 정말이야. 모조리 끝장을 내 버렸으면 좋겠어. 온 식구가 너나없이 쥐약이라도 훌훌 처마시고 함께 죽어 버리면 그만 아냐. 순간 아버지의 얼굴이 떠올랐다 스러진다. 그렇다. 이건 모두가 아버지의 탓이다라고 나는 생각한다. 노망한 어머니를 내게 남겨 놓고 간 것도, 내게 그 지긋지긋한 전쟁의 추악하고 소름 끼치는 기억들을 남겨 준 사람도 아버지였다. 이제는 얼굴 모습도 기억해 내기 힘든 조부모와 큰아버지, 큰어머니, 그리고 작은아버지 내외까지 모조리 떼죽음을 당하도록 만든 사람도 바로 아버지였다.

아버지만 아니었더라면 우리 집안이 이 꼴로 몰락하지도 않았을 터이고, 6·25 때 그 일을 겪고 난 후부터 정신이 오락가락하기 시작한 어머니가 끝내 저렇듯 추악한 몰골로 노망한 늙은이는 되지 않았을 테고, 허구한 날 똥오줌 빨래에 진력이 났다고 투덜대는 아내의 원망도 듣지 않았을 것이다. 또 나도 지금쯤은 남들처럼 대학을 나와, 누구 못지않게 그럴듯한 직장을 붙들어서 남 보란 듯이 살아가고 있을 것이고, 아아, 한수— 그 불쌍한 내 아들 한수도 그렇듯 처참하고 가련하게 죽지 않았을지도 모른다. 모든 일이 처음부터 그렇게만 되었더라면 내가 그

진력(盡力) 있는 힘을 다함. 또는 낼 수 있는 모든 힘.

애의 얼굴에 짐승처럼 주먹질을 하지 않아도 되었을 것이고, 그리고…… 그리고 그 녀석이 몇 달 후 별안간 뇌막염으로 죽지도 않았을 것이다. 하지만, 아버지는 내게 그 저주받은 것들을 유산으로 남겨 주었다. 그 소름 끼치는 복수와 원한의 응어리까지도 내 핏줄 속에 남겨 놓은 것이다. 나는 재떨이에 담배를 꾸깃꾸깃 부벼 끄고는 방바닥에 벌렁 드러누워 버린다.

아버지는 경찰이었다. 해방 전에 경찰에 투신했던 아버지는 해방되고 난 뒤에 고향인 남해안의 섬 낙일도에서 근무를 했다. 낙일도엔 조부모와 아버지의 형제들이 모두 살았다. 내 외가도 거기에 있었다. 전쟁이 터졌고, 아버지는 우리들을 섬에 남겨둔 채 육지로 소집을 받아 떠났다. 그때 내 나이 겨우 아홉 살이었고 여동생 달숙은 네 살 아래였다.

늦여름 어느 날, 갯가 얕은 물속에서 물장구를 치며 놀다가, 나는 처음으로 인민군들이 마을로 들어오는 광경을 보았다. 그날 밤, 할아버지는 우리를 외가로 떠나보냈다. 나와 달숙은 어머니를 따라 외가가 있는 동백리로 몸을 피했다. 머리에 작은 옷보퉁이를 이고 등엔 달숙을 업은 어머니를 따라 나는 캄캄한

원한(怨恨) 억울하고 원통한 일을 당하여 응어리진 마음.
응어리 가슴속에 쌓여 있는 한이나 불만 등의 감정.
✿ 하지만, 아버지는 내게 그 저주받은 ~ 핏줄 속에 남겨 놓은 것이다 '나'는 현재 겪고 있는 일들, '빨갱이'에 대한 적개심, 자신의 황폐한 성격, 직업과 처지 등 모든 것의 원인을 아버지 탓으로 돌리고 있다.
투신하다(投身--) 어떤 직업이나 분야 등에 몸을 던져 일을 하다.
인민군(人民軍) 북한의 군대.

밤길을 걸어야 했다. 가도 가도 끝이 나타나지 않을 것만 같던 그 비탈진 산길이며, 발밑으로 끊임없이 씨근덕거리던 파도 소리, 그리고 달도 별도 보이지 않는 어둠 속에서 이따금 머리 바로 위로 푸드득 날아오르곤 하던 산새들 때문에 나는 줄곧 겁에 질려 있었다.

외가에 닿자마자 외조부는 우리 세 식구를 다시 산 너머 섬 끝의 외딴 초가집으로 데리고 갔다. 외조부가 멸치 그물을 치는 어장 근처였는데, 그 작은 집은 멸치를 잡아 올려 말릴 무렵에 일꾼들이 거처하는 어막이었다. 그 어막의 헛간에 숨어서 두어 달이 지난 어느 날, 놀랍게도 아버지가 외조부와 함께 우리 앞에 나타났다. 청산도까지 후퇴했던 경찰이 다시 낙일도에 상륙했고, 인민군은 철수했다는 사실을 우리는 그제야 알았다. 달숙이와 나는 반가움에 소리를 지르며 뛰쳐나갔는데, 아버지는 우리를 껴안고 느닷없이 울음을 터뜨렸다. 덩달아 어머니마저 땅바닥에 털썩 주저앉아 통곡을 했다. 나는 어른들이 왜 우는지를 몰랐었다. 아버지의 손을 잡고 마을로 돌아왔을 때에야, 나는 집 안 어디에고 할아버지와 할머니의 모습이 보이지 않는다는 걸 알았다. 큰아버지와 작은아버지 내외도 마찬가지였다. 인민군이 철수하기 전, 빨갱이들에게 거의 온 일가족이 떼죽음을 당

어막(魚幕) 고기잡이를 하기 위하여 물가에 지은 막.
빨갱이 '공산주의자'를 속되게 이르는 말. 인민군(정규군)과 구별하여 남로당원(남한의 좌익)을 일컫기도 한다.

했다는 걸 우리들은 몰랐던 것이다.

마당가에 우두커니 선 아버지는 말이 없었고, 어머니는 쓰러져 일어나지 못했다. 나와 달숙은 막연한 공포에 사로잡혀 뜻 모를 울음을 따라 울었다. 그런 어느 순간, 아버지가 갑자기 내 손을 잡아끌고 어디론가 급히 걸어가기 시작했다.

가자. 네 눈앞에서 내가 원수를 갚아 줄 텐께! 봐라. 이따가 가서 똑똑히 봐 두란 말이다. 달식아, 알았지야?

아버지의 모습이 별안간 전혀 다른 사람처럼 보였다. 나를 쏘아보는 아버지의 눈은 빨갛게 핏발이 서 있었다. 아버지는 원수를 갚아 줄 테니 똑똑히 봐 두라는 소리만 연신 되풀이하며 나를 면사무소 마당까지 데려갔다. 그러더니 잠시 후, 창고에 갇혀 있던 사람들 가운데서 남자 두 사람을 끌고 나왔다. 그리고 아버지는 그들을 담벼락에 세워 둔 채, 직접 자신의 총으로 쏘아 죽이는 광경을 내 눈앞에서 보여 주었다.

봐라, 달식아. 네 두 눈으로 똑똑히 봐 둬야 해. 바로 이놈들이 빨갱이들이여. 느그 할아버지와 할머니를 죽인 철천지원수란 말이다. 원수여 원수. 빨갱이는 모조리 원수다. 알았제. 뼈를 우둑우둑 갈아 마시고 간을 꼭꼭 씹어 먹어도 분이 안 풀릴 철천지원수 놈들이란 말이다. 알았냐, 달식아.

아버지는 피투성이가 되어 땅바닥에 쓰러져 있는 그들을 손

철천지원수(徹天之怨讐) 하늘에 사무치도록 한이 맺히게 한 원수.

가락질하며 내게 고래고래 고함을 지르듯 말했다.

나는 자리에서 발딱 일어선다. 그리고 장롱에서 바지와 검은색 가죽 잠바를 꺼내어 입는다.

어딜 가시려고 그래요, 당신?

아내가 방 안으로 들어서며 묻는다.

어디긴 어디야. 출근하는 거지. 오늘 야근이라구. 또 며칠 걸릴지 몰라.

나는 퉁명스레 쏘아붙인다. 그녀는 말이 없다. 오늘 밤부터 근무라는 걸 알고 있을 터이지만, 그래도 불만스레 입을 내밀고 있으리라는 것쯤은 굳이 보지 않아도 훤히 알 수 있다. 나는 현관으로 나와 구두를 신는다.

여보. 모레 점심때는 꼭 집에 오셔야 해요.

왜.

전번에 기껏 얘기했잖았수. 목사님께서 우리 집에 심방* 오시는 날이란 말예요. 이번 주엔 우리 차롄데, 당신이 없으면 큰일 아니우. 명색이 집사님 댁인데…….

참, 그랬던가. 이번 주엔 우리 집에서 예배를 보기로 되어 있다는 사실을 깜박 잊고 있었다. 알았어. 한 시쯤에 잠깐 빠져나와 보든지 할게. 잘하면 일이 금방 끝날 수도 있으니깐. 나는 마당을 질러 나온다. 아빠아, 들어올 때 내 선무울. 안녕히 다녀오

심방(尋訪) 방문하여 찾아봄.

세요 아빠. 한기와 막내딸이 마루 끝으로 달려 나와 인사를 보낸다. 나는 녀석들을 한 번 힐끔 돌아보고는 집을 빠져나온다. 한길은 제법 바람이 차다. 밤이면 기온이 뚝 떨어지는 듯하다. 하늘을 올려다보니 먹지처럼 깜깜하다. 눈이라도 한바탕 쏟아지려는 모양이라고 생각하며, 나는 마침 앞쪽에서 다가오는 빈 택시를 향해 팔을 들었다.

셋

 유치장 벽 위쪽에 나 있는 창유리 위로 전등 불빛이 반사되고 있을 뿐, 밖에서 새어 들어오는 빛은 없다. 해가 진 지 꽤 오래되었다는 증거다. 부질없이 나는 또 고개를 숙여 팔목시계를 들여다본다. 이럴 수가 있단 말인가. 집 앞에서 그자들에게 끌려온 그 시각부터 꼬박 열세 시간이 지난 셈이다. 열세 시간. 그 긴 시간을 나는 터무니없이 강탈당하고 말았다는 생각이 든다. 하지만 이 정도는 아직 약과일지도 모른다. 앞으로 얼마나 더 이러고 있어야 할 것인지 전혀 짐작조차 하기 어렵다.

 엉덩이가 얼얼해져 왔으므로 나는 허리를 비틀어 엉거주춤 들어 올린다. 콘크리트 맨바닥은 딱딱하고 차다. 스팀 파이프가 두 군데에 설치되어 있긴 하지만 실내 전체를 덥히기엔 어림도 없는 눈치다. 이럴 때 가방이라도 있었으면 그거라도 깔고 앉아 있을 텐데, 아까 취조실에서 그들은 그걸 가져가 버렸다.

 여보쇼. 스탠드바 주인을 불러 달란 말요. 그 사람이 다 알고 있다니까는, 끄윽.

 창살을 붙잡고 서서 사내 하나가 혀 꼬부라진 소리로 외친다. 사내의 와이셔츠 앞자락은 허리띠 밖으로 기어 나와 있고 넥타이가 후줄근하게 풀려 있다. 누구한텐가 주먹으로 두들겨 맞은 듯 광대뼈가 퉁퉁 부어 있는데다가 코피를 흘린 흔적이 남은 걸로 보아, 아마 술집에서 싸움을 하다 끌려온 모양이다. 사내가 다시 뭐라고 소리를 쳤지만, 저만치 출입문 옆 책상에 앉아 있는 전경들은 아예 귀를 닫은 채 둘이서 무슨 얘긴가에 열중해 있다.

 유치장 안엔 나까지 모두 다섯 명이 갇혀 있다. 좀 전의 그 술 취한 사내말고, 나머지 셋은 모두 갓 스물이 넘은 듯한 또래인데, 미루어 보건대 절도 혐의로 잡혀 온 듯싶다.

 쓰발놈의 새끼. 저 혼자만 먼저 토끼면 우린 어쩌라는 거야. 드런 새끼.

 야, 그래도 아까 고 새끼 이름은 들먹이지 말 걸 그랬어. 솔직히 그 새낀 이번 일하고는 관계가 없잖냐. 안 그래.

취조실(取調室) 피의자 등에게 죄나 잘못을 따져 묻거나 심문하는 방.
스탠드바(stand bar) 서양식의 술집. 긴 스탠드 앞에 의자를 늘어놓고 바텐더가 여러 손님을 상대한다.
유치장(留置場) 피의자나 경범죄를 지은 사람 등을 한때 가두어 두는 곳. 각 경찰서에 있다.
토끼다 도망치다.

너, 무슨 소릴 하니. 지금 이렇게 된 게 누구 탓인데 그래.

시끄러, 인마. 이제 와서 그렇게 다퉈 봐야 뭘 할 거야. 징 치고 막 내린 거야,※ 쓰발.

셋은 전부 다 머리를 맞대고 연신 투덜대고 있다.

그러나저러나, 그자들은 도대체 왜 나를 여기에 끌어다 놓고 아무 기척이 없는 것일까. 나는 손톱을 물어뜯으며, 그들의 속셈을 이리저리 짐작해 보려 애쓴다. 처음 이곳에 도착하자, 그들은 일단 취조실인 듯싶은 어떤 작은 방으로 데리고 갔다. 나무 책상 한 개만 달랑 놓여 있을 뿐인 그 방 안에서 나는 혼자 의자에 앉아 초조하게 기다려야 했다. 하지만 웬일인지 아무도 좀체 나타나지 않았고, 나는 입술만 바작바작• 태우며 앉아 있을 수밖에 없었다. 그 사이 서너 차례나 화장실을 들락거려야 했는데, 문을 열고 나가면 복도 맨 끝에 붙어 있는 그곳까지 전경 하나가 어김없이 내 곁에 꼭 붙어 다녔다.

그러다가 이윽고 한 사내가 나타났던 것이다. 회색 잠바를 입은 중키•의 사내였다. 꽤 큰 편인 코끝이 뭉툭해서 어딘가 둔해 뵈는 인상을 주었지만, 눈빛이 기묘하게 번들거리는 것이 은근히 기분 나쁜 삼십 대 후반의 얼굴이었다. 사내는 책상을 사이에 두고 나와 마주 앉았다. 처음엔 인적 사항을 묻고, 내가 대답

※ 징 치고 막 내린 거야 이미 일은 다 끝난 거야.
바작바작 몹시 초조하여 입 안이나 입술이 자꾸 마르는 모양.
중키(中-) 크지도 작지도 아니한 보통의 키.

하는 대로 종이에 적어 넣었다. 나는 내 이름과 나이·주소·직업·주민등록번호 등등을 불러 주면서도, 문득문득 내가 지금 전혀 낯모르는 타인의 인적 사항에 관해 얘기하고 있는 게 아닌가 하는 이상한 착각이 들곤 했다. 아니, 차라리 그것이 정말 나하고는 티끌만큼도 무관한 다른 사람의 것이기를 바랐다. 지금 이 을씨년스럽고 기분 나쁜 자리에 전혀 엉뚱하게도 내가 다른 사람 대신 끌려와 있는 것이기를, 처음부터 끝까지 모두가 착오였기를 나는 빌고 있었는지도 모른다.

말씀해 주시오. 대관절 무슨 일로 이러십니까. 내가 무슨 잘못을 했기에……

인적 사항을 기입하고 나서 그걸 눈으로 다시 읽어 내려가고 있는 사내에게 그렇게 물었다. 비참하게도 내 의도와는 달리 목소리가 떨려 나왔다. 그러나 그나마도 미처 말끝을 맺지 못하고 맥없이 우물거리고 말았다. 그 뭉툭한 코가 박혀 있는 누리끼한 얼굴을 천천히 들어 올리며, 사내가 나를 말없이 쏘아보았기 때문이다. 기묘하게 번들거리는 사내의 눈은 퍽 가소롭다는 식의 경멸과 오만함을 담고 있었다.

무슨 일이냐고 방금 그랬소?

티끌 몹시 작거나 적음을 이르는 말.
무관하다(無關--) 관계나 상관이 없다.
착오(錯誤) 착각을 하여 잘못함. 또는 그런 잘못.
가소롭다(可笑--) 같잖아서 우스운 데가 있다.

사내의 기세에 눌려 나는 입을 열 수가 없었다.

무슨 잘못이 있느냐고? 응?

그렇습니다. 난 도대체······.

나는 우물거렸다.

어이, 지금 누구랑 농담 따 먹기하고 놀자는 거야 뭐야? 내게 무슨 잘못이 있습니까아? 허, 이 친구 제법 웃기고 있네.

어느 틈에 사내는 반말투로 바뀌어 있었다.

이봐. 그걸 당신이 모르면 누가 알아? 이제 와서 오리발 내놓으면 통할 것 같은가. 여기가 어딘 줄 알고.

사내가 칵 하고 가래침을 울궈 내더니 바닥에 탁 뱉고 나서 구둣발로 쓱쓱 문질렀다. 나는 자꾸 목이 말랐다. 숨이 가빠 오고 가슴도 답답해 왔다. 꿈을 꾸고 있는 걸까. 내가 도대체 무슨 짓을 저지른 것일까. 나는 스스로를 의심할 지경이었다. 혹시 내가 미처 기억하지 못하는, 아니 일부러 기억해 내지 않으려고 애쓰는 어떤 엄청난 범죄를 저질렀단 말인가. 어처구니없게도, 그런 밑도 끝도 없는 생각들이 짧은 순간 불쑥불쑥 튀어 올랐다 사라지기도 했다. 그리고 이따금 얼굴도 모르는 큰아버지의 모습이 소리 없이 떠오르기도 하는 것이었다.

이상준이가 잡혔어. 이상준이 말야. 그래도 시치미를 뗄 거야?

마침내 사내가 그렇게 말했고, 나는 잠시 멍청해지고 말았다.

이······ 상······ 준이라구요?

이상준. 가만있자, 이상준이 누구더라. 나는 여전히 미몽˙ 속을 헤매고 있는 것만 같았다. 그러다가 어느 순간, 온 시야에 자욱이 깔린 안개 속을 헤매던 나는 무엇인가에 탁 하고 발이 걸려 넘어졌다.

아, 그렇구나. 그게 그 사람 이름이었지. 맞아. 나는 불시에 뺨이라도 얻어맞은 기분이었다. 그래. 그 친구야. 내가 왜 여태 그걸 생각해 내지 못했을까. 무슨 일인가로 수배를 받고 있는 중이라고 그랬었지. 그 친구가 잡혔구나. 결국…… 하지만, 그게 대체 나하고 무슨 관계가 있다는 얘긴가. 나는 다만 일주일쯤(아니 열흘이 좀 못 되었을까) 그 사람을 우리 집에서 재워 준 일밖에 없는데……. 그렇다면 그 일 때문에? 숨겨 주었다는?

그제야 나는 조금은 안도했다. 그보다 더 두려운, 어떤 어마어마한 혐의가 내게 뒤집어씌워져 있을지도 모른다는 생각 때문에 잔뜩 겁에 질려 있었던 터였으므로, 나는 마치도 발목에 묶여 있던 무거운 쇳덩이 같은 것이 떨어져 나가는 듯한 홀가분함마저 느꼈다.

자, 여기에 자술서˙를 써 봐. 단 한 가지도 숨김 없이, 사실 그대로, 자세하고 정확하게 적어야 해. 되도록 많이. 알았소?

사내는 내게 여러 장의 종이를 건네주며 말했다. 자술서라곤

미몽(迷夢) 무엇에 홀린 듯 똑똑하지 못하고 얼떨떨한 정신 상태.
자술서(自述書) 어떤 사건에 관하여 피의자나 참고인이 자신이 행하거나 겪은 것을 진술한 글.

난생 처음이었으나, 사내가 시키는 대로 나는 써 내려가기 시작했다. 주로 이상준과 만나게 된 경위, 그가 우리 집에 와 있었던 기간의 일 따위를 중심으로, 기억나는 대로 적었다. 하지만 두어 시간이 걸려 그걸 다 마쳤을 때, 사내는 의외로 그것을 대충 한 번 훑어보기만 하는 눈치더니, 다시 나를 이곳 유치장으로 데려다 놓고 가 버렸다.

여보세요. 이제 나는 어떻게 되는 겁니까. 언제 집에 돌려보내 주겠소?

유치장 안에 들어서자마자 나는 등을 돌려 밖으로 나가려는 사내를 향해 다급하게 외쳤다. 그랬더니 사내는 예의 그 비웃는 듯한 웃음을 입술 새로 터뜨리며 퉁명스레 대답하던 것이었다.

여기서 잠자코 기다려 보쇼. 이제 겨우 조사가 시작된 셈이니깐.

그럼 집으로 전화라도 하게 해 주시오. 집에서는 아무것도 모르고 있을 텐데…….

나는 창살을 움켜잡은 채 애원하듯 말했다. 그러자 사내는 대답 대신, 출입구 옆에 서 있는 전경을 부르더니, 일부러 내 귀에까지 들리도록 이렇게 큰 소리로 말하는 것이었다.

이봐. 저 작자한텐 전화도 안 돼. 보안 사범이니깐.

옛. 알았습니다.

보안 사범(保安事犯) 국가의 안녕과 질서를 해치는 행위를 저지름. 또는 그런 행위를 한 사람.

앳된 얼굴의 근무자는 내 쪽을 힐끗 쳐다보았고, 사내는 곧 문밖으로 사라져 버렸다. 그 후 지금까지 나는 줄곧 이렇게 갇혀 있는 꼴이었다.

입안이 깔깔하다. 소금 덩어리를 머금고 있는 것 모양 혀끝으로 쓰디쓴 물이 괴어 온다. 그리고 보니 그동안 빵 한 쪽과 우유 한 봉지밖에 먹은 게 없다. 점심때, 사내들이 국밥을 시켜다 주겠노라고 했을 때 나는 대신에 빵과 우유를 원했다. 그나마도 목 안으로 넘기기가 힘들었다. 그래서 저녁땐 아무것도 입에 대지 않았다. 밖에서 사식을 시켜 먹을 수는 있었으나, 아예 입맛이 떨어져서 도대체 쌀 한 톨 삼킬 수 있을 성싶지가 않아서였다.

지금 아내는 집에서 무얼 하고 있을까. 일찍 들어오라던 그녀의 야윈 얼굴이 떠오른다. 교감이 전활 하지 않았다면, 아내는 아무 영문도 모른 채, 내가 또 술자리에서 늦어지는 줄로만 여기고, 이따금 이마를 찌푸리며 시계를 올려다보곤 할 것이다. 딸아이는 잠이 들었을까. 요즘에야 겨우 얼굴을 알아보는 듯, 아이는 나를 보면 제법 반가운 시늉으로 그 조그마한 손을 펴서 흔들어 대곤 했다. 유난히도 활달하게 움직여 대는 녀석이었다. 잠시도 얌전히 앉아 있는 법이 없이 여기저기 무릎으로 불불 기어다니면서, 아무것이나 손에 잡히는 건 모두 입으로 가져갔다.

아내는 날마다 아이하고 단둘이서 집에서 지내야 한다. 원래 몸이 허약한 편이기도 하지만, 온종일 아이의 뒤를 쫓아다니며 뒤치다꺼리를 해야 하는 일이 힘에 겨운지 요즘 들어 얼굴이 많이 야윈 듯싶다. 핼쑥한 얼굴로 시계를 초조하게 올려다보는 아내의 모습이 자꾸만 눈앞에 떠오른다. 아이가 울고 있다. 아직 돌도 채 안 된 내 아이가 다급하게 울음을 터뜨리며 보채고 있다. 가느다랗고 날카로운 아이의 울음소리가 영락없이 귓전으로 들려오는 것 같아서 나는 가슴이 터져 버릴 듯하다. 이럴 수가 있는가. 적어도 가족에게만은 내 거처를 알려 줘야 하지 않는가 말이다. 영장도 없이 사람을 멋대로 감금해 놓고……. 정말이지 이건 말도 되지 않는다. 나는 벽에 등을 기대고 쭈그려 앉은 채 무릎 사이에 머리를 묻는다. 불현듯 견디기 어려운 피로가 일시에 전신을 엄습해 오기 시작했다. 아내가 기다릴 텐데. 늦어도 열두 시가 되기 전까지는 집에 돌아갈 수 있을까……. 전화라도 해 주어야 할 텐데……. 나는 온몸이 모래 구덩이 속으로 깊이깊이 빠져드는 듯한 심한 졸음기를 느끼며, 한사코 그런저런 생각들의 꼬리를 붙잡으러 애쓴다.

얼마나 지났을까. 오기섭. 오기섭이 누구야. 어디선가 내 이름을 부르는 소리에 나는 퍼뜩 고개를 든다. 깜박 졸았던 모양이다. 유치장 창살 밖에서 전경 근무자가 서 있다.

예, 나요.

거처(去處) 이미 갔거나 현재 가거나 미래에 갈 곳.
감금하다(監禁--) 드나들지 못하도록 일정한 곳에 가두다.
엄습하다(掩襲--) 감정, 생각, 감각 등이 갑작스럽게 들이닥치거나 덮치다.

나는 얼결에 벌떡 일어나 그쪽으로 다가간다. 전경이 문을 따 주었고, 나는 밖으로 나왔다.

따라오쇼.

전경은 짧게 한마디 내뱉더니 출입문 쪽으로 걸어 나간다.

어딜 가는 거요. 집으로 보내 주는 겁니까, 예?

종종걸음으로 뒤따르며 물었지만, 상대는 대꾸가 없다. 짧은 순간, 나는 이제야 겨우 집으로 돌아가게 된 게 아닐까 하고 가슴을 졸인다. 그러면 그렇지. 그까짓 일로 더 이상 이렇게 잡아 둘 필요까지야 있을라구. 나는 제법 확신에 차서 중얼거리기까지 한다. 그러나 출입문을 지나 복도로 나왔을 때 나는 그것이 얼마나 당치도 않은 속단이었는가를 깨닫는다. 복도에 두 사내가 서 있다. 아침에 나를 끌고 왔던 바로 그자들이다. 온몸의 힘이 일시에 빠져나가는 허탈감에 무릎이 휘청거려 온다.

철컥. 사내들이 내 손목에 수갑을 채웠다. 그리고 익숙한 손놀림으로 양쪽에서 내 겨드랑이를 움켜잡고는 빠른 걸음으로 복도를 빠져나간다. 텅 빈 복도 천장엔 몇 개의 형광등이 길게 붙박여 있을 뿐이다. 복도 끝 출구 바로 앞에 회색 승용차가 대기하고 있다.

들어가. 반항할 생각은 안 하는 게 좋아.

사내 하나가 문을 열고 나를 뒷자리 안쪽으로 밀어 넣으며 말

속단(速斷) 신중을 기하지 않고 서둘러 판단함.

한다. 사내들은 앞자리와 내 옆자리에 각각 앉는다. 이윽고 차가 발동을 걸고 움직이기 시작할 즈음, 옆자리의 사내가 돌연 손바닥으로 내 목을 짓누르며 낮게 말한다.

머리 숙여!

나는 엉겁결에 앞으로 허리를 굽힌다. 사내는 내 이마가 무릎에 거의 닿을 지경이 되기까지 대단한 힘으로 뒷목을 짓눌러 댄다. 그리고 나서 내 바바리코트 자락을 뒤에서부터 훌렁 걷어 올리더니, 그걸로 내 머리끝까지 온통 감싸 버린다. 자연히 나는 자루를 거꾸로 뒤집어쓴 채 엎드린 꼴이 된 셈이다. 눈을 떠도 아무것도 보이지 않는다. 어둡다. 이렇게 간단하게 세상으로부터 차단되어질 수 있다는 사실이 놀랍다. 그렇다. 알고 보면 어느 한 사람의 목숨쯤이야 참으로 손쉽고도 간단하게 해치워 버릴 수 있는, 그렇듯 소름 끼치는 야만과 폭력의 시대에 살고 있으면서도, 사람들은 막상 그걸 까맣게 모르고 살아가고 있을 뿐이다. 나는 차라리 눈을 감아 버리기로 한다.*

가슴이 쿵쿵 뛰어오르기 시작한다. 어디로 끌고 가는 것일까. 이대로 소리 없이 죽게 되는 건 아닌가. 지금이라도 도망칠 수 있는 기회는 남아 있을 것이다. 이자의 옆구리를 팔꿈치로 힘껏 쥐어박은 다음, 유리창을 주먹으로 깨뜨리고는 사람 살리라고 고래고래 비명을 지른다면 행인들이 듣고 뛰어오겠지. 그렇지

✢ 나는 차라리 눈을 감아 버리기로 한다 '나'는 좌절감 속에 체념에 빠지고 있다.

만 결국은 다시 붙잡히고 말 것이다. 이자들은 신분증을 내보일 테고, 나는 그 즉시 압송 중에 탈주하려던 흉악범쯤으로 치부되어질 게 뻔하다. 사람들은 으레 이자들의 신분증을 곧 법이라고 여겨 버리고 말 테니까. 아아, 그거야말로 얼마나 위험하고 무책임한 방임인가. 나는 미칠 듯 분개한다. 하지만 사실 나 역시 지금껏 늘상 그래 왔었음을 뒤늦게야 깨닫는다. 온갖 신문과 방송을 통해 매일매일 헤아릴 수도 없이 쏟아져 나오는 크고 작은 사건과 사건들, 그리고 거기에 관련된 낯선 사람들에 관한 보도 따위에 나는 거의 귀를 기울여 본 적도 없었다. 그런 것들이란 나하고 아무런 관계도 없는 것이라고 여겨 버린 채, 그저 무심히, 너무도 무관심하게 지나쳐 버리고 살아왔던 것이다. 그런데 이제 드디어 내 자신이 바로 그 하찮고 대수롭지 않게만 여겼던 사건들 중의 하나에 억울하게 끌려 들어온 것이다. 다른 사람들에겐 그저 하찮고 흔해 빠진 것일 뿐인, 그래서 아무도 귀 기울여 주지 않고 눈길 한 번 돌려 주지 않는 그런 사소한 사건 속으로 말이다. 아아, 이거야말로 어떻게 된 일인가······.

  나는 엎드린 채 그런저런 생각을 한다. 무릎이 떨고 있다. 그것이 내 몸의 일부라는 게 얼핏 믿어지지 않는다. 그동안에도

압송(押送) 피고인 또는 죄인을 어느 한 곳에서 다른 곳으로 호송하는 일.
치부되다(置簿--) 마음속으로 그러하다고 생각되거나 여겨지다.
❦ 아아, 그거야말로 얼마나 위험하고 무책임한 방임인가 '나'는 단지 신분증만을 믿고 공권력의 행위를 정당하다고 생각하는 사람들의 통념과 상식이 얼마나 위험한 생각인지를 깨닫고 있다.

차는 어디론가를 향해 꾸준히 달리고 있다. 번잡한 시가지의 어디쯤을 통과하는 중인지, 수많은 자동차의 경적 소리, 엔진 음, 그리고 거리의 갖가지 소음들이 들려온다. 이따금 잠시 정지했다가 다시 움직이기도 하는데, 아마 신호등 때문일 것이다.

자네, 오늘도 야근인가?

앞자리 사내의 음성 같다.

예. 오늘 같은 날은 참말 지겹구만요. 아까 오후엔 또 병원엘 갔다 왔어요.

병원? 아니, 왜.

마누라쟁이가 입원을 했지 뭡니까. 젠장맞을, 몸살감기에 입원까지 다 하구. 꼴에 참, 호강에 빠졌지. 쯧.

몸살감기야?

그렇다니까요. 다 돼져 간다고 어찌나 엄살을 떠는지. 나는 팔자에도 없는 새끼 하나 또 까 내는 줄 알았다니까요.

흐흐. 엄살이 아냐, 이 사람아. 요즘 독감은 그렇게 지독하다더구만. 우리 박 과장님도 그것 땜에 이틀이나 결근했었다구, 전번에. 그게 아주 사람 죽인다더라니깐. 뭐, 독감 주의본가 그런 게 다 내렸다지 아마.

맞아요. 그런 모양입니다. 아주 지독하다던데요.

조심해야지. 한 사람이 걸리면 온 집안 식구가 다 앓는다구.

그게 큰일예요. 우리 막내놈은 몸이 너무 약해서 말입니다.

막내? 유치원에 다니는 놈?

아뇨. 올해 국민학굔 들어갔죠. 그런데 그저 맨날 코피만 줄줄 흘리고 다닌다니까요.

코피가 잘 터지면, 그게 문젠데. 애들이 가끔 그럴 수가 있긴 하지만, 그런 아이들이 담에 커서도 약질 면하기가 어렵다구. 우리 큰놈이 그랬으니깐.

그랬어요? 전번에 보니까 몸이 건강해 뵈던데요.

건강하긴 뭘. 그놈 밑으로 인삼 녹용 사다 바치느라고 돈이 얼마나 들었는지 몰라.

그래요? 우리 애도 인삼하고 녹용을 먹여야 할까 모르겠는걸.

사내들은 참으로 태연스레 그런 얘기를 지껄이고 있다. 나는 버스 속이나 술집에 앉아 옆자리로부터 들려오는 낯모르는 사람들의 대화를 듣고 있는 듯한 착각을 일으킨다. 그러나 이내 그들과 나 사이에 존재하는 엄청난 거리감을 문득 깨달았고, 다시 아득한 절망감과 숨 막힐 듯한 공포에 짓눌린 채 허우적거리기 시작하는 것이다.✣

그렇게 한 반 시간쯤 달렸을까. 갑자기 차체가 심하게 흔들리기 시작한다. 비포장도로인 모양이다. 대관절 어디로 가는 걸

국민학교(國民學校) '초등학교'의 예전 용어.
약질(弱質) 허약한 체질. 또는 그런 체질을 가진 사람.
✣ 그러나 이내 그들과 ~ 허우적거리기 시작하는 것이다 그들의 대화는 어디에서나 들을 수 있는 일상의 잡답이지만 지금의 '나'의 처지와는 괴리가 큰 얘기라는 의미이다. '나'는 너무도 일상적인 그들의 모습과 자신의 현실을 깨닫고 공포감을 느끼고 있다.

까. 지난해, 우리 반 아이들을 데리고 가을 소풍을 갔던 비포장 도로가 떠오른다. 부옇게 피어오르던 먼지며 형편없이 고르지 못한 노면. 길가엔 코스모스들이 밀가루 같은 마른 먼지를 허옇게 뒤집어쓴 채 늘어서 있었다. 비탈진 언덕길을 돌아 오르자, 돌연 까마득한 낭떠러지 아래로 나타나던 저수지의 파아란 수면. 금방이라도 까마득히 곤두박질쳐 떨어져 내릴 듯한 두려움에 지레 현기증이 일었었다. 지금 이 차는 그런 낭떠러지 위를 달리고 있는지 모른다. 낭떠러지 위에 다다르면 차를 세운 다음 나를 끌어내려 놓고 등 뒤에서……. 으아악. 비명을 지르며 천길 벼랑에서 떨어져 내리는 나 자신의 몸뚱이가 마치 영화 속의 한 장면처럼 또렷하게 비쳐 온다. 어느새 등허리에 진땀이 질편하니 배어 있다.

얼마 후, 심하게 몸체를 떨어 대며 달리던 차가 이윽고 정지한다.

다 왔어. 내려.

사내의 손이 내 어깨를 잡아끈다. 그들은 아까처럼 내 양쪽 겨드랑이를 붙잡았다. 뜻밖에 발바닥의 감촉이 푹신하다. 잔디밭인 모양이다. 어디일까. 왠지 공기의 느낌이 다르다. 어쩌면 교외의 야산 기슭이거나 나무숲 속인지도 모른다. 바바리코트를 거꾸로 뒤집어쓴 채 나는 그들이 끄는 대로 더듬더듬 발을 옮기기 시작한다. 자갈 같은 것이 발에 밟히더니, 이내 사내들이 내 걸음을 멈춰 세운다. 딩동 딩동 딩동. 초인종을 누르는 소리이다. 이윽고 덜커덩, 자동문이 열리는 소리. 육중한 철 대문 같다. 다시금 등 뒤에서 문이 닫히고, 대여섯 걸음을 더 옮겼다.

여기서부터 오르는 계단이야. 일곱 계단.

사내 하나가 내게 말한다. 하나 둘 셋…… 일곱. 두어 번 발부리가 걸려 비칠거리긴 했으나 사내들의 팔이 균형을 잡아 주었다. 다시 또 잔디밭이 분명한 땅을 지나자 콘크리트 바닥이 나왔고, 또 다른 철문이 끼익 열리는 기척이다. 안으로 들어서니 훅 끼쳐 오는 훈훈한 공기. 분명 어느 단독 주택의 실내인 모양이다. 라디오 소리— 아니, 텔레비전인 듯싶다. 사내들은 아직도 내 머리에서 코트를 치우지 않는다. 한쪽 사내의 손바닥은 여전히 내 뒷머리를 앞쪽을 향해 짓눌러 대고 있다.

어디로 데려가지?

백일호실로 데려가십시오. 최 과장님께서 기다리고 계실 겁니다.

또 다른 사내의 음성이 들린다. 처음 듣는 목소리다.

최 과장? 아, 최달식 과장님 말이지.

사내들이 다시 팔을 끌고 간다. 와르르르르. 느닷없이 한꺼번에 터져 나오는 수많은 여자들의 웃음소리. 어떠세요, 김 박사

육중하다(肉重--) 투박하고 무겁다.
발부리 발끝의 뾰족한 부분.
비칠거리다 비틀거리다.
기척 누가 있는 줄을 짐작하여 알 만한 소리나 기색.

님. 지금 한 주부께서 무척 흥미 있는 질문을 해 오셨는데, 정말 생리학상으로 여성의 눈물샘이 남성의 그것에 비해 훨씬 더 발달해 있다는 설이 맞는 겁니까. 아주 새로운 학설 같은데요. 그렇게 묻는 남자 목소리에 이어 또 와그르르 터지는 웃음소리. 그제야 나는 그것이 텔레비전에서 나오는 소리일 것이라는 사실을 짐작한다.

여기서부터는 내려가는 계단이야.

이번엔 사내가 층계 수효를 가르쳐 주지 않았다. 하나 둘 셋 넷…… 아홉. 그리고 나서 왼쪽으로 돌더니, 다시 또 다른 아홉 개의 계단을 내려선다. 지하실인 모양이다. 덜컹. 철문이 열린다. 그곳을 지키고 있는 듯한 누군가와 짧게 몇 마디 나누더니 사내들은 몇 걸음을 더 걸어 나간다. 그리고 또 다른 문(이번엔 약간 작은 문 같다)을 열더니, 나를 안으로 밀어 넣는다. 마침내 겨드랑이를 움켜잡고 있던 사내들의 손이 빠져나간다.

일어섯!

나는 겨우 허리를 펴고 선다. 바바리코트 자락이 휙 벗겨져 내린다.

순간, 나는 내 눈을 의심한다. 이, 이럴 수가……! 이건 악몽이야. 난 지금 끔찍한 악몽을 꾸고 있는 게 틀림없어. 나는 온몸이 빳빳하게 굳어 버린 채 한동안 그 자리에 멍청히 서 있다. 피의 지옥— 맨 처음 뇌리 속에 떠오른 느낌은 바로 그랬다. 나는 마주하고 서 있는 그 풍경을 차마 현실로 인정하기가 어렵다.

붉은 방. 사면 벽과 천장까지가 온통 시뻘건 선지피* 빛깔의 페인트로 칠해져 있는 것이다. 언젠가 본 적이 있는 뭉크*의 그림. 화면 전체가 한꺼번에 무서운 속도로 불에 녹아들고 있는 것처럼 기괴하게 뒤틀리고 있는 속에서, 역시 똑같이 뒤틀리고 일그러진 해골 같은 사내 하나가 두 손으로 제 귀를 틀어막은 채 무어라고 비명을 지르고 있는 그림✤ 말이다. 그 그림을 볼 때마다 나는 어디선가 단말마의 비명이 우렁우렁 고막을 떨게 하는 듯한 느낌이었다.

그런데, 바로 그 사내일까. 뭉크의 그림 속 그 사내가 온몸에 피를 뚝뚝 흘리며 이 방을 찾아 들어와 벽과 천장을 온통 저렇게 피칠갑*을 해 놓은 것일까. 나는 한순간 사람의 고기를 통째로 솥에 삶는다는 괴물의 집이라든가 피의 지옥 그리고 흡혈귀들의 소굴 따위와 같은, 어린 시절의 기괴하고 소름 끼치는 상상들까지 엉뚱하게 떠올렸다. 이건 틀림없이 미친 자의 짓이다. 그렇지 않고서야 제정신을 가진 어느 누가 이런 구역질 나는 짓을 행여 생각이라도 해 낼 수 있단 말인가. 아니, 내가 헛것을 보고 있는 걸까. 그저 어디서나 볼 수 있는 평범하고 단순한 방

선지피 선지. 짐승을 잡아서 받은 피.
뭉크 노르웨이 화가·판화가(Edvard Munch, 1863~1944). 사랑, 죽음, 불안 등의 심리적이고 감정적인 주제를 강렬한 색채로 환상적으로 표현하여, 표현주의의 작품을 확립함.
✤ 화면 전체가 한꺼번에 ~ 비명을 지르고 있는 그림 '나'는 뭉크의 그림 '절규'를 떠올리고 있다. '절규'는 뭉크의 1893년 작품으로, 그의 작품들 중 가장 표현성이 강하며 널리 알려져 있다.
피칠갑 온몸에 피를 칠한 것처럼 피가 많이 묻어 있는 것.

을 내가 이렇게 소름 끼치는 붉은 빛깔의 방으로 잘못 알고 있는지도 몰라. 나는 그만 머리카락을 쥐어뜯고 싶어진다. 이 기괴한 빛깔로 채색된 방 안에선 더 이상 견뎌 낼 자신이 없다. 이것은 광기야. 미치광이의 장난이 틀림없어. 금방이라도 구역질이 치밀어 오를 것 같은 느낌에, 나는 문 쪽을 향해 비칠비칠 뒷걸음질을 친다.

어딜 가. 그대로 있어!

순간 그 붉은 피의 늪 저편에서 누군가의 목소리가 날아온다. 쇳소리가 섞인 차갑고 단단한 목소리. 나는 멈칫 선다. 그때까지 나는 방 안에 나 혼자만 있는 줄로 알았던 까닭이다. 어딘가. 어디에서 이 소리가 들리는 것인가. 나는 홀린 듯, 몽롱한 시선으로 주위를 두리번거린다. 거기, 한 사내가 책상 앞에 소리 없이 앉아 있다. 붉은 벽을 배경으로 한 채, 검은 가죽 잠바를 걸친 사내의 얼굴이 석고처럼 유난히 하얗다. 알 수 없는 일이다. 왜 지금껏 저 사내를 알아보지 못했을까. 사내는 책상 모서리에 팔꿈치를 세운 채 두 손을 맞잡고 조용히 앉아 있다. 그 사내에게서 풍겨 오는 어떤 섬뜩한 이질감을 본능적으로 감지하며 나는 무심코 후두둑 몸을 떤다.

거기, 그 자리에 앉아!

다시 사내의 싸늘한 음성이 붉은 방 안을 울린다. 나는 주춤주

감지하다(感知--) 느끼어 알다.

춤 방 안을 살펴본다. 얼핏 무슨 호텔 방과 비슷한 구조이다. 한편에 나무 침대가 있고, 맞은편 벽 가까이 욕조와 양변기가 설치되어 있다. 변기와 침대 사이엔 그리 크지 않은 목재 가리개 하나가 형식적으로 세워져 있다. 그리고 사내가 지금 앉아 있는 책상 앞에 의자가 셋, 천장에 붙은 형광등 둘— 그것이 방 안에 있는 집기의 전부인 듯싶다. 나는 침대 쪽으로 주춤주춤 다가간다.

아니. 거기 말고.

……?

침대 앞에서 나는 엉거주춤 사내 쪽을 돌아다보았다.

바닥에 꿇어앉아! 내 말 안 들려?

당혹과 굴욕감에 언뜻 결정을 내리지 못하고, 나는 안간힘을 쓰듯 겨우 사내를 쏘아본다.

앉아!

사내는 여전히 데드마스크처럼 미동도 없이 앉아 반복한다. 나는 입술을 떨며 간신히 용기를 내어 발음한다.

못하겠소. 내가 왜…….

꿀꺽, 마른침을 넘기느라 말끝이 잘라졌다.

이 새끼가, 여기가 어딘 줄 알고!

사내가 으르렁거리듯 말한다. 그러더니 별안간 꽥 호통을 친다.

야! 이리 들어왓!

그러자 출입구가 덜컹 열리더니 네 명의 건장한 사내들이 방 안으로 성큼성큼 걸어 들어온다. 첫눈에도 그들은 모두 무쇠로 만든 로봇처럼 다부지고 강해 보이는 체구들이다. 그중 하나는 야구방망이보다 약간 작은 몽둥이를 들고 있다. 이 새끼가 맛을 봐야 정신을 차리겠다, 이거로구만. 옷 벗어! 그중 하나가 명령한다. 나는 떨리는 손으로 옷을 벗기 시작한다. 코트를 벗고, 양복저고리를 벗는다. 손끝이 너무 떨려 쉽사리 단추를 찾아내지 못한다. 넥타이를 풀고 와이셔츠를, 그리고 바지마저 벗고 나니 이젠 내복 차림이다. 그러나 그들은 그것조차 벗기를 요구했다. 결국 나는 단 한 장의 팬티말고는 아무것도 가린 것이 없는 알몸뚱이가 되고 말았다.

꿇어앉아!

나는 선 채로 그들을 쏘아본다. 수치심과 노여움 그리고 까닭 모를 슬픔으로 뒤범벅이 되어 눈물이 핑글 돎을 느낀다. 벌써 무릎은 덜덜 떨고 있다.

이 짜식 좀 봐라!

순간 발길이 날아왔고, 나는 콘크리트 바닥에 개구리처럼 아무렇게나 쓰러진다. 이내 내 몸뚱이 위로 다투어 덮쳐 오는 사내들. 무수히 쏟아지는 발길질과 주먹 그리고 몽둥이……. 등허리와 허벅지, 옆구리 엉덩이 할 것 없이 몽둥이가 떨어져 내릴 때마다 나는 컥컥 숨이 막혀 비명조차 지를 수 없다. 욱욱, 신음만 터뜨리며 내 육신 위로 쏟아져 내리는 사내들의 체중을 고스란히 받고 있어야 할 뿐이다. 그들의 입에서 터져 나오는 짐승

같은 기묘한 괴성과 욕설······. 그렇게 온 몸뚱이가 조각조각 부서져 내리는 고통을 확인하면서도 나는 여전히 악몽을 꾸고 있는 것만 같다. 허리·옆구리·가슴·목·팔·머리·무릎·허벅지·등·어깨·장딴지······ 내 몸의 모든 관절이란 관절, 살점이란 살점들이 모조리 해체되어 가고 있다. 아아, 숨이, 숨이 막혀 온다. 가슴이, 가슴이 터질 것만 같아······. 그만, 제발 그만······ 그만 해.

넷

가소로운 녀석. 제까짓 게 뻗대어 봐야 얼마나 견딜 것 같애? 나는 눈을 지그시 뜨고, 빙긋이 웃음을 흘리며, 녀석의 얼굴이 금방 흙빛으로 변해 가고 있음을 지켜본다. 알몸뚱이로 뒹굴며 고통스러워하는 꼬락서니가 천박해 보이기도 하고 우스꽝스럽기도 하다. 짜아식. 피골이 상접한 녀석이 버틸 게 뭐 있다구, 쯔쯧. 하기야 이런 녀석들은 으레 그렇다. 이 방에 데려다 놓으면 대개는 처음부터 기가 팍 죽게 마련인데, 그래도 제법 뻣뻣하게 튀기는 치들도 있는 것이다. 영장을 제시해라, 후회할 것이다, 법정에서 따지겠으니 각오해라— 어쩌고 하면서 제깐엔 간덩이 부은 시늉을 해 보이기도 하지만, 츳, 웃기지 마라. 그래 봐야 오 분도 못 되어서 제 꼬락서니가 어떻게 되는지, 눈알이 튀어나오도록 절실히 깨닫게 될 테니까 말이다.

　나는 인적 사항이 적힌 종이를 대충 훑어본다. 오기섭. 흐음. 고등학교 선생이시라. 어, 본적이 약산도잖아. 호오. 이거 재미있는 일인데. 약산도 미황리가 어디더라. 칠산리나 명사리라면 나도 가 본 적이 있는데, 미황리는 잘 모르겠군. 하여간, 이거 부쩍 구미가 당긴다. 약산도라면 잘 안다. 내 고향 낙일도와는 이웃한 섬이기 때문이다. 해진항에서 연락선을 타고 가면 낙일도 바로 전에 닿는 섬이다. 낙일도보다도 작지만, 그 섬의 대부분을 차지하고 있는 약산은 인근 섬 가운데서는 가장 높은 산이다. 그 산은 골짜기가 깊고 숲이 무성해서, 예전엔 낙일도 사람들도 배를 타고 건너가서 땔감을 해 오곤 했었다. 나 역시 두어 번 거길 가 본 기억이 있다. 빽빽하게 우거진 동백나무 숲이 무척 볼 만했었다.

　제발…… 그만 해. 그만 해요. 제에발.

　녀석의 입에서 마침내 그런 다급한 소리가 기어 나온다. 이 친구는 별로 시끄럽게 굴지는 않는 편이다. 퍽퍽, 둔탁한 소리와 함께 주먹이 날고, 살점이 짓뭉개지도록 구둣발로 지근지근 짓밟아 댈 때마다 욱욱 하는 낮은 신음 소리만을 내지를 뿐, 다른 놈들처럼 아가리를 벌리고 깩깩 비명을 질러 댄다거나 엄살을 피운다거나 하지는 않는다. 이런 부류일수록 오히려 다루기가 쉽다는 것을 나는 경험으로 잘 알고 있다. 제깐엔 제법 깡다구라도 있는 양, 처음엔 이빨 앙다물고 버티는 녀석들일수록 한

번 기를 꺾어 놓으면 그 이후엔 술술 털어놓게 마련이다. 오히려 살살 기면서 엄살을 떨고 금방 죽는 시늉을 하는 부류들 중엔, 겉으론 순순히 말을 잘 듣는 체하면서도 속으로 한자락 깔아 놓고 슬슬 딴청을 부리는 자들이 적지 않다. 그런 교활한 녀석들은 으레 머리가 비상한 편이어서, 다루려면 여간 골치깨나 썩이는 게 아니다.

어쨌든 이 녀석도 대학까지 나오고, 더구나 분필 가루 먹고 사는 작자이니 머리 회전은 빠를 테지. 그래 봤자 제까짓 게 얼마나 견디랴만, 그래도 아직은 제법이다. 이 정도 손을 봐 놓으면* 뭔가 기별이 올 텐데 말이다. 바닥에 개구리 모양 발랑 뒤집힌 채 몸을 꼼지락대며 죽는 시늉을 하면서도, 살려 달라는 소릴 안 하고 있다.

그만, 제발 그만두시오. 도대체 왜…… 으윽…… 왜, 날…… 끅. 아이구우.

녀석이 머리통을 싸쥔 채 바닥을 구른다.

뭐, 왜라니? 이 짜식이 아직 정신을 못 차렸구만. 여기가 어딘 줄 아직 모르는 모양이다. 살려 달라고 싹싹 빌 때까지 계속해!

나는 차갑게 명령한다. 다시 부하들의 활발한 몸놀림. 그들은 이 분야에선 닳고 닳은 베테랑들이다.

아악. 사, 살려 주시오…… 그만, 그만, 사람 살려…… 주, 주

✽ 손을 봐 놓으면 혼이 나도록 몹시 때려 놓으면.

시오. 제발.

 드디어 녀석의 입에서 살려 달라는 소리가 나온다. 좋아. 그쯤 해 둬. 자네들은 올라가서 바둑이나 두고 있으라구. 나는 못 이기는 척 부하들을 만류하며 의자에서 느릿느릿 몸을 일으킨다. 부하들은 옷을 털며 방을 빠져나간다. 이제 이 붉은 방 안에 남은 건 우리 둘뿐이다.

 이봐요, 오 선생. 세상일은 순리대로 풀어 가는 게 상책이지. 이쯤 되었으니 여기가 어딘 줄은 알았을 테고……. 이제 남은 건 어떻게 처신하는 것이 현명한 일인가를 당신이 결정하는 것뿐이라구.

 나는 담배를 꺼내어 작자에게 내민다. 작자는 잠시 멍하니 내려다볼 뿐 그걸 집으려고는 하지 않는다. 엉망으로 헝클어진 머리카락 아래로 작자의 흐린 시선이 썩은 생선의 그것 모양 맥없이 풀려 있다. 나는 그중 한 개비를 뽑아 그의 입에 물려 준 다음 라이터로 불까지 붙여 준다. 그리고는 나도 하나를 문다. 녀석도 비로소 연기를 두어 모금 뻐끔거리기 시작한다.

 오 선생. 설마, 여기에 와 있는 이유를 모른다고는 않겠지.

 나는 한 손을 바지 주머니에 찌른 채 그를 내려다보며 묻는다. 바닥에 꿇어앉아 있는 까닭에 그자의 얼굴은 바로 내 무릎 가까이에 와 있다.

상책(上策) 가장 좋은 대책이나 방책.

죄, 죄라뇨…….

녀석의 입술이 가늘게 떨고 있음을 나는 본다. 겁에 잔뜩 질려 있다는 표시이다. 이럴 땐 앞뒤 잴 것도 없다. 단도직입적으로 몰아붙여야 한다.

다 알고 있어. 당신, 사회주의자지. 그렇지?

예? 그, 그게 무슨 소립니까. 난 사회주의가 뭣인지도 잘 모르는 사람입니다.

역시 녀석이 제법 당차게 부인한다. 건방진 녀석. 그래도 나를 쳐다보는 눈초리가 겁에 칵 질려 있음이 역력하다.

허, 이 친구, 보기보다는 되게 머리가 안 돌아가누만. 순순히 말로 할 때 자백해.

정말입니다. 자백할 게 있어야 털어놓을 것 아닙니까.

증말, 꼭 이럴 거야?

믿어 주시오. 제발, 이건 정말입니다. 난 아무것도 몰라요. 도대체 왜 이러는지조차 모르겠소.

녀석이 손으로 와락 내 무릎을 움켜쥔다.

몰라? 아무것도 모른다구?

나는 신고 있던 내 운동화 한 짝을 벗어 들고 다짜고짜 녀석의 뺨을 짝, 짝 소리가 나게 힘껏 두 번 갈겨 준다. 시건방진 놈들의 콧대를 꺾는 데는 이런 방법이 가장 좋은 특효약임을 나는 경험을 통해 터득하고 있다. 으윽, 하는 신음 소리를 토하며, 녀석이 손으로 얼굴을 감싸 쥔 채 모로 고꾸라진다.

이 새끼! 일어낫! 어서!

녀석이 볼따구니를 싸쥐며 이쪽을 힐끔 노려보는 것 같다. 순간 나는 머릿속의 피가 한꺼번에 거꾸로 치솟음을 느낀다. 그리고 놈을 닥치는 대로 발로 차고 짓밟고 또 주먹으로 패기 시작한다. 으아아. 아이구우. 놈이 다 죽어 가는 시늉으로 엄살을 떨면서, 모로 쓰러지고, 앞으로 고꾸라지고, 뒤로 자빠지고, 그러다가는 이내 버러지 모양 바닥에서 뒹굴어 댄다. 믿어 달라구? 흥, 가소로운 놈 같으니라구. 네놈들 입에 붙은 말이야 항상 그렇지. 교활한 자식들. 믿어 달라구? 누가, 누굴? 가소로운 놈. 내게도 그런 술수가 통할 것 같나?

……달식아 봐라. 네 두 눈으로 똑똑히 봐 두란 말이다. 이 빨갱이놈들이 느그 할아버지 할머니를 죽인 원수여. 철천지원수라니께. 아버지는 면사무소 마당에 피투성이가 되어 나자빠져 있는 두 사내 곁으로 나를 끌고 갔다. 싫어라우. 무서, 무서워라우. 나는 마구 발버둥을 쳤지만 아버지는 엄청난 힘으로 내 몸뚱이를 번쩍 안아 들어올리더니 성큼성큼 그쪽으로 다가갔다. 봐, 보란 말이다. 빨갱이는 모조리 원수들이다이. 이놈들은 우리 철천지원수들잉께, 아주 이 세상에서 씨를 말려 버려야 한다이. 알았냐, 달식아. 아버지는 내 턱을 손으로 잡아당겨서 그 무서운 시체들을 억지로 보게 했다. 눈을 떠라, 이 자식. 뭐가 무서우냐. 눈을 감으면 원수들을 보지 못하는 법이여. 그리 겁이 많으면 빨갱이를 어떻게 때려잡으려고 그러냐. 봐라. 어서! 나

는 간신히 눈을 떴다. 죽어 누워 있는 사내들 중 하나는 나도 잘 아는 사람이었다. 아버지를 따라 이따금 놀러가 본 적이 있는 재 너머 마을 한 씨 집의 머슴이었다. 우리는 그를 용술이 아저씨라고 불렀다. 언젠가 논둑에서 나한테 삘기를 뽑아 주기도 하고, 보릿대를 깨물어 피리를 만들어 주기도 했던 아저씨였다. 그 용술이 아저씨의 넓은 가슴팍에서는 시뻘건 핏물이 벌컥벌컥 솟구쳐 나오고 있었다. 그 곁에 모로 쓰러져 누운 사내의 가슴과 목에서도 핏덩이가 쏟아져 나왔다. 너무도 곱고 빨간 빛깔에 눈이 부셨다. 그렇게 선연하게 붉은 빛깔을 나는 그날 처음으로 보았다.

녀석은 넋이 반쯤 달아난 표정으로, 벌거숭이가 된 채 바닥에 나자빠져 있다. 등허리며 허벅지에 군데군데 살집이 멍들고 부풀어 오른 흔적이 보인다. 앙상한 어깻죽지를 축 늘어뜨린 꼴이 좀 처량하기도 하다. 짜아식, 그러기에 내가 뭐랬었나. 순순히 불면 모든 게 쉬울 텐데, 허튼 수를 부리니깐 그렇잖은가. 나는 핏빛으로 단장된 사면의 벽과 천장을 휘둘러보며 코웃음을 친다.

자, 일어서. 저쪽 침대에 가서 앉아도 좋아.

나는 짐짓 긴장을 풀며 말한다. 하지만 녀석은 일어설 기력이 없는 건지, 아니면 내 말을 알아듣지 못한 것인지, 움직이질 않

삘기 볏과의 여러해살이 풀인 '띠'의 어린 꽃이삭.

는다. 내가 다가가서 일으키려고 팔목을 쥐는 순간, 녀석은 반사적으로 몸을 흠칫 사리더니, 겁에 질려 부르르 몸을 떨어 댄다. 솔직히 이럴 땐 나도 모르게 조금은 측은한 생각이 들기도 하지만, 이제 그런 풋내 나는 소심증 따위야 떨쳐 버린 지 오래다. 그따위 값싼 감상은 젖 덜 떨어진 신참들에게나 필요한 것이다. 이건 엄연히 하나의 전쟁이다. 말하자면 피차 속고 속이는 치열한 싸움판인 셈이다. 싸움판에 인정은 가당찮다. 죽느냐 죽이느냐, 먹느냐 먹히느냐 그것뿐이다. 내가 당하지 않으려면 상대를 속여야 한다. 아차 하다간 되레 내 쪽이 속아 넘어가게 되고, 그렇게 되면 심문이고 수사고 없이 저쪽의 장단에 맞추어 개나발 불고 곱사춤 추는 격이 되고 만다. 더구나 이런 작자들은 시시한 일반 잡범 나부랭이들하고는 해골 돌리는 것부터가 다르다. 대부분 대학물도 먹고 책깨나 읽었답시고 주둥아리만 살아 나불거리는 치들인데, 어쨌거나 해골 속에 주워 담은 건 적잖아서 호락호락 넘어가질 않는다. 어쩌다가 그자들의 이런 저런 말장난과 그럴싸한 변명에 귀를 솔깃해 주는 눈치만 보였다 하면, 아예 이쪽을 떡 주무르듯 가지고 놀려고 드는 놈들이다. 사사건건 말꼬리를 물고 늘어지며, 썰을 풀어서 은근히 부아통을 건드리기도 하고, 대학 문턱 구경도 못 한 나 같은 놈의 자존심을 은근슬쩍 깔아뭉개려는 자식들도 얼마나 많던가.

'절대로 믿어선 안 된다. 아무도 믿지 말아라. 인간이란 건 원래가 그런 교활하고 더러운 족속이니라. 너나없이 얼굴엔 가면을 쓰고, 타인을 속이기 위해 한시도 쉴 틈 없이 눈알을 굴리고 있는 게 바로 인간이란 짐승이다. 더더구나 머리에 빨갱이 사상을 담고 있는 놈들은 절대로 호락호락 상대해선 안 된다.' 바로 이것이 내 인생의 신조라고 해도 좋다. 사실 그건 내 아버지의 말이기도 하다. 건강이 악화되어, 시골 지서장을 끝으로 옷을 벗은 아버지가 노상 입에 붙여 놓고 되뇌곤 하던 말이 바로 그것이었다. 하지만 그보다도 훨씬 더 오래전에 아버지는 내게 그와 비슷한 얘기를 해 주었었다. 두 명의 마을 사람들을 면사무소 앞마당에서 직접 자신이 권총으로 처형하던 바로 그날이었다.

봐라, 달식아. 네 원수놈들이다. 느그 할아버지 할머니 그리고 큰집과 작은집 어른들의 원수를 갚았단 말이다. 자, 빨갱이들은 모조리 우리 원수이니라. 똑똑히 기억해라. 아암. 빨갱이들은 이 세상에서 단 한 놈도 살려 두어선 안 되는 거여. 그놈들은 악마다. 성경에 나오는 사탄이 바로 그놈들이란 말이다이. 악마는 표식이 없느니라. 겉으로 보아서는 전혀 모른다이. 그러니께 아무도 믿어서는 안 되는 것이여. 알았냐, 달식아.

독실한 신자였던 아버지는 술 취한 사람처럼 벌겋게 달아오른 얼굴로, 연신 나와 그 끔찍한 빨갱이들의 시체들을 번갈아 내려다보며 외쳤다. 그러더니 문득 내 눈앞에 자신의 피 묻은 손바닥을 활짝 펴 보이는 것이었다. 그것은 원수의 몸에서 묻어

표식(標識) 표지. 다른 사물과 구별하여 알 수 있도록 한 표시나 특징.

나온 피였다.

 난 무서웠지만 울진 않았다. 울 수도 없었다. 이젠 어른이 되어도 영영 울어서는 안 되리라는 걸, 아니 절대로 울 수 없게 되리라는 사실을 나는 그때 이미 어렴풋이 짐작하고 있었는지 모른다.✤ 나는 온통 피투성이로 우리들의 발밑에 쓰러져 숨을 거두어 가고 있는 그 두 개의 추악한 살덩이를 내려다보았다. 문득 아버지의 손이 내려와 내 손을 조용히 찾아 쥐었다. 피에 젖은 아버지의 손은 끈적거렸다. 내 작은 손바닥과 손등으로 흥건하게 젖어 오는 끈끈한 피의 감촉, 그리고 미지근하면서도 비릿한 피의 냄새를 나는 또렷하게 감지할 수가 있었다. 그 순간 내 눈앞에서 온 세상은 소리 없이 붉게 물들어 가고 있는 것만 같았다. 하늘·땅·나무·꽃·면사무소·학교…… 그 모두에게로 그 선연한 핏물이 눈앞에서 붉게 붉게 번져 나가고 있는 것이었다.

 이상준일 맨 처음 만난 게 언제야?

 나는 책상 앞에 앉아 볼펜과 종이를 꺼내며 묻는다.

 가을, 지난가을입니다.

 가을 언제, 정확히 대.

 그때가…… 그러니까…… 시월 중순이었든가…… 아마…….

 시월 십삼 일. 토요일야. 그렇지?

✤ 이젠 어른이 되어도 ~ 있었는지 모른다 '나'는 그날의 충격적인 경험 이후로 다시는 약한 마음을 먹거나 남 앞에서 약한 모습을 보여서는 안 된다는 것을 직감적으로 알았다는 것이다.

아, 예. 그럴 겁니다.

어디서 만났지?

녀석은 얼핏 머뭇거리는 기색이다. 잔머리를 굴리고 있는 수작일 게다.

사실대로 말하는 것이 좋을 거야. 이상준인 벌써 여기 잡혀 와 있어. 맞은편 방에 말야. 더 말해 줄까? 서정민이도 모셔 놨지. 이미 며칠 전에 모두 털어놨으니까, 남은 건 당신뿐야. 헛소리해 봐야 내가 손바닥에 놓고 훤히 들여다보고 있으니깐, 알아서 해.

녀석의 눈동자가 얼핏 커졌다가 작아진다. 꽤 놀란 모양이다. 그럴 수밖에.

자, 다시 시작하자구. 어디서 만났느냐니까.

그러니까, 그게 토요일 오후였는데…… 다방에서, 저, 송죽 다방에서 서정민이하고 만나기로 약속을 해서…… 그래서 나갔습니다. 거기서 서정민이 그 친구가 그러더군요. 만날 사람이 있으니, 잠깐 어디로 가서 얘기하자고 말입니다. 그래서…… 그뿐입니다. 그게 전부예요. 난 모릅니다. 그때도 그랬지만, 이상준이란 사람이 확실히 누구인지는 아직도 잘 모르는 처지입니다.

거짓말! 또 사기 치려 하고 있어. 이봐 당신, 그렇게 안 봤는데, 안 되겠구만.

저, 정말입니다. 서정민 그 친구가 하도 도와줘야 한다고 부탁을 하길래…….

서정민과는 어떻게 사귄 친구야?

군대 동깁니다. 훈련소에서 처음 만났는데, 부대 배치도 함께 받았죠. 삼 년 동안 한 중대에서 지냈고, 그래서 아주 친한 사이가 되었죠. 제대 후에도 이따금 만나서 술도 마시고…… 뭐 그랬습니다.

서정민이가 어떤 사람이라고 생각하나, 하는 일이 뭔 줄이나 알고 있어?

나는 녀석이 썼다는 자술서를 건성으로 훑어보며 묻는다.

글쎄요. 확실히는 나도 모릅니다. 무슨 사회 운동 비슷한 걸 한다고, 그렇게 말하더군요. 말하자면, 확실한 직장 같은 건 따로 없는 것 같았지요. 기독교 계통의 사회단체인가 어디에서 일을 보고 있다고 했는데……. 참, 야학도 하고 신문도 만들고……. 뭐, 대강 그런 정도로 얘길 들었을 뿐입니다.

녀석은 하나마나한 소리만 지껄이고 있다. 그런 따윈 우리도 빤히 아는 일이다. 이게, 애녀석들 교무실에 데려다 놓고 가정환경 조사서 같은 걸 작성하고 있는 줄로 아는 건가, 흣. 하지만 놈은 연신 더듬거리며 빤한 소리들만 주절주절 외어 댄다. 이게 능청을 떠는 건가. 겉으로 봐선 정말 아무것도 모르는 녀석 같기도 한데……. 그렇지만 섣불리 판단해선 안 된다. 완벽한 확

야학(夜學) 민간 단체나 학생 등이 근로 청소년이나 정규 교육을 받지 못한 성인 등을 대상으로 야간에 운영하는 비정규적 교육 기관.

신이 들 때까지 수없이 확인하고 또 검토해 보아야 한다. 하긴 이 녀석이 정말로 숙맥*이든 아니든 그건 상관없는 일이다. 어차피 이 친구 정도는 처음부터 별로 기대할 게 없었으니까. 그래도 혹시 뜻밖에 큰 걸 캐낼 수 있을까 해서 데려온 것뿐이다. 아니면, 이상준과 서정민이 저리 악착같이 부인을 하며 버티고 있는 참이니, 이 작자를 족쳐서 차근차근히 각본을 엮어 갈 수도 있는 일이다.

아이구. 아악, 아버지이―ㅅ.

옆방에서 비명 소리가 들려온다. 그쪽은 또 시작인 모양이다. 으윽. 아이구우, 사람 살리시요오. 서정민이다. 어지간히 시끄럽고 골치 아픈 녀석인 듯싶다. 쿵쿵 무엇인가를 바닥에 굴려대는 듯한 소리가 나기도 하고, 무언가 둔탁하게 서로 맞부딪치는 소리도 들린다. 나는 얼른 내 앞에 앉은 녀석의 표정을 흥미 있게 염탐한다. 녀석은 분명히 겁에 잔뜩 질려 있다. 눈알이 불안하게 흔들리며, 벽을 통해 비명과 고함 소리가 들려올 때마다 가느다랗게 몸을 떨고 있다.

불안한가, 오 선생?

예? 뭐라고요…….

녀석이 멀거니 나를 쳐다본다. 겁먹은 눈빛이 흡사 비 맞은 강아지 꼴이다. 비에 흠씬 젖은 털이 엉망으로 헝클어진 채 가

숙맥(菽麥) 사리 분별을 못하고 세상 물정을 잘 모르는 사람. '숙맥불변'에서 나온 말이다.

죽에 찰싹 달라붙어 있는 그런 강아지 말이다.

언젠가 우리 집에 그런 강아지를 키운 적이 있었다. 갈색 털이 길게 너불대는 놈이었는데, 이름은 잊었지만 외국 종자였다. 이민 간 친척에게서 여편네가 얻어 왔었는데, 나는 그놈을 처음 보자마자 발길로 배를 한 방 걷어차 주고는 당장 내다 버리라고 악을 썼었다. 그런데 엉뚱하게도 아이들은 저희들이 걷어차이기라도 한 양 금방 숨이 넘어가게 울어 대며 난리법석을 떨었다. 아빠 나빠! 아빠 미워! 이젠 우리 아빠 아냐! 특히나 죽은 내 아들 한수, 그 녀석은 그 강아질 좋아했었다. 밥을 먹을 때도 그 개새낄 방 안에까지 끌고 들어와 함께 먹겠다고 고집을 피우는 바람에, 언젠가는 내게 눈알이 튀어나올 만큼 혼이 난 일도 있었는데, 그 다음부터는 내 눈앞에서는 그 강아질 숨기려고 애를 쓰는 눈치였다……. 어쨌든, 그 강아진 삼 년이 넘도록 우리 집에 붙어 있었다. 한수가 죽고 나자 이내 어디론가 집을 나가 사라져 버리고 말았지만……. 아내는 차라리 그 개 새끼가 집을 잘 나가 주었다고 말했다. 차라리 없어지길 잘했죠. 그걸 보고 있으면 공연히 한수, 불쌍한 그 아이만 생각이 더 나고…….

불안하겠지. 어때? 그렇지? 이젠 여기가 어딘 줄 알 거야. 저건 약과야. 쥐도 새도 모르게 죽어 나가도 아무런 흔적 하나 남기지 않는 곳이라구. 공연히 잔머리 굴리며 버티려 하다가는 뼈마디가 어디 한 군데 성해서 나가기는 틀렸어. 알아들어?

녀석은 말이 없다. 이쪽을 한번 슬쩍 쳐다보더니, 이내 고개를 떨어뜨리고 바닥만 내려다본다. 앙상하게 드러난 어깨뼈가 둥글게 휘어져 있다. 아빤 나빠. 난 아빠가 싫어. 강아지를 껴안은 한수 녀석이 와락 울음을 터뜨리고 있다. 그 더러운 강아지가 한수의 품에서 바르르 떨고 있는 걸 나는 보았었다.

이봐, 오 선생. 당신을 위해서 충고해 주는 거라구. 모든 걸 사실대로 고분고분 털어놓으면 되는 건데, 공연히 저 지경으로 산송장 꼴이 될 필요까지야 없잖겠나. 안 그래? 당신이나 나나 피차 몸 팔아먹고 사는 무식쟁이 노가다놈들도 아니고, 알 만한 것은 다 알고 지내는 사람들인데, 야만인들처럼 폭력을 휘두르면 뭐가 좋겠어? 아, 나도 그만한 정도는 아는 사람야. 이런 자리가 아니고 어디 다른 곳에서 만났더라면, 오 선생이나 나나 넥타이 목에 걸고 점잖게 마주 앉아서 술잔이라도 나눌 수 있었을지도 모르잖나, 응?

슬슬 구슬리며, 나는 짐짓 녀석의 눈치를 떠본다.

그, 글쎄요.

그러니까, 사실대로 털어놓으라는 게 아냐?

하지만, 정말입니다. 난 속이고 있는 게 없다니까요. 지금까지 말한 게 전붑니다. 믿어 주세요, 제발.

녀석의 얼굴에 간절함이 떠오른다. 어쩌면, 녀석의 말은 사실일 것이다. 정말로 그저 수배자 한 녀석을 별생각도 없이 며칠 제집 안에 숨겨 주기만 했을 뿐인지도 모른다. 하지만…… 나는 힐끗 녀석의 얼굴을 쏘아본다. 볼품없이 벌거벗은 앙상한 몸뚱이와 계집년의 그것처럼 희멀겋고 창백한 얼굴, 또 그 위에 떠올리고 있는 애원하는 듯한 표정이 왠지 까닭 없이 나를 짜증스럽고 불쾌하게 만든다. 그리고 그 불쾌함은 이내 역겨움으로 변한다. 왜일까. 무엇이든 허약하게 보이는 것을 나는 깡그리 증오한다. 약하고 부서지기 쉬운 것 ― 그것이 창유리이거나 혹은 사람의 비굴하고 나약한 표정이거나 간에 ― 만 보면 나는 참기 어려운 증오와 혐오감이, 부패한 송장의 부풀어 오른 뱃가죽처럼 부글부글 끓어오르는 것이다.* 그것을 깨뜨리고, 짓뭉개고, 처참하게 짓밟아 버리고 싶은 충동을 걷잡을 수 없는 것이다.

정말입니다. 왜 사람이 사람의 말을 믿어 주지 않습니까.

이 짜식이 증말!

나는 벌떡 일어나 잠바를 벗어 젖히고는 한바탕 녀석을 적당히 손봐 준다. 녀석의 코에서 싱겁게도 붉은 물이 터져 나왔으므로, 나는 그쯤에서 참기로 한다. 나는 옷을 다시 갖춰 입고 옷매무새를 고친다. 한바탕 활발하게 사지를 움직이고 나니 등허리로 흥건히 땀이 배어난다.

담배를 물고 불을 댕긴다. 그리고 한 모금 깊이 빨아들였다가 토해 낸다. 당신도 참, 해로운 줄 알면서 왜 그건 딱 끊지 못하세요. 다른 교인들 보기가 민망하지도 않나요. 무엇보담 당신의

✤ 약하고 부서지기 쉬운 것 ~ 끓어오르는 것이다 '나'는 어려서 충격적인 사건을 겪은 후 약하면 적게 당한다는 강박관념 탓에 약자, 약함을 동정하기보다는 증오하게 되었다.

건강이 문제라구요. 그렇잖아도 기관지 땜에 입원까지 했던 양반이 목을 조심해얄 텐데 글쎄, 하루 한 갑으로도 부족하다니 말예요. 애들을 생각해서 그러는 거예요. 만일 당신이 어떻게 되시기라도 하면, 우리들은 어떻게 될지 생각해 보라구요, 여보. 아내의 잔소리가 귓가에 쟁쟁거린다. 마흔이 다 되어 가자 유난히 잔소리가 늘었다. 예전 같으면야 대번에 그놈의 주둥아릴 쥐어뜯었을 텐데도, 나 역시 그대로 못 이기는 척 참아 내고 있는 걸 보면, 나일 먹긴 한 모양이다. 쯧, 빌어먹을.

이봐. 고개 들고, 그만 옷을 입지.

나는 한쪽에 치워 놓았던 작자의 옷을 던져 준다. 그는 바닥에 후줄근히 퍼질러 앉은 채 고개를 처박고 있다. 쯧. 비참할 게다. 정말이지 이놈의 세상 드럽고 치사해서 더는 살고 싶은 정이 천리만리 밖으로 달아나 버렸을 거다. 그래. 하지만 그게 실은 중요한 것임을 녀석은 모르고 있다. 한 가닥 자존심입네 염치입네 하는 따위조차 홀렁 벗겨 내고, 알몸뚱이 그 자체가 되어야만 사람이란 누구나 비로소 술술 털어놓는 법이다. 바로 몇 분 전까지만 해도 그럴듯한 차림으로 행세를 하고 다녔겠지만, 일단 여기 발을 디딘 다음엔 그따위야 똥 묻은 걸레만큼의 가치도 없다는 이치를 깨닫게 해 주어야 한다. 홍, 대학 나온 놈들? 돈깨나 가진 부모 잘 만난 덕에 배고픈 줄 모르고 껀중껀중 가방이나 둘러메고 느이들이 계집애들하고 히히덕거리며 노닥대고 있는 동안, 나는 일찌감치 대학 따위야 꿈도 못 꿔 볼 신세가 서러워 허구한 날 대가리 처박고 살아야 했단 말이다. 왜, 머리통이 느이들보다 미련해서 그런 줄 아니. 우리 집도 예전에 남부럽잖게 살 수 있었다. 빨갱이들 손에 우리 조부모와 큰아버지, 작은아버지 일가까지, 모두 합해서 아홉 사람이나 떼죽음을 당하지만 않았더라면— 그랬더라면, 아버지는 화병이 들 리도 없었을 테고, 날이면 날마다 술이 취해 돌아와서 어머니와 나, 달숙이를 미친개처럼 두들겨 패지도 않았을 거고, 알코올 중독이 심해져 끝내는 옷을 벗기우다시피 해서 쫓겨나는 일도 없었을 테고, 결국…… 그렇게 비참하게 스스로 목숨을 끊지 않아도 좋았을 것이란 말이다. 정말이지, 그렇게만 되었더라면 어머니가 저렇듯 노망기가 들어 똥오줌을 떡 주무르듯 하지도 않았을 테고, 나도 너희들처럼 대학을 나와서 지금쯤은 더 그럴듯한 직장을 잡았을 테고, 근사한 폼으로 책상 앞에 근사한 명패 하나 붙이고 앉아서 거드름 피우며 배 두드리고 지낼 수 있었을 거란 얘기다. 한때 난 은행원이 되고 싶었다. 좀 있다간 은행장이 되어서 검정 세단차로 골프를 치러 다니고, 식구들과 함께 품위 있는 양식집에서 품위 있게 외식도 하고, 대지 삼백 평 정도의 빨간 양옥을 지어, 마당엔 융단 같은 잔디도 깔고, 사시사철 난초에 물이나 주면서, 그렇게 곱고 품위 있고 고상하게 살아가고 싶은 꿈이 있었다. 그런데 난 그 어느 하나도 이루지 못했다. 무엇 때문이냐. 빨갱이 때문이지 뭐야. 그 철천지원수 빨갱이놈들이 우리 집안을 망하게 만들었고, 나를 이 지경으로 만들어 놓았단 말이다……. 하지만, 그렇다고 내가 남들을 부러워하는 건 또 아니다. 천만에, 그럴 까닭이 있어야 말이지. 돈 많고 학식 높아 사회에서야 비까번쩍 폼 내고 다니고, 모가지 부러지도록 무게 잡고 다녔을지 모르지만, 일단 죄를 짓고 이리로 끌려오면 누구나 똑같은 알몸뚱이 개구락지 꼴이 되어야 하니까 말이다. 생각해 보면, 이처럼 공평하고 평등한 질서와 정의가 또 어디에 있으랴 싶다. 사장이고 전무고 교수고 박사고 품팔이꾼이고 노가다고 의사·목사·창녀·귀부인·학생·장사치 할 것 없이, 직업 귀천도 신분 차별도 없애 주는 여기, 우리들이야말로 바로 진정한 민주 사회의 법이요 질서요 정의가 아니겠느냐, 이 얘기다.※

어서 입으라니까. 내 말 안 들려?

그제야 작자가 느릿느릿 몸을 움직이기 시작한다. 일어서서 구부정하니 허리를 굽혀, 바지에 다리를 꿰다가 넘어질 듯 비칠댄다. 나는 손목시계를 들여다본다. 벌써 밤 한 시가 가깝다. 벌써 이렇게 되었다. 목이 칼칼한 게 시원한 맥주 한 잔이 간절하다. 피곤하다. 잠시 쉬어야 할까 싶다. 옆방에서도 기척이 뜸하다. 나는 작자에게 의자에 앉도록 명령한다. 자, 지금부터 여기에 자술서를 쓰는 거야. 나는 종이와 볼펜을 녀석에게 던져 준다. 저, 자술서는…… 여기 오기 전에도 썼소. 녀석이 탈진한 표

※ 사장이고 전무고 ~ 이 얘기다 '나'는 모진 고문 속에서 드러나는 인간의 나약함을 마치 '만인은 법 앞에 평등하다'고 할 때의 평등 개념처럼 가치 있는 그 무엇으로 합리화하고 있다.

정으로 우물거린다.

그건 쓸데없어. 또 써야 한다구. 어쩌면 앞으로 수십 번 더 써야 할지 몰라. 물론 솔직하게, 있는 그대로 양심껏 쓰기만 하면야 단 한 번으로 끝날 수도 있겠지만 말야.

…….

나도 솔직히 이러구 싶잖아. 지겨워. 만사 제쳐 놓고 두 발 쭉 펴고 잠이나 자고 싶다구. 정말야. 당신도 마찬가질 거 아닌가. 제발 서로 협조하자구. 이따가 다시 올 테니, 그때까지 다 해 놓으라구.

그래도 녀석은 말이 없다. 고개를 떨어뜨린 채 후줄근히 앉아 있다. 나는 문 쪽으로 걸어 나온다. 문을 닫고 나오려다가 잠깐 뒤를 돌아다보니, 녀석은 여전히 그대로 앉아 있다. 붉은 방 안에 혼자 우두커니 앉아 있는 작자의 모습이 얼핏 잡혀 온 작은 짐승처럼 보인다.

다섯

가만, 뭔가 끔찍스럽고 이상한 소리에 후두둑 정신을 차린다. 얼핏 눈이 잘 떠지지 않는다. 모래알이라도 낀 듯 눈꺼풀이 꺼끌꺼끌하다. 머리가 깨질 것 같고 목이 탄다. 이내 시야를 꽉 채우고 들어오는 붉은 빛깔의 세상. 사면의 벽과 천장을 덮고 있는 그 핏빛의 공간 한가운데서, 문득 나는 전신이 어느 틈엔가 온통 붉게 물들어 가고 있는 게 아닌가 싶다. 잠시 졸았던 것일까. 고개를 간신히 세워 방 안을 둘러보니 아무도 없다. 피잉, 현기증이 인다. 어떤 무중력 상태의 공간에 붕 떠 있는 듯한 묘하게 비현실적인 느낌. 책상과 의자, 변기, 욕조, 샤워 꼭지 그리고 내가 누워 있는 침대…… 그 모든 사물들이 마치도 무대 위의 소도구들처럼 퍽이나 생경하고 낯설어 보인다. 그건 어쩌면 이 방 안을 가득 채우고 있는 저 붉은 빛깔 때문일 것이다. 저 광기의 빛깔 속에서는 모든 것이 기괴하게 뒤틀리고 일그러져 보일 수밖에 없을 터이다. 나는 무심코 진저리를 친다.

이건 악몽이어야 해. 지금 난 꿈을 꾸고 있는 거야. 나는 감당할 길 없는 공포에 전율하며 질끈 눈을 감아 버린다. 으아아…… 아. 그 이상한 소리가 벽을 뚫고 다시 들려온다. 인간의 육신에서 새어 나오는 소리라고는 도저히 믿어지지 않을 만큼 처절하고 소름 끼치는 소리. 누굴까. 허리를 웅크린 채 그 목소리의 임자를 가려내려 애를 써 본다. 이상준인가. 아니면 서정민? 하지만 그 어느 쪽의 목소리인지 쉬이 가려낼 수가 없다. 아까 그 사내의 얘기로는 그 둘 말고도 여럿 여기에 와 있노라고 했다. 그렇다면 내가 모르는 다른 누군가인지도 모를 일이다. 우

진저리 무서움 등을 느낄 때에 으스스 떠는 몸짓.
전율하다(戰慄--) 몹시 무섭거나 두려워서 몸이 벌벌 떨리다.

우. 으아아…… 아아. 비명은 복도 맞은편 방이거나 바로 옆방에서인 듯하다. 나는 귀를 틀어막는다. 식육점 진열장 안의 붉은 불빛, 그리고 그 안에 가득히 걸려 있는 짐승의 빨간 살덩어리. 앙상하니 드러난 갈비뼈, 허벅지 바로 아랫부분부터 뭉툭하니 절단된 채 걸려 있는 소와 돼지의 다리……. 그런 을씨년스러운 풍경이 짧은 동안 시야에 떠올랐다 지워진다. 아아. 이제 나는 꼼짝없이 이대로 죽게 되는 걸까. 커다란 콘크리트 덩어리를 등에 매단 채 어느 깊숙한 바닷속이나 강물 속에 가라앉아 허옇게 뼈만 남기고 고기밥이 되거나, 한밤중 어느 들판 철길 위에 의식을 잃은 채 내버려져 있다가 열차 바퀴에 깔려 수천수만 개의 살점과 뼛조각으로 형체조차 알아볼 수 없게 갈가리 찢겨져 버리고 마는 걸까. 그런저런 엽기적이고 괴기스러운 연상들이 뒤죽박죽으로 어지러이 떠오른다. 마치도 거대한 얼음덩어리에 어금니를 꽉 쑤셔 박고 엎디어 있는 것만 같은 지긋지긋하고 소름 끼치는 공포에 짓눌려 숨이 가빠 온다. 등허리며 무릎, 허벅지 여기저기가 저리고 아프다. 나를 짓밟고 패고 짓뭉개 대던 그들의 광기 어린 눈빛들이 뇌리에서 지워지지 않는다. 나는 두 손으로 귀를 막은 채 한참이나 엎드려 있다.

어쩌다가 내가 여기까지 끌려와서 이 지경을 당해야 하는 것일까. 이상준이 원망스럽다. 아니, 이상준을 탓할 건 없다. 모두

엽기적(獵奇的) 비정상적이고 괴이한 일이나 사물에 흥미를 느끼는. 또는 그런 것.

가 서정민 때문이다. 그가 아니었더라면, 내게 전화를 해 오지만 않았더라면 지금쯤 언제나처럼 학교와 집 사이를 오가며 순탄하게 지내고 있을 것이다. 눈만 뜨면 숨 가쁘게 시작되는 일과, 아내와의 사소한 말다툼, 늘상 따분하고 지겹기만 하던 교무 회의, 때까치란 별명이 붙은 교감의 잔소리, 스물일곱 시간이나 되는 힘겨운 수업, 방과 후 학교 근처 술집에서 동료 교사들과 마시는 술, 그리고 그들과 나누는 진부하고 맥빠진 화제들…… 그런 사소하고 무의미하게만 여겨지던 내 일상들을 나는 턱없이 얼마나 견디기 힘들어 했던가.

내겐 꿈이 있었다. 주옥같이 감동적인 시들을 써 내겠다는 미련을 나는 최근까지도 버리지 못하고 있었다. 파김치가 된 몸을 이끌고 집으로 돌아오면 늦은 저녁을 먹고, 방바닥에 배를 깔고 비스듬히 누워 텔레비전 채널만 이리저리 돌려 대다가, 차츰 눈꺼풀이 무거워 오면서 이윽고는 코를 골며 잠에 떨어지곤 하는 게 늘 정해진 일과였다. 그러면서도 나는 시인이 되겠다는 어쭙잖은 꿈을 버리지 않았다. 막상 단 한 줄의 시구도 끄적여 보지 못한 게 벌써 여러 해인데도, 이따금 베란다로 나가 어두운 도시의 밤 풍경을 내려다보거나 혹은 밤늦은 만원 버스 속에서 똑같이 피곤에 전 사람들과 함께 이리저리 서로의 몸무게를 저울질하며 서 있을 때면, 나는 불현듯 모르는 새에 매일매일 소리 없이 죽어 가고 있는 나 자신을 발견하고는 몸서리를 쳐야 했다. 그때마다 나는 내 처지를 저주하고 원망했다. 돈과 자식과 아내와 직장, 그 모두를 송두리째 나는 증오했다. 그것들이야말로 내 육신과 영혼을 저 무의미하고 부패한 삶의 땟국물 속에 푹 처박히도록 만드는 원흉들이라고 여겼기 때문이었다. 그러나, 지금 이 순간 나는 그것들 모두가 눈물겹도록 그립고 소중하게만 여겨지는 것이다. 그렇듯 하찮고 무의미하게만 보였던 작고 평범한 일상들이 별안간 엄청난 의미를 지닌 채 나를 간절한 그리움에 떨게 만들고 있다.

아으으읏. 어, 어머니. 으아아아 — 앗.

다시 그 소름 끼치는 비명이 터져 나오기 시작한다. 아, 서정민이다. 나는 그제야 그것이 분명한 서정민의 목소리임을 직감한다. 그렇구나. 그도 역시 여기에 끌려와 있는 것이다. 아아악. 또 비명 소리. 금방 숨이 끊어질 듯 다급하고도 절박한 그 비명이 터져 나올 때마다 머리카락이 쭈뼛쭈뼛 일어서는 것 같다. 안경을 쓴 서정민의 얼굴이 떠오른다. 과묵하고 신중하면서도 인정이 넘치는 친구였다. 훈련소에서 내가 발목을 다쳐 절뚝이며 다닐 때, 지성스레 쫓아다니며 보살펴 준 기억 때문에 나는 지금도 고마움을 잊지 않고 있다. 뒤틀리고 망가져 가는 세상에서, 힘없어 억울한 사람들을 위해 살아가는 그를 가까운 친구로 가지고 있다는 사실만으로도 나는 늘 자랑스러웠고 소중했었다. 그 때문에 그날 그가 내게 그런 뜻밖의 부탁을 해 왔을 때, 한편으로는 두려움과 조바심으로 자꾸 뒷걸음질 치고 싶은 유혹을 느끼면서도 끝내 응낙할 수밖에 없었던 것이다. 물론 그것은 나 자신의 나약함과 부끄러움 그리고 자책감에 대한 일종의 보상 심리였는지도 모른다. 어쨌거나 그날 서정민이 전화를 해 온 것은 퇴근 시각이 가까운 토요일이었다.

퇴근하자마자 나는 회사 앞 다방에서 그를 만났다. 알고 보면 그것이 바로 모든 불행의 시초였던 셈이다.

부탁이라니. 자네가 다 내게 부탁할 일이 있구만. 허허.

무척 오랜만에 만나는 정민 앞에서 나는 웃었다.

사실은, 이런 부탁을 꼭 해야 할까 하고 꽤나 망설였네. 하지만 자네라면 믿고 얘기해도 좋을 것 같다는 생각이 들었어. 자칫하면 남에게 해를 미치게 될 수도 있는 일이라서 말야. 물론, 조금이라도 마음에 걸리거든 지금 거절해도 좋아. 난 자네에게까지 위험 부담을 요구하고 싶진 않아.

도대체 무슨 일인데 그래?

의아해하는 나를 데리고 정민은 다방을 나섰다. 그러더니 한적한 골목길을 걸으며 내게 조심스레 얘기를 꺼냈다. 후배 한 사람이 시국 관련 사범으로 수배를 받고 쫓기고 있는데, 며칠 동안만 내 집에서 지내도록 해 달라는 얘기였다. 당연히 불안하고 찜찜한 일이었으나, 나는 결국 응낙했다. 솔직히 말하자면, 나는 그 정도는 그다지 위험한 일은 아니리라는 나름대로의 판단이 있었다. 몇 달 전에 있었던 시위의 배후 인물이라는, 그의

배후 인물(背後人物) 어떤 일을 뒤에서 조종하는 사람.

후배 하나쯤 숨겨 주는 일이 뭐 그리 큰 죄가 될까 싶었다.

  이튿날 저녁, 약속한 시간에 정민은 이상준을 데리고 나타났다. 처음, 아내는 대뜸 거부 반응을 보였다. 당신 지금 무슨 소리 하는 거야. 대학 교육까지 받은 여자가 그따위 소견머리밖에 없어. 남들은 목숨을 걸고 싸우기도 하는데, 고작 그만한 불편쯤 못 참아 주겠다고 해서야 말이 되느냐 말야. 나는 제법 아내 앞에서 그런 호기까지 부렸다. 이상준은 약 보름 정도 우리 집에서 숨어 지냈다. 서재 겸 쓰고 있던 내 방을 그에게 빌려 주고, 그동안 나는 아이를 데리고 아내와 셋이서 안방을 사용했다. 이상준은 나보다 두 살 아래였는데, 꽤나 말수가 적고 침착한 성격 같았다. 나와 얼굴을 마주치는 기회는 적었다. 밤늦게야 돌아오면 우선 드러눕기에 바쁜 터였고, 되도록이면 그가 불편해하지 않도록 내 쪽에서 조심하기도 했던 까닭이다. 두어 번인가 바둑을 둔 적이 있었고, 그가 다른 거처를 찾아 옮기기로 한 전날 밤, 이별주 삼아 서정민과 셋이서 맥주 몇 잔을 기울였던 일 말고는 별로 기억에 남을 만한 이야기조차 서로 나눈 일도 없었다. 정말이지 그저 그뿐이었다. 때문에 나는 그가 정민과 함께 밤중에 내 집을 빠져나간 후로부터는 이내 그 일을 거의 까맣게 잊어버릴 수 있었고, 설마 그 때문에 이런 곤욕을 치르게 될 줄은 애당초 상상도 못 했던 참이었다.

호기(豪氣) 호탕한 태도나 기운.

나는 눈을 뜨고 침대에서 일어나 앉는다. 참을 수 없게 오줌이 마렵다. 뒷머리가 욱씬거리고 어지럽다. 일어서려는데 무릎이 휘청거린다. 어느 틈에 온몸이 식은땀으로 축축하니 젖어 있음을 깨닫는다. 나는 비칠대며 변기 앞으로 다가가 일을 치른다. 그 짧은 동안 두 다리로 몸을 받치고 서 있기조차 힘이 들 지경이다. 침대로 돌아와 털썩 주저앉아서, 팔다리 여기저기에 푸릇푸릇 멍든 자국을 살펴본다. 믿기 어려운 일이었다. 그자들은 다짜고짜 달려들어 내 전신을 그렇듯 개 패듯 했던 것이다. 도대체 무엇이 그들을 그렇게 만드는 것일까. 그 순간엔 그들의 눈빛은 알 수 없는 야릇한 희열과 쾌감으로 번들거리고 있었다. 인간이 인간에게 그처럼 철저한 증오와 폭력을 행사할 수도 있다는 사실이 아무래도 믿어지지 않는다. 그자들을 그렇게 만드는 것은 무엇인가. 조직? 충성심이라고 불리는 저 맹목적이고 야만적인 광기?

  덜컹. 문이 열리는 소리. 아까의 그 사내가 들어온다. 나는 오싹 몸을 사린다.

  어디 보자. 자술서는 다 썼나?

  사내는 혼잣말처럼 뇌까리며, 의자에 털썩 주저앉는다. 그리고 책상 위에 놓아둔 종이를 집어 들고 들여다보기 시작한다. 가슴이 불안스레 뛰기 시작한다. 나는 거의 모든 내용을 사실대로 거기에 적어 놓았었다. 그러나 사내가 요구하는 건 필시 그런 내용이 아닐 것임을 나는 짐작한다. 사내는 별로 흥미없다는 투로 내가 적어 넣은 글자들을 대충 훑고 있는 눈치다.

이봐, 오 선생.

이윽고 사내가 종이쪽을 책상 위에 탁 소리가 나게 내려놓더니 나를 부른다. 그의 입술에서 떨어질 다음 말을 조마조마하게 기다리며 나는 쳐다본다. 붉은 벽을 배경으로 하고 서 있는 사내의 몸뚱이가 별안간 엄청난 부피로 확대되어 시야를 압박해 들어온다. 사내의 가죽 잠바가 숯덩이처럼 새까맣다.

오 선생. 공연히 거짓말하려고 애쓸 필요가 없게 되었어. 너희들의 조직은 다 깨어져 버렸으니까 말야.

사내는 표정 하나 흐트러뜨리지 않고 싸늘하게 나를 쏘아보며 말한다. 조직이라니……? 나는 무릎이 안으로 오그라드는 듯한 한기를 느끼며 멍하니 그를 올려다본다.

바로 조금 전에 서정민이가 모든 걸 털어놓았어. 이상준이도 곧 불게 될 거야. 자, 이젠 당신도 얘길 해 줘야겠어. 지금까지의 내용만으로도 구속은 충분해. 말하라구. 이상준과 무슨 모의를 했었지?

모의라뇨. 우린 서로 얘기해 본 적도 별로 없습니다. 이따금 신문을 가져다 달라고 해서는 그저 이런저런 얘길 한 적은 있지만…… 정말 난 그 이상은 아무것도 모릅니다.

한기(寒氣) 추운 기운.
모의(謀議) 어떤 일을 꾀하고 의논함.

그게 말이나 돼? 누굴 허깨비 취급하자는 수작인가. 이상준인 사회주의 사상을 가진 놈야. 제 입으로도 그걸 자백했어. 체제를 전복시키고 폭력 혁명을 획책하기 위해, 불만을 품고 있는 자들을 포섭해서 뭔가 음모를 꾸미려 하고 있었던 거라구. 당신 집을 그 아지트로 삼고. 안 그런가?

아, 아닙니다. 난 정말 전혀 모르는 일이라고 그랬잖소.

그래 봐야 소용없대두. 서정민과 대질시켜 줄까.

그래요. 차라리 대질시켜 주시오. 지금 당장 말입니다.

이봐. 수 쓰지 말고 순순히 말을 듣는 게 신상에 이롭다구. 그때 당신의 아파트로 이상준이를 몰래 찾아와 만나고 간 놈들이 있을 거야. 이름을 대. 누구누구였지.

모릅니다. 서정민이가 서너 번 밤에 들렀을 뿐 다른 사람은 아무도 없었소.

방한성과 채형택, 맞지?

그런 사람이 누군지 모릅니다. 이름조차 처음 듣는 사람들이오.

나는 데드마스크 같은 사내의 무표정한 얼굴을 쳐다보며 완강히 고개를 흔든다. 정말이다. 그런 이름은 들은 적조차 없다.

획책하다(劃策--) 어떤 일을 꾸미거나 꾀하다.
아지트 근거지. 활동의 근거로 삼는 곳.
대질(對質) 소송법에서, 법원이 소송 사건의 관계자 양쪽을 대면시켜 심문하는 일. 증인의 증인 또는 당사자의 진술 사이에 모순이 있을 때 행하여 정확한 심증을 이루려 하는 데 목적이 있다.

사내는 지금 얼굴도 이름도 모르는 그 사람들을 엉뚱하게 이 일에 개입시키려 하고 있음이 분명하다. 그리고 자신들이 꾸며 놓은 각본을 완성시키기 위해 바로 내 증언을 필요로 하고 있는 것이리라. 그렇다면…… 나는 불현듯 온 신경을 팽팽하게 긴장시킨다. 만일 그렇다면, 그 사람들의 운명은 내 입술 하나에 달려 있는 것이 아닌가. 이상준, 서정민 그리고 방한성과 채형택이라는 인물들이 앞으로 어떻게 되느냐라는 문제를 내가 혼자 고스란히 책임져야 한다는 얘기인 셈이다.

모릅니다. 믿어 주시오. 난 그 두 사람은 만난 적도 없소. 이상준이가 어떤 사람인지 아직도 몰라요. 모든 것은 거기에다 써 놓았소. 아시겠소.

나는 털썩 무릎을 꺾고 사내에게 애걸이라도 하고 싶어진다. 어느새 나는 형편없이 비굴하고 비겁해져 버렸는지도 모른다.

건방진 녀석. 말해! 너희들의 조직 이름이 뭐야. 가담한 놈들은 몇 명이지? 무슨 음모를 꾸몄었느냔 말야!

조직도 음모도 없었소. 제발 믿어 주시오. 사람이 사람의 말을 믿어 주지 않으면 도대체 누가 무엇을 믿는다는 말이오. 차라리 그 사람들을 만나게 해 주시오. 그럼 다 밝혀질 게 아니오.

안 되겠군. 정신이 들게 해 줘야겠어!

사내가 표정을 험악하게 일그러뜨리며 벌떡 일어나더니 출입문을 덜컹 열고 누군가를 부른다. 이윽고 우르르 쏟아져 들어오는 사내들. 바로 아까 그 자들이다. 눈앞이 아찔해 오는 충격에 나는 금방 주저앉아 버릴 것만 같은 몸뚱이를 간신히 지탱한다.

옷을 벗겨!

사내가 부하들에게 명령한다. 그들은 내게 달려들어 다짜고짜 양팔과 머리채를 휘어잡는다.

놔! 내 손으로 벗겠소.

어떻게 그런 말이 튀어나왔는지 모른다. 하지만 기이하게도 마음이 차분해짐을 느낀다. 그들이 기다려 주겠다는 눈치를 보였고, 나는 순순히 내 손으로 옷을 벗기 시작한다. 티셔츠의 단추를 풀고, 바지 그리고 위아래 내복까지도 벗었다. 입안은 바싹바싹 타 들어가지만 이상스레 이번엔 손끝이 떨리지 않는다. 이윽고 팬티 한 장만 걸친 채 그들 앞에 선다. 알몸이지만 왠지 별달리 한기조차 느낄 겨를이 없다. 그러다가 무의식중에 어깨를 잔뜩 웅크리고 있음을 깨달은 나는 가슴을 애써 편다. 당당해져야 한다. 이렇듯 비참하고 초라한 꼴로 너희들 앞에 서 있긴 하지만, 그래도 난 당당하다. 당당해져야 한다. 나는 입속으로 되뇌며, 턱없이 용기를 가장하려고 노력해 본다. 그때, 눈 하나 깜박하지 않고 나를 쏘아보고 있던 사내가 차갑게 말했다.

다 벗어! 팬티까지도.

나는 그를 노려본다. 처음으로, 가슴 밑바닥 깊은 어디쯤에선가 억누를 길 없는 맹렬한 분노가 고개를 들고 일어서고 있다. 그것은 꼬리를 밟힌 독사의 대가리처럼 완강하고 대담한 것이어서 내 스스로도 놀랍다. 드디어 나는 그것마저 벗겨 내리고 만다. 좋다. 원하는 대로 해 주마. 이젠 완전한 알몸이 되어 버린 것이다. 내 살갗에 남은 그 손수건만 한 천 조각까지 빼앗겨 버린 순간 나는 이미 인간으로서의 마지막 자존심마저 강탈당해 버리고 말았음을 확인한다. 그러자 바로 조금 전까지 내 가슴속에서 솟구쳐 일어서던 어떤 맹렬한 분노는 내가 알몸뚱이로 변해 버린 그 순간에 허망하게도 스러져 버리고 만다. 이젠 억지로 어깨를 펼 기력조차 잃어버린 채 나는 한 마리 짐승으로 서 있을 뿐이다.✤

그들은 빙 둘러서서 재미있다는 듯이 내 알몸뚱이를 훑어보고 있다. 이 친구, 돈벌어서 뭘 했나. 고기 한 점 못 사 먹어 본 놈같이 뼈하고 가죽밖에 없잖아. 짜식, 그것도 물건이라고 차고 다녀? 으흐흣. 가죽 잠바의 사내가 빙글빙글 웃었고, 다른 사내들 역시 덩달아 노골적으로 이를 드러내 놓고 능글맞게 웃고 있다. 그들의 그 기분 나쁜 웃음 속엔 어떤 지긋지긋한 권태 같은 것이 숨어 있다. 그리고 그 권태 뒤엔 무엇인가를 부수고 짓밟고 망가뜨리고 싶어 견딜 수 없어 하는 듯한, 섬뜩한 파괴에의 욕구가 숨어 있는 것이다.

나는 이럴 때 기도를 올리는 법이라도 알고 있었으면 좋았으리라 생각한다. 하지만, 하느님이니 신이니 하는 존재는 대관절

✤ 이젠 억지로 어깨를 ~ 서 있을 뿐이다 '나'는 팬티까지 벗고 알몸이 되면서 인간으로서의 마지막 자존심마저 잃고 자포자기한 상태가 되었다.

어디에 있는 건가. 왜 그는 자신을 가장 필요로 하는 순간에 정작 숨어 버리고 마는 건가. 나는 혀로 입술을 핥아 본다. 놀랍게도 입술이 종잇장처럼 바싹 말라붙어 있다. 사내 하나가 내 팔을 뒤로 돌리더니 수갑을 채운다. 이어 양편에서 내 팔을 움켜쥐고 그들이 나를 벽 쪽으로 밀어붙인다. 자, 목욕 좀 해 봐. 아주 시원할 거야. 사내 하나가 내 머리채를 뒤로 바짝 잡아챈다.

 난 고개를 까딱할 수조차 없다. 알몸뚱이로 사내들의 엄청난 악력에 완전히 결박당하고 만 채로다. 눈앞에 나타나는 샤워 꼭지. 내 얼굴은 정확히 그 샤워 꼭지의 방향으로 들려져 있다. 이윽고 쏴앗, 쏟아져 내리기 시작하는 물줄기, 물줄기…… 짜릿한 고통이 순식간에 온몸을 엄습한다. 사내의 손이 머리카락을 더욱 완강하게 잡아채고, 내 콧구멍은 정면으로 물줄기를 향해 노출되어져 있다. 숨을 쉴 수가 없다. 눈이 떠지지 않는다. 얼굴은 살얼음에 덮인 듯, 아니 얼음장 그 자체가 되어 버린 듯 아무런 감각도 없다. 눈을 떠야 할 텐데…… 숨을, 숨을 쉬어야 할 텐데…… 목을 돌리려 해도 움직여 주질 않는다. 이 자식이 어딜. 조심해 인마. 물이 내 쪽으로 튀잖아! 그들이 뭐라고 낄낄대고 있다. 이 자식, 어딜 버티려구? 몸을 비틀어 댈 때마다 쏟아지는 발길질과 주먹질. 얼핏 정신이 흐려져 온다. 소리. 엄청난 물소리. 그건 폭포다. 폭포 밑에 나는 지금 알몸으로 서 있는 것이다. 천 길 낭떠러지 위에서 한꺼번에 어마어마한 압력으로 추락해 내리는 물줄기들을 고스란히 두들겨 맞으며 서 있다. 물소리…… 얼마쯤 지났을까. 문득 폭포가 멎는다. 거짓말처럼 사라져 버린 물소리, 그리고 정적…… 마치도 물속 깊이 돌멩이처럼 가라앉아 가는 듯한, 그런 기이한 고요함이 찾아왔다. 눈을 뜨자, 밀려 들어오는 핏빛의 세상. 한순간 내 눈알의 모든 실핏줄이 일제히 터져 버린 건 아닌가 싶다.

이거, 보기보다 독종인데! 끌어내려. 안 되겠구만.

검은 잠바가 말한다. 나는 어느새 비닐이 깔린 나무 침대에 뉘어져 있다.

여보시오. 다, 당신들도 인간입니까. 왜 애매한 사람을 이렇게…….

하지만 그 말을 채 마치기도 전에 내 얼굴 위로는 파란색 얇은 타월이 덮여진다. 눈을 떠 본다. 붉은 천장은 지워지고 순식간에 세상은 파란빛으로 바뀌어 있다. 발목과 무릎 그리고 가슴에 딱딱한 감촉의 끈이 묶여진다. 그들은 능숙한 솜씨로 그 일을 해치우며 천연스레 얘기를 나누고 있다.

라디오, 어디에 갖다 뒀지?

글쎄. 어제는 못 봤는데. 김 과장이 자기 방에 모셔 간 건 아닌가.

아니라구. 이 방 어디에 있을 텐데. 아까 내가 가져왔잖아. 아, 저기 있어.

주전자, 이리 내. 내가 할 테니까.

이봐. 그쪽 머리를 꼭 잡아.

에이 참. 염려 마십쇼. 그깟 양복, 별로 비싸지도 않게 보이는데. 으흣.

몸이 부들부들 떨려 온다. 춥다. 앞니가 심하게 떨고 있다. 어금니를 깨문다. 견디자. 견뎌 내야 한다. 추한 꼴을 보이지 않아야 돼. 이자들 앞에서, 암, 당당하게 굴어야 해. 주문을 외듯 그렇게 혼자 다짐을 한다. 그러나 그것이 얼마나 어설픈 허세에 지나지 않는다는 것쯤은 나도 알고 있다. 지금 저자들의 눈에 나는 단지 한 마리의 천한 짐승에 지나지 않을 뿐이리라. 언젠가 여름날, 개 잡는 광경을 본 적이 있다. 개는 자루에 넣어져 나뭇가지에 걸려 있고, 어깨 없는 러닝셔츠를 입은 사내 셋이 몽둥이와 괭이로 그것을 미친 듯 두들겨 팼었다. 자루 속에서 날뛰던 개는 이내 축 늘어지고 말았다. 자루 밑으로 빨간 핏물이 떨어지고 있었다.

별안간 콸콸콸콸 물이 쏟아져 내리기 시작한다. 그들이 얼굴 위에서 주전자로 물을 붓고 있다. 안 돼. 어어억. 소리를 지르려 하자, 그보다 먼저 벌려진 입과 콧구멍으로 가차 없이 물이 침입해 들어온다. 물을 몇 차례 삼켰다. 목구멍이 터질 것 같다. 물냄새. 쇠붙이의 녹 내음처럼 비릿하면서도 금속성의 무게를 지닌 듯한 역한 냄새. 속이 메스꺼워지면서 울컥울컥 구역질이 솟구친다. 폭포, 물소리, 녹 냄새 그리고 눈앞으로 번쩍, 번갯불 같은 섬광이 터졌다가 사라진다. 아악. 그만 해. 그, 그만 해. 가슴이 터질 듯하다. 안 돼. 제바알. 나는 온몸을 버둥거린다. 완강하게 짓눌러 오는 사내들의 체중. 눈앞이 노오랗게 변한다. 나는 꼼짝없이 묶여 있을 뿐이다.

……신 선생님. 영화배우 되신 지가 꽤 오래되셨죠. 정확히 햇수로는 얼마나 되셨죠(여자 목소리).

글쎄요. 정확하게 따지면, 십구 년째던가, 아마 그럴 겁니다(남자).

아유, 이십 년이 다 되었군요. 제 기억엔 바로 몇 해 전 같은데. 호호호.

글쎄요. 길다면 긴 세월인데, 솔직히 아직도 기분은 그래요. 맨 처음 데뷔한 게 스물네 살 때였죠. 군에서 막 제대하고 나서 얼마 되지 않았으니까…….

그런 알 수 없는 목소리들은 어디서 들려오는 것일까. 뒤늦게야 나는 사내들이 라디오를 틀어 놓았음을 짐작한다. 잠시 뜸하던 물줄기가 다시 코로 쏟아져 내리기 시작한다. 어머머. 무슨 겸손의 말씀이세요. 제가 보기엔 얼굴 모습도 예전과 거의 다름이 없으신데요 머. 아직 이십 대 청년 같아요. 호호호. 어이구, 감사합니다. 우리 집사람이 들으면 좋아하겠군요. 허허허. 아네요, 정말이라구요. 참, 사모님인 엄미란 씨도 유명한 패션 디자이너이시잖아요. 얼마 전에도 롯데호텔에선가 패션쇼가 아주 성황리에 열렸다는 소식을 들었는데, 그렇죠? 그래서 그런지 신 선생님도 옷 입는 감각이 아주 뛰어나다는 평들인데…… 숨이 막힌다. 이젠 더 이상 견딜 수 없다. 콧속이 불이 붙은 듯 화끈거려 온다. 끊임없이 눈앞으로는 불길이 솟구쳤다가 잦아지고, 목구멍은 불덩이를 삼킨 양 아파 온다. 물을 마셔선 안 되는데. 입을, 입을 벌리지 말아야 해. 참자. 견뎌야 한다. 조금만…… 아아…… 조금만 더…… 견뎌 내 봐. 나는 묶인 몸을 미친 듯 버둥거리려 한다. 하지만 움직일 수가 없다. 거대한 물체가 온몸을 내리누른다. 폭포. 아아. 폭포 밑 천 길 물웅덩이 속으로 아스라이 곤두박질쳐 가라앉고 있다. 내 몸뚱이가…… 목이, 목구멍이…… 터질 것 같다. 호호호. 아마 지금 이 방송을 듣고 계시는 주부님들 중에선 신 선생님의 열렬한 팬들이 많을 겁니다. 전성기에는 인기 스타 신정일 씨가 어디에 나타났다더라 하면, 그냥 가는 데마다 여성 팬들이 구름같이 몰려들고 그랬을 때잖아요. 사실 나도 그 여성 팬 가운데 한 사람이었지만요. 호호호. 아이구, 이거 영광입니다…… 나는 발악하듯 버둥댄다. 모래밭 위에서 하릴없이 펄떡이는 피라미 한 마리. 오뉴월 뙤약볕에 아이들의 손에 붙잡혀 논둑 바닥에 힘껏 내팽개쳐진 개구리 한 마리. 허옇게 뒤집어진 채 헐떡거리는, 그 불룩대는 배. 참, 이거 봐. 이 계장, 자네한테 아까 전화 왔었어. 나한테? 어딘데? 몰라. 여잔데, 자네 마누란 아냐. 목소리가 꽤 세련됐더라구. 아방궁 오 마담이 아닌가 몰라. 으흐홋. 젠장, 쓸데없는 소리. 그게 뭐 하러 날 찾아? 보나마나 뻔하지 머. 외상값 독촉이겠지, 어제가 월급날인데. 외상 같은 건 없어. 그건 자네한테나 해당되는 사항이겠지. 아이구, 그나저나 쥐꼬리만 한 월급에 이것저것 떼고 나니깐 마누라 얼굴 보기가 민망하더라구. 어이, 그쪽 좀 잘 잡아. 물이 튀기잖아. 참. 이 친구는 제법 잘 참는데. 독종이라 그렇지. 쓰발, 암만 생각해도 때려치우고 장사나 할까. 이번이 보너스 타는 달인데. 왜. 보너스는 무슨. 난 빈털터리야. 학자금 융잔가 뭔가 애들 밑으로 들어간 게 있어서 한 푼 남김없이 다 떼인다구. 아, 요샌 고등학생 하나 보내는 것도 무시 못해. 대학생 못잖다니까…… 점점 사지의 힘이 빠져나간다. 이젠 버둥거릴 힘도 없다. 정신이…… 정신이 혼미해져 가기 시작한다. 진흙뻘 속으로 서서히 빠져드는 느낌. 발목…… 무릎…… 허벅지…… 허리, 그리고 이젠 가슴팍까지 깊이깊이 빠져들어 가고 있다. 물소리…… 콸콸콸…… 콰르르르. 이윽고 턱까지 차오르는 진흙. 쇠바퀴 소리. 거대한 탱크의 바퀴가 보인다. 새까맣고 육중한 그것의 몸체가 진흙 밭 위로 나를 덮쳐오고 있다. 끌끌끌끌…… 도망쳐야 할 텐데. 늦기 전에, 아아…… 그대애 차앙문을 열어요오 그대 차아앙문을. 오우오우. 헤이헤이. 달빛 창가에서 밤새워 기다아리는 나아를. 워우워우. 헤에이 헤에이. 노랫소리에 맞춰 내 머리맡의 사내가 흥흥 콧노래를 따라 부른다. 워우워우. 다알빛 창가에서 밤새워 기도하는 나아를…… 워우워우. 헤에이 헤에이…… 아아, 나는 인간을 저주한다. 천 길 폭포 아래 알몸뚱이로 내동댕이쳐진 나는 온 세상을 증오한다. 이 세상에 살아 있는 모든 것들을 저주한다. 나를 이 꼴로 만든 서정민과 이상준과…… 그리고 지금 내 몸뚱이를 나눠 갖기 위해 히히덕대고 있는 이자들과, 나를 깔아뭉개려 다가오는 저 어마어마한 탱크를 나는 한꺼번에, 닥치는 대로, 미치도록 증오하고 저주한다. 죽여 버리고 싶다. 아무나……그저 닥치는 대로 목을 졸라 주겠다. 아아, 원수들. 원수들이 나를 나누어 가지려고…… 다시 물소리. 폭포의 엄청난 압력. 목구멍이 찢어지고 있다. 검은 물이, 온통 새까맣게 썩어 버린 물이 내 코와 입과 목구멍 안으로 쑤시고 들어온다. 그대애, 차앙문을 열어 줘어. 워우워우. 그대의 차앙문을. 워우워우. 헤에이 헤에이. 아아, 나는 죽어 간다. 이대로 죽어 가는구나. 워우워우. 헤이헤이. 이렇게 어처구니없게, 이렇듯 볼품없는 꼬락서니로…… 이유도 없이. 헤에이 헤에이. 물소리…… 노랫소리…… 콧노래…… 헤에이 헤에이. 워우우…….

물줄기가 멎었다. 폭포의 물소리도 그쳤다. 끌끌거리던 거대한 탱크의 바퀴 음도, 진흙의 늪도…… 사라졌다. 끝났다. 끝난 것이다. 순간 믿을 수 없으리만큼 맹렬하게 치밀어 오르는 욕구. 살고 싶다. 살고 싶다. 난 살아야 한다. 죽어선 안 돼. 아아, 나는 헐떡이며 번쩍 눈을 뜬다. 그리고 목구멍이 찢어져라 외친다.

사, 살려 주시오! 말하겠소. 뭐든지, 시, 시키는 대로 다 말하겠소. 모두 다!

사내들의 무표정한 얼굴들이 나를 지켜보고 있다. 가죽 잠바의 사내가 내 머리카락을 한 손으로 잡아 올리며 히죽이 웃는다.

이봐. 아직 정신을 덜 차렸군. 시키는 대로 하라는 게 아냐.

사실대로 털어놓으라는 거지.

아, 아니오. 말하겠소. 뭐든지, 사실대로 자백하겠소. 살려만 주시오. 제발!

사내의 얼굴에 만족한 웃음이 엷게 떠오른다. 우욱. 나는 헛구역질을 토해 낸다. 하지만 목구멍을 넘어오는 것은 없다. 전신이 물과 땀으로 흥건하다. 나는 무너지듯 고개를 꺾으며 눈을 감는다.

그러길래 뭐랬나. 진즉 솔직하게 털어놓았으면 이런 언짢은 일은 서로가 피할 수 있었잖아. 쯔쯧. 우린 다 알고 있었다니깐 그래. 참, 오성수가 누구지? 당신 큰아버지라는 친구 말야. 여기, 기록을 찾아보았더니, 육이오 때 월북한 걸로 돼 있구만. 빨갱이 중에서도 꽤 거물이었던 모양인데. 어때, 안 그런가?

순간 내 가슴 한 귀퉁이 어딘가에서 쿵, 하는 소리와 함께 커다란 구멍이 뚫린다. 그리고 그 구멍 속으로 들여다보이는 칠흑의 암흑. 밑도 끝도 알 수 없는 그 완벽한 암흑의 함정 — 한번 발목을 잡혀 끌려 들어가면, 두 동강이 난 이 땅의 그 누구도 결코 다시 빠져나올 수 없는 거대한 함정이 내 눈앞에서 서서히 입을 벌리기 시작하고 있음을 나는 본다.✽ 이제 모든 것이 이미 끝나 버리고 말았다는 사실을 나는 예감한다. 천천히 눈을 뜬다. 그

✽ 밑도 끝도 알 수 없는 ~ 시작하고 있음을 나는 본다 '나'는 큰아버지의 이름이 거론되는 순간, 분단의 상황 속에서 한번 '빨갱이' 혹은 '빨갱이 집안'이라는 낙인이 찍히면 언제나 불안한 삶을 살 수밖에 없는 냉엄하고 잔혹한 현실을 자각하고 있다.

러자 기다리고 있었다는 듯 한 치의 여백도 없이 온 시야를 가득히 물들이며 쏟아져 내려오는 단색의 세계 — 그 핏빛 세상. 왜일까. 어느새 눈자위에 까닭 모를 눈물이 피잉 괴어 온다.

여섯

월북한 즈이 큰아버지의 이름을 들먹였더니, 녀석의 낯빛이 삽시간에 허옇게 질려 버린다. 그것 보라지. 이런 작자들에겐 이게 그야말로 특효약이라니까. 겉보기엔 꽤나 순진해 빠진 얼굴을 하고 있지만, 이런 치들의 뒤를 캐 보면 대부분 성분에 문제가 있는 집안인 경우가 많은 법이다. 그도 그럴 것이, 콩 심은 데에서 팥 나지는 않을 테니까 말이다. 사상이 불온한 집구석에서 자란 녀석들이니 어려서부터 머리 돌아가는 방향이 으레 삐딱해질 수밖에. 어쨌건 이 작자도 이젠 결딴이 난 셈이다. 이제부터야 겁없이 버티거나 요리조리 말꼬리 돌려 가며 달아날 궁리도 하지 못할 게다. 오히려 제 한몸이나마 어떻게든 구해 내기 위해 안달을 피우겠지. 이젠 내 손아귀에 온전히 들어온 거다. 나는 핼쑥하니 질려 있는 녀석의 얼굴을 내려다보며 웃음을 흘린다.

성분(成分) 사상적인 성품과 행실. 또는 사회적인 계층. 여기에서는 '출신 성분'을 의미함. 빨갱이는 빨갱이 집안에서 난다는 의미.

녀석은 탈진한 듯 눈을 감은 채 후줄근히 앉아 있다. 피곤하기도 하겠지. 맹물 몇 모금만 억지로 먹여 놓으면 신통하게도 오뉴월 개구락지 모양 쭉쭉 늘어 자빠지는 게 인간의 생리 구조이니까. 하지만 나 역시 피곤하다. 밤낮없이 잠을 설치며 끈질기게 몰아붙여야 하는 이 직업이 이젠 신물이 난다. 때로는, 차라리 미련 없이 훌훌 옷을 벗고 말까 하는 충동이 불쑥불쑥 치밀기도 하지만, 그렇다고 막상 달리 무엇이든 해 먹고 살 뾰족한 궁리가 있는 것도 아니어서, 그런 충동은 매양 생각으로 그치고 말 뿐이다. 아이들은 점점 커 나가고, 아내 역시 돈맛을 알게 되어 늘상 살림 투정이다. 게다가 어머니를 생각하면 골이 빠개질 지경이다. 생각하면 산다는 게 어찌 이리도 항상 팍팍하고 쪽팔리는 일인지 모르겠다. 가정을 걸머지고 사는 세상 남자들이 다 그럴까. 내가 날이면 날마다 우리 사회의 암세포 같은 이런 작자들과 실갱이를 벌이고 있는 판에(바로 이 순간에도) 집에서 여편네는 텔레비전 연속극이나 들여다보고 있을 것이고, 노망한 어머니는 자신이 갈겨 놓은 배설물 위에 펀지근히 주저앉아, 그걸 손으로 주물러 벽이며 방바닥에 현란하게 떡칠을 해 대고 있는 것이다. 자식들이야 무슨 탓할 건덕지가 없긴 하지만, 머리통이 굵어 가면서부터는 학비다 용돈이다 옷값이다 해서 그놈들 밑구멍으로 쏟아져 들어가는 돈이 엄청나게 늘었다. 오냐. 아무튼 공부만 열심히 해라. 그래서, 큰아이 너는 계집애니까 지방 대학 약대라도 졸업해서 돈 많은 녀석 만나 시집가면 그만이다만, 큰아들 너는 꼭 사관 학교 그것도 육사˚에 들어가야 한다. 뭐니뭐니해도 우리 엽전˚들은 그래야 출세를 할 수 있으니까 말이다. 이따금 기분 좋게 얼근히 취해 집으로 들어가는 날은, 나는 아이놈들을 불러다 놓고 그렇게 우격다짐하듯 타이르곤 한다. 그러면 녀석들은 으레 내 앞에 무릎을 꿇고 고개를 숙인 채 다소곳이 듣고 있게 마련인데, 그런 모습을 보면 괜히 콧날이 시큰해질 만큼 녀석들이 예쁘고 사랑스러워서 와락 껴안고 뽀뽀라도 해 주고 싶다.

하늘나라라구? 흥. 이봐, 오 선생. 이게 무슨 뜻인가. 이상준이가 이런 얘길 당신한테 했단 말이지.

작자가 써 놓은 자술서의 한 부분을 가리키며 나는 묻는다.

예. 그건 그냥…… 뭐랄까, 우리들이 사람다운 세상을 만들어 가야 할 것이 아니냐는…… 그런 뜻 같았습니다만.

작자는 잔뜩 주눅이 들어, 어눌하게 더듬더듬 대답한다.

사람다운 세상이라구? 흥. 그게 왜 하늘나라야? 하늘나라는 천국을 가리키는 말이 아닌가.

그러니까, 그건…… 천국이 반드시 사후 세계에 따로 존재하는 허구의 세상이 아니라, 적어도 우리가 살고 있는 이 사회도 그와 같은 기준으로 종내는 만들어 가야 할 것이 아니겠느냐고,

---

육사(陸士) '육군 사관 학교'를 줄여 이르는 말.
엽전(葉錢) 1. 예전에 사용하던, 놋쇠로 만든 돈. 2. 우리나라 사람이 스스로를 낮잡아 이르는 말. 여기에서는 2의 의미로 쓰임.

그런 얘기를 했습니다.

이상준은 자신이 기독교 신자라고 우기던데, 오 선생도 신자인가?

신자는 아닙니다만, 나도 이상준의 생각이 틀리다는 느낌은 들지 않았소. 그래서…….

흥, 그래? 그렇다면 당신이 생각하는 이상적인 사회란 뭔가? 그것도 마찬가지로 소위 사람다운 세상이겠군?

글쎄요 뭐, 그렇다고 해도 되겠지요……. 말하자면, 모든 사람이 서로 아끼고 도와주면서, 가난한 자도 억울한 자도 없이 모두가 더불어 함께 살아가는 그런 사회이겠지요.

오호라, 역시 그렇구만. 과연! 그게 바로 사회주의 국가이지. 그래서 당신들은 체제를 뒤집어엎고 폭력도 불사하겠다˙ 이거지. 그래서 불순분자˙들을 포섭해서 사회주의 혁명을 일으키겠다는 모의를 했었던 거로구만! 아닌가?

나는 책상을 탕 소리가 나게 손바닥으로 치면서 쾌재˙를 부른다. 녀석이 질린 눈빛으로 허둥지둥 나를 쳐다본다.

헛, 평등하게애? 가난한 놈도 억울한 놈도 착취당하는 놈도 없이 모두가 똑같이 사는 세상? 그게 하늘나라라구? 천만의 말씀. 이봐. 당신은 웃기는 소릴 하고 있구만. 아니, 그럼 이 세상

불사하다(不辭--) 사양하지 아니하다. 또는 마다하지 아니하다.
불순분자(不純分子) 사상이나 이념이 그 조직 안의 것과 달라서 비판적으로 지적되는 사람.
쾌재(快哉) 일 등이 마음먹은 대로 잘되어 만족스럽게 여김. 또는 그럴 때 나는 소리.

붉은 방

에서 활개치고 다니는 악한 놈들은 어떻게 하고? 이 세상에서 수없이 우글거리는 버러지 떼 같은 악한 놈들을 고스란히 그대로 방치해 두고서도 세상이 절로 천국으로 바뀐다는 건가? 말도 아닌 헛소리! 악한 놈들은 하나님의 심판을 받아야 해. 독사의 새끼들은 하나 남김없이 밟아 죽여야만 한다구. 성경에도 분명히 씌어 있지. 최후의 심판날에는 온 세상이 환란의 지옥으로 바뀌고, 하나님은 이 타락한 세상을 불로써, 불벼락을 내리쳐서 심판하실 거라고 말야. 그러므로 사탄의 자식들은 한 놈 남김없이 뿌리째 태워 죽여야만 해. 오로지 의인의 자식들만 하늘나라에 들 수 있는 거라구. 그런데도, 뭐, 악한 자들이나 선한 자들이나 함께 평등하게 사는 세상이라구? 똑같이 혜택을 누리고?

아니, 내 말은 그런 뜻이 아닙니다. 사회주의라니, 무슨······.

작자가 뭐라고 변명하려 한다. 나는 또 손바닥으로 책상을 쾅쾅 두들겨 대며 소리친다.

어림없는 소리! 그건 부당해. 아암. 평등과 평화는 오로지 심판과 징벌로써만 가능한 거야. 흔히 알고 있듯, 예수께서 원수를 사랑하라 이르셨지만, 그건 알고 보면 전혀 다른 뜻이야. 그 말은 참회하고 뉘우치고 회개할 줄 아는 선택된 원수에 대해서만 적용되는 말이지, 사탄의 자식들은 아냐. 바로 너희 같은 작자들이 사탄의 자식들이지. 아니, 사탄 그 자체이지. 사회주의

방치하다(放置--) 내버려 두다.

혁명을 꿈꾸는 놈들, 공산주의자들, 다시 말해 빨갱이들은 이 세상에서 가장 악독한 독버섯이야. 그런 독버섯은 뿌리를 뽑아 죽여야지. 씨까지 깡그리 말려서 다시는 이 세상에 돋아나지 못하도록 최후의 한 놈까지 완전히 말살을 시켜야 한다구. 너희 같은 독버섯과 병균들이 완전 멸종되는 날 이 세상은 마침내 천국이 될 수 있을 거란 말야. 그러기 위해서 바로 우리가 이렇듯 밤잠 한 번 편히 못 자고 허구한 날 이 고생을 하고 있는 것이지. 어쩔 수 없이 말야. 알겠어?

   한바탕 퍼부어 주고 나니 속이 조금은 후련하다. 언젠가 주일 예배 때 내가 특별 기도를 할 때가 있었는데, 그때도 나는 일어나서 그런 내용의 기도를 멋들어지게 해치웠던 적이 있다. 예배가 끝난 후, 목사님은 훌륭한 기도였다고 누누이 칭찬을 해 주었고, 아내 역시 감탄을 연발했다. 정말 감명 깊은 기도였어요, 최 집사님. 바로 최 집사님 같은 분들이 이 타락해 가는 세상에서 악의 세력과 밤낮으로 대적해 싸우고 있는 덕택에 우리나라가 오늘날 이만큼이나마 번영과 안정을 누리고 있는 게 아니겠습니까. 우리 신자들도 이제부터는 더욱 적극적이고 용감하게 복음 전파를 위해 끊임없이 기도하고 또 줄기차게 싸워 가야겠지요. 목사님은 송구스럽게도 그날 예배를 마치는 기도 속에서까지 내 얘기를 인용해 주었던 것이다.

말살(抹殺) 있는 사물을 뭉개어 아주 없애 버림.

똑똑. 문 쪽에서 노크 소리가 들린다. 이내 정 양이 머뭇거리며 고개를 내민다.

저어, 최 과장님. 국밥을 가져왔는데요.

아, 들어와.

정 양이 신문지로 덮은 쟁반을 책상 위에 내려놓고 나간다. 나는 신문지를 벗겨 낸 다음 그것을 작자 쪽으로 밀어 낸다.

자, 먹으라구. 국이 식으면 먹기가 곤란하지. 기름기가 많거든.

나는 약간 목소리를 누그러뜨려 말해 준다. 암, 먹어야지. 이제부터 시작인데, 잘 먹고 힘이 나야 술술 주문하는 대로 불 수 있을 게 아냐. 나는 내심 적이 흡족한 기분으로 그를 바라보며 생각한다.

작자는 마지못해 수저를 집어 들고서 잠시 머뭇거리다가는 이윽고 느릿느릿 먹기 시작한다. 잔뜩 풀 죽은 몰골로 숟가락질을 하고 있는 모습이 조금은 측은하다. 사람이나 짐승이나 먹는 모습은 본디 초라하고 비굴해 보이는 데가 있다. 나는 그동안 신문지를 펴 든다. 어제 조간신문이다. 프로 야구 신인 스카웃으로 각 구단이 한참 열을 올리고 있고, '람보'라는 미국 영화에 관객이 몰린다고 한다. 머리에 피도 안 마른 대학생 녀석들은 여전히 철딱서니 없이 날뛰고 있고, 애꿎은 최루탄만 아깝게 헛돈으로 날리고 있다는 소식은 여느 때와 마찬가지이다. 제기랄, 신세 한번 드럽군. 어떤 놈들은 한가하게 영화관 앞에서 날마다 진을 친다는데, 쯧. 나는 크악, 가래침을 울궈 내어 바닥에 뱉고는 구둣발로 쓱쓱 문질러 버린다. 똑똑. 노크 소리가 들리더니, 이번엔 박의 머리통이 불쑥 나타난다.

최 과장님, 댁에서 전홥니다.

나는 신문지를 내려놓고 일어나 방을 빠져나온다. 빌어먹을, 왜 또 전화질이람. 투덜대며 계단을 올라간다. 전화기는 일 층에 있으므로, 한번씩 들락거릴라치면 여간 짜증스럽지가 않다.

여보. 나예요. 이젠 차라리 날더러 아예 죽어 버리라고 하세요, 제발!

수화기를 들자마자 아내는 느닷없이 징징 우는 소리부터 질러 댄다.

뭐야, 또. 옘병할!

당신 어머니 말예요. 또 일통을 저질러 났다구요. 이 일을 어쩌면 좋아요, 글쎄. 내가 잠깐 요 앞 슈퍼에 다녀오는 틈에, 어떻게 거실로 기어 나왔는지, 소파에다가 오줌을 질펀하게* 싸 놓았지 뭐예요. 아무리 걸레로 지우고 향수를 뿌리고 해 봐도 지린내가 가시질 않아요, 글쎄. 조금 있으면 목사님이랑 손님들이 들이닥칠 텐데, 어쩜 좋죠.

아내는 울음을 꺽꺽 삼키는 시늉이다. 나는 머리 꼭대기까지 차오르는 짜증을 주체할 길이 없다. 집에서였더라면 전화통을

---

*질펀하다 질거나 젖어 있다.

붉은 방

내던져 박살을 내고도 남았을 것이다.

그나저나 여보. 오늘 목사님 심방 오시는 날인 거 알죠? 한시 반에 오신댔어요. 당신한테 해 줄 말씀도 있으시다니깐, 늦지 말고 잠깐이라도 들렀다 가세요. 알았죠?

난 수화기를 꽝 소리가 나게 거칠게 내려놓는다. 잡지를 뒤적이고 있던 박과 정이 힐끔 내 눈치를 보더니 얼른 시선을 돌린다. 나는 현관문을 열고 마당으로 나와 담배를 피워 문다. 눈이 수북이 쌓인 마당으로 찬 바람이 낮게 쓸리고 있다. 어제 아침부터 퍼붓기 시작하던 눈은 그 사이 발목까지 파묻힐 만큼 쌓였다. 지금은 약간 멎은 듯하지만, 예년에 비해 대단히 많은 강설량이라고 오늘 아침 방송에서 말하는 걸 들었다. 화단가 벽돌 위에 쭈그리고 앉는다. 화단엔 이파리를 모두 지우고 뼈대만 앙상하니 남은 단풍나무 한 그루가 껑충하니 서 있을 뿐이다.

여보. 이젠 뭔가 해결책을 찾아요. 어머니 혼자 때문에 우리 온 식구가 언제까지 이렇게 지옥 같은 생활을 해야 하우. 전번에 알아봤던 그 기도원 말예요. 다른 데보담은 시설도 괜찮은 편이고, 원장이 크리스천이라니까 믿을 만도 하잖겠어요. 제발 이번엔 어머닐 기도원으로 보냅시다. 어떡해요, 건강한 사람들이라도 살아야지. 또 그리 하는 게 어머니한테도 좋을 거예요.

예년(例年) 1. 보통의 해. 2. 일기 예보에서, 지난 30년간의 기후의 평균적 상태를 이르는 말.
강설량(降雪量) 일정한 기간 동안 일정한 곳에 내린 눈의 양.

남들이야 우리 사정을 빤히 아니까, 부모를 기도원에 맡겼다고 싫은 소릴 하지도 않을 거구요. 얼마 전부터 아내는 기도원 얘기를 들먹이며 부쩍 안달˙을 하는 기색이었다. 나 역시 그러고 싶은 생각이 없는 건 아니다. 오히려 벌써 오래전부터 그런 생각이 굴뚝 같았다. 아내는 모르고 있지만, 그녀에게서 얘기가 나온 바로 얼마 뒤에 내 발로 걸어서 혼자 그 기도원이란 델 찾아갔었다. 처음 느낌으로는 그곳은 기도원이라기보다는 무슨 정신병자 수용소 같았다. 무허가 여인숙의 그것 모양 다닥다닥 붙은 수십 개의 방문마다엔 하나같이 자물쇠가 채워져 있었고, 겉으로 보기엔 머리통 하나 겨우 디밀 수 있을 정도의 철창문 말고는 통풍구 하나 제대로 붙어 있지 않았다. 그 조그만 방 안에 칠팔 명씩의 노인들을 수용해 놓고 겨우 매끼니 밥만 넣어 주는 모양인데, 그들 대부분이 정신 질환자이거나 노망난 늙은이들이라고 했다. 더러는 발작이 심한 편인 환자들의 발목에 쇠사슬을 채워 두기도 한다고 했다. 찾아오는 사람도 없는데, 십여 마리도 넘는 개들만 주변을 어슬렁거리며 사납게 짖어 대는 그런 지긋지긋한 곳에다가 어머니를 버려야만 한다는 생각을 하니 속이 뒤틀려 오고 머리통이 깨져 버릴 것만 같아서 그만 도망치듯 산길을 내려오고 말았던 것이다.

 그러나 이젠 나도 더 이상 견디어 낼 자신이 없어졌다. 어떻

안달 속을 태우며 조급하게 구는 일.

게 하겠는가. 어머니를 거기에 보내 버릴 수밖에 달리 도리가 없잖은가. 나는 담배를 뻑뻑 피워 대며 자꾸만 끓어오르는 짜증스러움을 억누르려 애쓴다. 어머니를 맡겨? 거기에다가……? 나는 또 가래침을 뱉는다. 누런 가래침이 흰 눈 위에 고름 덩이처럼 엉겨붙는다. 불현듯 아버지의 얼굴이 떠오른다.

아버지는 술에 취한 채 철길에서 최후를 마쳤다. 한마디 유언도 비명도 없이 아버지는 그렇듯 처참하고 흉측하게 눈을 감았던 것이다. 그날 아버지의 검붉은 피가 철길 주변에 어지러이 널려 있던 광경이 아직도 뇌리에서 지워지지 않는다. 걸레쪽처럼 온통 갈기갈기 찢겨져 버린 아버지의 시신을 헌 가마니 한 장이 간신히 덮고 있었다. 연락을 받고 맨 처음 그곳에 달려갔을 때, 나는 아예 울음조차 나오지 않았다. 다만 추악하고 혐오스럽다는 느낌, 그리고 그 무엇인가에 대한 엄청난 증오와 적개심으로 나는 몸을 떨며 서 있었을 뿐이다.

아버지를 이 꼴로 만든 게 누구인가. 무엇이 그를 이렇듯 추악하고 흉물스러운 살덩어리의 파편과 핏물로 해체시켜 버린 것인가. 나는 아버지를 그렇게 만든 원수를 상상해 내려고 애썼다. 분명 술이 취한 채 밤늦게 집으로 돌아오다가, 별안간 철길로 미친 듯 뛰어들어 그 지경을 당한 것이었으나, 그것을 단순한 사고나 자살이라고 돌리기엔 나로서는 너무나 억울하고 원

지경(地境) '경우'나 '형편', '정도'의 뜻을 나타내는 말.

통했다. 아버지의 죽음은 분명 누군가의 책임이어야 했다. 그것이 무엇인지, 그놈들이 누구인지를 찾아내야만 한다고 나는 생각했다.

강제로 옷을 벗고 실직자가 된 후, 아버지는 알코올 중독자로 변했다. 저놈들, 저 빨갱이들을 죽여야 해. 달식아. 저놈들은 모두가 네 원수다. 피는 피로 갚아야 해. 은혜는 당대로 끝나지만, 원수는 수백 수천 년이라도 내리물림을 하는 법이니라. 애비가 못다 푼 한을 네가 풀어 다오. 그래야만 땅속에 억울하게 누워 계시는 네 조부모님과 큰집 작은집 식구들이 편히 눈을 감을 것이니라. 빨갱이놈들의 씨를 말리지 못하면, 이 땅에 통일도 평화도 오지 않는다. 암, 남북통일은 너희들 손으로 기어코 이루어야 한다. 아버지는 아직 어린 나를 붙잡고 때로는 징징 눈물을 흘리기도 했다.

멸공˙·반공˙·방첩˙ — 나는 책상 앞 벽에 그런 표어를 언제나 붙여 놓았다. 아버지는 그걸 보고 어김없이 감격하곤 했다. 또 아버지는 이런 말도 했다. 사람을 믿지 마라. 피를 나눈 가족들 말고는 이 세상의 그 누구도 믿어선 안 된다. 인간이란 족속은 모두가 그렇게 음흉하고 사악한 종자이니까. 눈앞에서는 세상에서 둘도 없이 가깝고 다정한 척 웃고 호들갑을 떨어도, 속마

멸공(滅共) 공산주의 또는 공산주의자를 멸함.
방첩(防諜) 간첩 활동을 막음.

음엔 언제나 칼을 품고 있다가, 이쪽이 돌아서는 순간 등 뒤에서 어김없이 찌르는 법이니라. 빨갱이들이 바로 그러했다. 네 할아버지도 그렇게 해서 돌아가신 거다. 다른 놈들이 아니라 가장 가까이서, 은혜를 원수로 갚은 그 짐승 같은 놈들이 그랬단 말이다. 아버지의 그런 말을 귀에 못이 박이도록 들으며 자랐지만, 막상 나는 그런 얘기들에 대해 그다지 실감하는 편이 못 되었다.

그러나, 철길 위에 흩어져 있는 아버지의 살덩이와 피의 웅덩이를 눈앞에 바라보며 서 있는 순간, 나는 비로소 아버지를 이해할 수 있었다. 그리고 어느새 내 몸속엔 아버지의 그 붉은 피가 저주처럼 흐르고 있음을 그제야 또렷하게 깨달았다. 그것은 이미 오래전에 학살당한 내 조부모와 친척들의 죽음으로부터 시작된 원한과 복수와 저주와 증오의 피였다. 그들의 피는 아버지의 몸속에서 하나가 되었고, 아버지의 피는 다시 내 몸속으로 흘러들어 와 내 심장과 실핏줄 하나하나까지 완벽하게 지배하고 있었던 것이다.

그 순간 나는 마침내 원수를 찾아내었다고 생각했다. 원수는 멀리 있지 않았다. 내 조부모와 친척들 그리고 아버지를 그토록 처참하게 죽인 원수는 하나였다. 그 원수는 이번엔 내 목을 조르려 덤벼들 것이고, 또한 머잖아 틀림없이 내 아들과 딸과 내 아내를 노릴 것이며, 나아가 내 손자들과 또 그들의 아들들, 또 그들로부터 나올 더 많은 내 자손들까지 해치우려 할 것이라는 사실을 나는 알았다. 그들은 도처에 숨어 있었다. 이 자유로운 땅에서도 그놈들은 곳곳에 독지네처럼, 독버섯처럼 숨어서 호시탐탐 활개 치고 기어 나올 틈을 엿보고 있었다. 그것은 바로 빨갱이들이었다. 국가를 혼란시키고 평화로운 세상을 뒤흔들어서 끝내는 암흑과 피의 소굴로 만들고자 획책하는 사탄의 자손들 — 바로 그놈들이었다.

  나는 천천히 일어선다. 그리고 하늘을 향해 심호흡을 해 본다. 폐부로 스며 오는 차갑고 신선한 공기. 기분이 적이 나아진 듯싶다. 시계를 보니 정오가 가깝다. 이제 일은 대충 끝이 난 셈이다. 어쩌면 오늘 저녁엔 '아방궁'에서 동료들과 술을 마실 수 있을지 모른다. 참, 그러기 전에 점심땐 집에 들러야 한다. 목사님 심방이 있는 까닭이다. 찬송가를 부르고 기도를 올리면, 찌무룩하던 기분도 훨씬 나아질 것이다. 정말, 신앙이란 참으로 오묘하고도 신비한 힘이 있다. 주님 앞에 무릎을 꿇고 조용히 눈을 감아 기도하는 시간엔 얼마나 평화롭고 따뜻한 은총이 가슴속에 느껴져 오는지, 그 놀라운 체험은 이루 말로 표현하기 어렵다. 가끔 마음이 약해지고 용기가 없어지면 즉시 주를 찾으십시오. 그때 주님께선 항상 최 집사님을 팔 벌려 안아 주실 것입니다. 최 집사님 같은 분이야말로 하나님이 가장 아끼시는 이

도처(到處) 이르는 곳.
찌무룩하다 마음이 시무룩하여 유쾌하지 아니하다.

세상의 귀한 파수꾼 종이시니, 필시 다윗과 같은 용기와 솔로몬 같은 지혜를 허락해 주실 것입니다. 목사님은 오늘도 내게 그런 격려의 기도를 해 줄 것이다. 그렇지. 나는 나 혼자만의 삶을 살고 있는 건 아니잖나. 내겐 이 사회와 국가를 저 간악한 악의 세력들로부터 지키고 보호해야 할 의무가 있지 않은가 말이다. 용기를 잃지 말아야 해. 아암.

나는 현관문을 열고 들어가, 지하실로 이르는 계단을 내려간다. 그동안에도 동료들은 수고하는 모양이다. 이 방 저 방에서 고함 소리와 신음 소리가 활기 있게 흘러나오고 있는 참이다. 나는 콧노래를 흥얼거리며, 붉은 방을 향해 걸음을 옮기기 시작한다.

일곱

푹신한 소파에 몸을 디밀고 앉아서도 팔을 들어 올리기조차 힘겹고 거북하다. 초콜릿 빛깔의 부드러운 소파의 천을 쓸어 보며, 마치도 그것이 난생처음 구경해 보는 것처럼 생경하고 이질적으로 느껴진다는 사실이 의아스럽다. 그것이 지닌 부드러움이 오히려 심한 비현실감을 주는 것이다.

집으로 돌아가게 되리라는 말을 정말 믿어도 좋은 것일까. 나는 시큰거려 오는 무릎을 손으로 주무르며 생각한다. 뭔가 사정이 달라졌으리라는 예감을 한 것은 저녁 무렵부터였다. 점심을 먹고 나서 오랫동안 모습을 나타내지 않던 그들이 다시 방 안으로 들어섰을 때, 난 그들의 태도에 어떤 변화가 있음을 알아냈다. 어딘가 느긋해하는 눈치가 보였고, 반말투가 없어졌으며, 노골적으로 부드러운 태도를 보이려 했다. 저녁이 되자 그들은 여럿이 함께 나타나 내 몸의 여기저기를 살폈고, 믿어지지 않게시리 상처의 흔적이 남아 있지 않은 상태에 대해 안도하는 눈빛이 역력했다. 그리고는 가죽 잠바 사내가 말했다. 오 선생. 당신, 어젯밤에 꿈을 잘 꾼 모양이야. 집으로 돌아가게 되었으니 말야. 그 말을 들으면서도 나는 막상 놀라지 않았다.

성기 씨. 첨부터 우린 만나선 안 될 사람들였어요. 결국 이렇게 처참하게 깨어져서 서로 등을 돌릴 수밖에 없도록 되어 있었던 거라구요(여자). 무슨 말이야 은애. 은앤 지금 일부러 거짓말을 하구 있어, 그렇지(남자). 고개를 들어 텔레비전에 눈길을 준다. 화면 속에서 두 남녀가 강둑길을 걸어가고 있다. 저들은 무엇을 하고 있는 걸까. 그리고 지금 이 시간 텔레비전 앞에서 저 남녀의 유치한 말과 동작 하나하나에 눈길을 주고 있을 수많은 사람들은 또 어떤 사람들인가. 뭔가에게 철저히 기만당하고 있는 듯한 느낌에 나는 입술을 악문다.

유리창 밖, 어둠 속으로 하얀 눈이 소리 없이 떨어져 내리고 있다. 실내의 불빛이 유리창 너머 땅바닥을 비스듬히 드러내고

강둑길(江--) 강을 따라 쌓아 놓은 둑 위로 난 길.

있고, 그 저편의 공간은 희미하게 지워져 있다. 여기가 어딜까. 아무리 보아도 평범한 단독 주택의 거실처럼 꾸며져 있는데, 그렇게 넓은 지하실이 그 밑에 감춰져 있다는 사실이 믿기 어렵다. 주변을 지나가는 차량의 불빛이나 소음이 전혀 없는 걸로 보아, 시내에서 꽤 떨어진 어느 야산 기슭이나 들판에 이 건물만 따로 떨어져 있는 모양이다.

나는 한동안 창밖으로 소리 없이 내려 쌓이는 눈을 바라보며 여전히 꿈을 꾸고 있는 듯한 허망하고 몽롱한 기분에서 쉬이 깨어나지 못한다. 너무나 서정적이고 평화로운 그 풍경이 왠지 터무니없게 허황하고 어처구니없게만 여겨진다. 내가 왜 이렇게 되었을까.

이봐요, 오 선생. 날 원망하겠지만, 사실을 알고 나면 되레 감사해야 할 거요. 이렇게 불구속˙ 처리하게 된 게 누구 덕인지 모를 거요. 허허헛.

사내가 말한다. 나는 창밖으로 초점 풀린 시선을 보내며 생각한다. 어젯밤이 꼬박 새도록 사내는 그 붉은 방에서 내게 수없이 많은 질문들을 해 왔었지만, 지금은 그 내용이 무엇이었는지조차 기억나지 않는다. 다만 나하고는 무관하고 전혀 이해할 수조차 없는 언어의 파편들을 그저 몽유병자처럼 되풀이하고 또 주문을 외듯 따라 하기를 강요당했다는 사실 말고는.

불구속(不拘束) 구속하지 아니함.

아하하. 오호호호호. 텔레비전 화면의 남녀들이 호들갑스레 한바탕 웃음을 터뜨리고 있다. 나는 차마 눈을 감아 버리기로 한다. 까닭도 대상도 알 수 없는 분노가 온몸을 떨게 만든다.

  이보쇼, 오기섭 씨. 모든 일은 없었던 걸로 하고 서로 상쾌하게 잊읍시다. 까짓 거, 나 역시 그러고 싶어서 한 일도 아니구, 이게 다 나라와 민족을 위해 일하다 보니까 부득이˙ 생긴 일 아뇨. 참, 밖에 나가서 말조심하시구려. 하긴 사리를 분별할 만한 사람이니까 믿겠소만. 이건 경고라기보다는 충고요. 허허. 자, 악수나 하고 헤어집시다. 웃는 낯으로 헤어져야, 담에 만나더라도 쑥스럽지 않은 법이오. 허허. 가죽 잠바 사내가 악수를 청한다. 나는 멀거니 그 자의 얼굴을 쳐다본다. 이 사내가 가진 얼굴은 대관절 몇 개쯤일까. 이런 모습도 인간의 표정이랄 수 있는 걸까. 정말이지, 인간이란 족속의 정체란 어떤 것일까. 나는 아직도 지긋지긋하게 길고 끔찍스러운 악몽 속을 헤매고 있는 것만 같다. 사내는 혼자 손을 내밀었다가 내가 끝내 거절하자 쑥스러운 기색도 없이 도로 거두어 갔다.

  그 사이 차가 도착했고, 사내들이 문을 열고 들어선다. 맨 처음 나를 이곳으로 데려왔던 바로 그 사내들이다.

  잘 가요, 오 선생. 내 이름은 최달식이오. 그리고 아까 내가 한 말, 잊지 않는 게 신상에 이로울 거요. 그럼.

부득이(不得已) 마지못하여 하는 수 없이.

문이 닫히기 전, 가죽 잠바가 내게 말한다. 나는 뒷자리에 실려졌다. 차가 움직이기 시작한다. 최달식이라고? 그런데 그 자는 왜 제 이름을 내게 가르쳐 주었을까. 철 대문을 나서자 사내들 중 하나가 자기의 저고리를 벗더니 내 머리 위에 씌운다. 거기서부터는 모든 게 처음 이리로 실려 오던 때의 되풀이다.

한동안 비포장길을 흔들리며 달려가던 차는 이윽고 덜컹거리기를 멈추고 부드럽게 미끄러지기 시작한다. 사내들 중 누군가가 스위치를 넣었는지 라디오 소리가 흘러나온다. 뉴스 시간이다. 증권 시장의 주가가 연일 상승세이고, 설악산은 폭설로 교통이 막혔다는 소식을 아나운서가 전한다. 간밤엔 비무장 지대에 북괴군의 도발로 인한 약간의 총격전이 있었다고 유엔 사령부가 발표했으며, 서울 어느 아파트에 들어온 강도가 주부와 딸아이를 목 졸라 죽이고 달아났고, 이라크의 폭격으로 이란의 한 도시가 불탔는데 사망자는 수백여 명이 넘었다 한다. 세계 챔피언인 우리나라 프로 권투 선수는 부산에서 상대를 케이오 시켜 방어에 성공했고, 마지막으로 심장병 어린이를 위한 성금 모금에 참여한 단체와 개인의 이름들이 호명되어지고 있다.

엎드린 채 그 아나운서의 목소리를 들으며, 왠지 자꾸만 웃음이 터질 듯하다. 그것은 내가 잃어버린 세상과 시간들에 대한

비무장 지대(非武裝地帶) 교전국 쌍방이 협정에 따라 군사 시설이나 인원을 배치하지 않은 지대. 충돌을 방지하는 구실을 한다.
북괴군(北傀軍) 북한군. '북괴'는 '북한'을 괴뢰 집단이라고 낮잡아 이르던 말.

며칠 동안의 얘기들이다. 어느 날 아침, 아무런 흔적도 없이 나는 세상으로부터 끌려 나와서 그 기괴한 빛깔로 채색된 지하실에 감금되어 있었지만, 사람들은 아무도 눈치 채지 못했을 것이고 아무런 관심도 기울여 주지 않았을 것이다. 내가 감쪽같이 사라져 버린 그동안에도 세상은 변함없이 돌아가고 시간은 여느 때처럼 흘러갔다. 그리고 이제 나는 아무도 눈치 채지 못하는 사이에 다시 그곳으로 돌아가고 있다. 또 피싯, 웃음이 터진다. 날 원망하지 마쇼. 이렇게 몸 성히 돌아가게 된 것만도 천만요행인 줄 알아야지. 최달식이라는 그 사내가 아까 그랬었다.

그래. 정말 이런 건 아무 일도 아닐는지 몰라. 난 어쩌다가 아주 허술한 함정에 빠져서 잠시 허우적대다가 다시 빠져나온 정도에 지나지 않을 거야. 정작 바로 지금 이 순간에도 어느 숨겨진 밀실 혹은 지하실에선 얼마나 많은 사람들이 그 무서운 고통을 겪고 있는 것일까. 하지만 사람들은 그들의 행방˙ 따위엔 눈길 한 번 돌리지 않은 채 참으로 태연하고 태평스럽게 살아가고 있을 뿐이다. 아니, 누구보다 나 역시 얼마 전까지 바로 그랬었다. 칠판에다 시험 문제를 풀어 가면서, 무심히 거리를 지나면서, 동료들과 술잔을 기울이면서, 텔레비전 앞에서 턱을 괴고 엎드려 프로 야구를 보면서, 나는 바로 그 똑같은 시간 이 땅 어딘가에 그렇듯 괴이하고 기묘한 붉은 방이 존재한다는 사실은

행방(行方) 간 곳이나 방향.

아예 상상조차 못하고 지내 왔던 것이다.

문득 머리에서 저고리가 벗겨져 나간다.

이젠 됐소. 일어나도 좋아요.

창밖으로 가로등의 불빛이 스쳐 지나가고 있다. 눈에 익은 거리, 상점의 간판들, 그리고 어깨를 잔뜩 웅크리고 바쁘게 귀가하는 행인들이 보인다. 워우워우. 당신의 그 모습이 좋아. 귀여운 그 모습이 조오와. 워우워우. 라디오에선 노랫소리가 흘러나오고 있다. 이윽고 차가 멎었고, 앞자리의 사내가 뛰어내리더니 뒷문을 열어 준다.

자, 내리시오. 여기서부턴 걸어가시는 게 좋겠소. 그리고 이거 받아요.

사내가 내게 가방을 안겨 준다. 그걸 받아 안고 나는 말없이 차에서 내린다. 그리고 사내들을 태운 차가 멀어져 가는 모습을 엉거주춤 서서 지켜본다. 길바닥에 쌓인 눈이 가로등 불빛을 하얗게 반사하고 있다. 나는 한동안 주위를 두리번거린다. 눈에 익은 골목길. 그곳은 바로 며칠 전(나는 아직 그동안 몇 날 몇 밤이 지났는지도 모르고 있다) 내가 사내들에게 붙잡혀 차에 태워졌던 바로 그 자리임을 나는 깨닫는다.

이윽고 나는 걷기 시작한다. 다리가 후들거린다. 두어 발쯤 옮기다가 나는 전신주에 겨우 몸을 기대고 섰다. 저만치 십오 층짜리 아파트 건물이 어둠 속에 껑충하니 솟아 있는 게 보인다. 거기엔 내 집이 있다. 아내는 딸아이를 안고 초조하게 날 기다리고 있을 것이다. 하나, 둘, 셋, 넷…… 나는 눈어림으로 아파트의 창을 아래서부터 한 칸씩 세어 올라간다. 하지만 내 집이 있는 구 층까지 이르기도 전에 시야가 엉망으로 혼란을 일으킨다. 닭장처럼 촘촘히 박힌 창문마다엔 환한 불빛들이 켜져 있다. 불현듯 피잉 눈물이 돈다. 돌아온 것이다. 내 집으로. 아내와 딸이 기다리는 우리 집으로…… 그러나 얼른 걸음을 옮길 수가 없다. 어찌 된 영문일까. 나는 지금 이 눈밭에 서서 내 집 쪽을 바라보고 있는 이 육신이 정말 나 자신의 소유라는 게 확신이 서지 않는다. 이제 난 결코 예전의 내가 아니었다. 예전의 나를 송두리째 빼앗겨 버린 것이다. 붉은 방에서 보낸 그 몇 개의 밤과 낮 동안 내 육신과 영혼은 만신창이로 갈가리 찢겨져 버렸고, 그자들은 인간과 세상에 대한 소름 끼치는 환멸과 증오로 걸레쪽처럼 찢겨져 버린 내 육신을 다시 내 집 앞에다가 멋대로 내팽개친 채 유유히 사라져 버린 것이다.

그러자 가슴속에서 무언가 뜨겁고 단단한 불덩이 같은 것이 꿈틀거리기 시작한다. 차츰차츰 내 전신의 구석구석까지 뜨겁게 퍼져 나가다가 이윽고는 엄청난 열기로 타오르는 그것은 분노였다. 나는 집을 향해 다시금 걸음을 옮긴다. 누군가 맞은편에서 다가오고 있는 게 보인다.

여보세요. 오늘이 며칠입니까! 무슨 요일입니까!

나는 다짜고짜 고함을 지르듯 그렇게 물었다. 낯선 중년의 사내가 놀란 얼굴로 나를 쳐다보고 있다.

여덟

차가 떠나고, 철제 대문이 쿵 소리를 내며 닫혔다.

저 친구. 용궁에 왔다 살아 나가는 기분이겠구만. 흐흐.

철문을 닫고 나서 현관으로 들어가며 박이 지껄인다. 나는 마당에 혼자 남아 허리에 손을 걸친 채 밤하늘을 쳐다본다. 먹지 같은 하늘엔 아무것도 빛나지 않는다. 얇은 눈가루들이 어둠 속을 날아와 뺨을 스치며 떨어진다. 왠지 까닭 모를 허탈감이 몰려온다. 이상하게도, 붉은 방에서 며칠씩 함께 씨름을 하던 작자들을 일단 떠나보내고 나면, 늘상 이렇듯 바람 빠진 풍선 모양 허전하기도 하고, 누구에겐가 지독스러운 모욕을 당하고 난 것처럼 불쾌하고 꺼림칙한˙ 기분에 젖어 들곤 하는 것이다. 뭐랄까. 뭔가 대단히 아까운 것을 놓쳐 버린 듯한 아쉬움이, 어떤 맹목˙적인 증오랄까 분노 같은 것과 함께, 유독한 기포˙처럼 마음속에서 부글부글 끓어오르기 시작한다.

크악, 가래침을 뱉어 내고, 나는 거실로 들어간다. 그리고 소파에 등을 묻고 앉는다. 그러다가 문득 창유리에 비치는 내 모습을 찾아낸다. 나이보다도 훨씬 늙고 추한 얼굴 그리고 주름진 이마 아래 박혀 있는 음울한 눈빛 속에서, 나는 오랜 세월 고통

꺼림칙하다 매우 마음에 걸려 언짢은 느낌이 있다.
맹목적(盲目的) 주관이나 원칙이 없이 덮어놓고 행동하는. 또는 그런 것.
기포(氣泡) 액체나 고체 속에 기체가 들어가 거품처럼 둥그렇게 부풀어 있는 것. 거품.

과 증오와 분노로 찌들려 온 나 자신의 모습을 본다. 죽어 버리고 싶어. 난 네가 싫다. 널 죽이고 싶다. 갈기갈기 찢어 죽여 버리고 싶단 말이다. 나는 유리창 저편에서 나를 쏘아보고 있는 그 흉측스러운 얼굴의 사내를 향해 까닭도 없이 그렇게 마구 고함을 치고 싶은 충동을 간신히 억누른다. 나는 일어나서 지하실로 통한 계단을 내려간다.

 복도는 지하 묘지처럼 음습하고 희뿌연 빛으로 가득 차 있다. 으아아아. 우욱. 삼호실에서는 이제부터 본격적으로 작업을 시작하는 모양이다. 숨넘어가는 시늉으로 질러 대는 비명 소리가 스테레오로 새어 나온다. 나는 맨 끝 방으로 들어가, 스위치를 찾아 불을 켠다. 파르르르. 형광등이 푸들푸들 불빛을 털어 내며 깜박이다가 켜진다. 온 방 안으로 가득히 쏟아져 들어오는 핏빛의 바다…… 언제부터인가 이 붉은 방에 들어서면 나는 마음이 차분히 가라앉음을 느끼곤 했다. 붉은 벽, 붉은 천장, 붉은 침대— 그 속에서 나는 늘 쾌감 같기도 하고 통증 같기도 한, 어떤 아찔한 현기증을 일으키곤 하는 것이다. 그래선지 이 방의 아늑하고 친숙한 분위기를 나는 좋아한다.

 나는 기도를 올리기 위해 책상에 양 팔꿈치를 가지런히 세운다. 그리고 마음을 가다듬느라 허공의 어느 한 점을 조용히 응시한다. 이윽고 그 붉은 바다 위로 핏방울처럼 하나 둘 돋아나

스테레오(stereo) 방송이나 레코드 등의 입체 음향 재생 방식. 또는 그런 장치.

기 시작하는 사람들의 형체들…… 아버지, 용술이, 그리고…… 뇌막염으로 죽은 내 아들 한수…… 불쌍한 내 아들…… 나는 가만히 눈을 감고 기도를 올리기 시작한다. 주님. 악을 멸하시고 의인을 사랑하시는 우리 주님. 이 죄인을 버리지 마시옵고 사탄의 유혹에 빠지지 않도록 굳건한 믿음으로 지켜 주시옵소서. 오오 주여. 저희들 비록 죄 많고 어리석기 그지없는 양들이오니…… 기도를 올리고 있는 동안 어느새 성스러운 은총과 기쁨이 내 온몸을 따뜻하게 감싸기 시작하고 있음을 나는 역력히 느낀다. 그리고 마침내 그것은 이 붉은 방 안을 가득히 채우기 시작하고 있다.

■ 『이상문학상 수상작품집 12』(문학사상사, 1988)

● 등장인물 들여다보기

오기섭

서울의 어느 사립 고등학교에서 학생을 가르치고 있는 교사이자 평범한 소시민입니다. 시를 쓰고 싶어 하지만 바쁜 일상에 밀려 한 줄의 시조차 쓰지 못하며 살아가고 있습니다. 항상 시간에 쫓기는 이른 출근, 보충 수업까지 마치고 나면 언제나 늦은 퇴근, 반복되는 일상과 직장 생활의 따분함에 염증을 내고 있는 상태입니다.

그러던 어느 날 그는 출근길에 영문도 모른 채 느닷없이 형사들에게 연행되어 갑니다. 나중에 알게 된 그가 연행된 이유는, 그가 수배 중이던 이상준을 며칠 동안 자신의 집에서 지내도록 해 준 것 때문이었습니다. 그는 붉은 색 페인트로 사방이 칠해진 방에 갇혀 모진 고문을 당합니다. 고통을 견디다 못한 그는 형사들이 요구하는 대로 진술을 해 주고 나서야 풀려납니다. 며칠 만에 풀려난 그는 자신에게는 너무나 잔인하고 끔찍했던 그 며칠 동안 아무 일도 없었다는 듯이 돌아가는 세상이 낯설기만 합니다. 그는 붉은 방에서 겪었던 잔인한 폭력과 비인간적인 대우, 그리고 그를 고문하던 형사들의 끝을 알 수 없는 증오와 적개심에 치를 떱니다. 또한 이제 다시는 예전의 자신으로(무기력감과 권태에 빠진 일상의 감각으로) 돌아가 세상을 살아갈 수 없음을 뼈저리게 느낍니다. 그리고 그 또한 속에서 치밀어 오르는 분노를 참기 힘들다는 느낌을 받습니다.

그는 하루하루의 삶을 약간의 권태와 염증 속에서 살아가는 소시민의 삶을 살고 있는 인물로서, 배운 사람으로서 사회 현상에 대한 그 나름의 비판적 인식도 지니고 있습니다. 붉은 방에서의 체험은 그가 막연하고 어렴풋이 느끼던 사회적 폭력과 야만성의 실체를 똑똑히 깨닫게 만듭니다. 공권력의 광기 앞에서 그는 그저 철저하게 짓밟힐 수밖에 없는 무력한 존재일 뿐이었던 것입니다.

최달식

공안 사건을 담당하는 형사입니다. 그의 아버지 또한 경찰이었습니다. 그의 조부모를 비롯하여 집안의 많은 사람들이 6·25 전쟁 때 인민군(혹은 남로당)에 의해 희생되었습니다. 분노에 가득 찬 그의 아버지는 빨갱이로 지목되어 잡혀 있던 사람들 중에서 두 사람을 직접 총살하고, 그 모습을 어린 그를 데려가서 똑똑히 목격하도록 하였습니다. 그 광경은 어른이 되어서도 그의 뇌리에 깊이 박혀 있습니다.

그는 큰아들을 뇌막염으로 잃었습니다. 가끔 화가 나면 아이들에게 손찌검을 하는 버릇이 있는 그는, 큰아들이 왠지 자신 때문에 죽은 것 같다는 죄책감에 사로잡히곤 합니다. 그런 그가 마음의 안식을 얻는 것은 하나님께 기도를 올리는 때뿐입니다. 공안 형사로서 시국 사범(혹은 보안 사범이라고도 합니다)을 주로 잡다가 붉은 방에서 모질게 고문을 하고 자백을 받아 내고 나면 그는 종종 까닭 모를 허탈감에 빠집니다. 세상을 향한 분노와 적개심에 참을 수 없는 마음이 되는 때가 종종 있기도 합니다. 그럴 때마다 그는 하나님께 기도를 하며 마음을 다스리고, 그의 삶과 일이 세상의 악을 몰아내는 일이라 생각해 봅니다.

그가 어린 시절 겪은 고통스러운 체험이 심리적 외상(트라우마)이 되어 평생을 쫓아다닙니다. 치매에 걸린 어머니도, 우악스럽고 폭력적인 성격이 되어 버린 자신도, 자식을 잃은 것도, 그의 머릿속에서는 모두 아버지로부터 비롯된 비극으로만 여겨집니다. 그는 그가 심문하는 공안 사범들을 모질게 고문하면서 다른 한편으로 자기 자신을 파괴해 나갑니다. 주변의 사람들에게 폭언을 일삼고 폭력을 행사하며 적개심과 분노를 키워 가면서, 동시에 자신을 증오하고 저주하는 인물입니다.

● 작품 Q&A

"선생님, 궁금해요!"

Q 이 작품은 두 사람의 목소리로 서술되어 있습니다. 두 사람의 '나'가 장면에 따라 번갈아 나오면서 이야기를 전개하는 방식이죠. 작가가 이러한 방식을 활용한 이유는 무엇인가요?

A 맞습니다. 이 작품에서 화자(서술자)는 두 사람입니다. 한 사람은 오기섭(붉은 방에 잡혀 온 사람)이고, 다른 한 사람은 최달식(오기

섭을 심문하는 사람)입니다. 그런데 작가는 이 두 사람으로 하여금 장면을 바꾸어 가면서 모두 일인칭으로 서술하도록 하는 방식을 선택했습니다. 즉, 두 목소리의 '나'가 존재하는 셈이지요. 작가는 왜 이런 식으로 이야기를 전개하는 걸까요?

우선 개념부터 정리하고 가죠. 오기섭의 '나'도, 최달식의 '나'도 모두 일인칭 주인공 시점의 서술자 역할을 맡고 있습니다. 따라서 이 소설의 시점은 일인칭 주인공 시점입니다. 다만 일반적으로 소설의 화자는 한 명인데, 이 작품은 두 명으로 되어 있는 셈이죠. 이를 두고 다초점 서술자(화자)라고 합니다. 둘 이상의 시점으로 사건을 바라본다는 뜻입니다. 가령, 액자 소설에서는 '겉 이야기'를 서술하는 화자가 있고, '속 이야기'를 서술하는 화자가 따로 있는데, 보통 이런 경우는 이중 화자라고 합니다. 그런데 이 작품은 '겉 이야기 – 속 이야기'의 액자 소설 구조가 아니고, 하나의 사건을 바라보는(겪는) 두 인물의 이야기가 번갈아 가면서 병렬로 진행되는 방식입니다. 흔한 방식은 아니지만 종종 쓰이는 서술 방식입니다.

두 개의 시점을 활용하는 이유는 아주 단순합니다. 두 개의 시점이 필요하기 때문입니다. 왜 두 개의 시점이 필요할까요? 하나의 사건에 담긴 진실(혹은 해석)의 모습을 서로 다른 관점에서 보여 줌으로써 두 개의 진실 혹은 사건의 양면성을 보여 주기 위해서입니다. 세상일은 보는 사람에 따라 달리 보입니다. 선과 악도, 옳고 그름도 보는 사람에 따라 다를 수 있습니다. 특히 이 작품에서처럼 서로 상반된 시각과 입장에서 사건을 바라보는 경우가 이 세상에는 얼마든지 있습니다. 서로 다른 시각과 해석을 함께 봄으로써 우리는 진실의 모습에 한걸음 더 다가갈 수 있습니다. 또한 삶의 복잡성과 다양성을 더욱 깊이 있게 파악할 수 있습니다. 그런 점에서 이러한 방식은 매우 효과적이라 할 수 있겠습니다.

Q 붉은 방에서 며칠을 보내고 난 후 오기섭에게 있어 '일상의 삶'이 갖는 의미는 전혀 달라지는 것으로 보여요. 어떻게 그 의미가 달라지는지, 그렇게 달라진 이유는 무엇인지 설명해 주세요.

A 네, 참 중요한 질문이네요. 사람은 뭔가 큰일을 겪게 되면 생각과 태도가 달라지는 경우가 많죠. 붉은 방에서 지독한 며칠을 보낸 오기섭은 스스로도 더 이상 예전의 자신으로 다시 돌아갈 수는 없다는 생각을 하죠. 그만큼 붉은 방에서의 며칠이라는 시간이 그의 삶에 큰 영향을 미쳤다고 보아야 할 겁니다.

형사들에게 연행되기 전 오기섭은 일상의 삶은 매우 따분하고 힘들다고 느낍니다. 매일 반복되는 일들이 지겹고, 아침 일찍 해야만 하는 출근도 힘겹다고 느끼지요. 붉은 방에 잡혀 가던 그날만 해도 학교의 장학 금고에서 대출을 받기 위해 아쉬운 소리를 해야 하는 자신의 처지를 한심스럽게 느끼며 왜 항상 이렇게 구차하게 살아야 할까 하는 생각에 잠기지요.

그러나 붉은 방에서 며칠을 지내고 난 뒤 풀려나온 그에게(아니, 연행되기 시작하는 그 순간부터) 일상의 삶은 애틋하고 소중한 그 무엇이 됩니다. 매일 출퇴근을 하던 길과 자신이 살던 아파트는 새삼 반갑고 살가운 존재로 다가옵니다. 우리가 평소에는 그 소중함을 잊고 지내던 것들이 한동안 떨어져 있게 되면 그리워지고 소중함을 깨닫게 되는 것과 같은 이치입니다.

그런데 일상을 대하는 오기섭의 태도 변화는 단지 새삼스럽게 일상이 소중하다는 것을 깨닫는 것에 그치지 않습니다. 붉은 방에서 며칠을 지내고 난 뒤의 일상은 다른 중요한 의미를 하나 더 갖게 됩니다. 그것은 바로 일상이 얼마나 허위와 가면으로 가려져 있는가 하는 것입니다.

오기섭은 붉은 방에서의 체험을 통해 사람들이 일상을 살아가면서 잊고 있는 또 다른 삶의 진실을 경험합니다. 그것은 바로 세계의 폭력성, 분단의 아픔, 민주주의라는 이름 속에 숨어 있는 비민주성(공권력의 비민주성) 등 미처 우리가 일상에서 절실하게 느끼지 못하는 삶의 이면들입니다. 신문지상에서 혹은 텔레비전 뉴스에서 이와 연관된 일들이 전혀 언급되지 않는 것은 아닙니다만, 대부분의 사람들은 별 관심을 기울이지 않고 지나칩니다. 오기섭 또한 그랬으니까요. 하지만 붉은 방에서 혹독한 며칠의 시간을 보내고 돌아온 오기섭은 아무 일도 없었다는 듯이 평온하게 돌아가는 세상을 보며 경악합니다. 사람들은 그가 겪은 일 따위는 안중에도 없다는 듯이 평상시와 같은 삶을 살고 있죠. 한 사람의 인생을 송두리째 파괴할 수도 있는 일이, 사람들이 살아가는 일상 바로 밑에 숨어 있다는 사실, 겉으로는 평온해 보이지만 그 일상이라는 것이 실제로는 매우 불안정하고 가식적이며 모래 위의 성과도 같은 것이라는 점을 오기섭은 절실하게 느끼지 않을 수 없었습니다. 아울러 우리의 일상을 불안과 공포로 가득 차게 만드는 것이 다름 아닌 공권력이 될 수 있다는 사실이 오기섭으로 하여금 치를 떨게 만듭니다.

Q '붉은 방'이라는 제목에도 나타나듯이 이 작품에서 붉은색은 어떤 의미를 함축하고 있거나 상징적으로 보여 주는 듯합니다. 붉은색의 이미지에 대해서 설명해 주세요.

A 이 작품에서 붉은 방은 여러 측면에서 매우 중요한 의미를 지닙니다.

우선 붉은 방은 핵심 사건이 벌어지고 진행되는 공간입니다. 그 공간의 특징 중 하나는 폐쇄성입니다. 즉 갇혀 있는 공간, 외부와 단절된 공간이라는 점입니다. 이것은 일상과의 단절, 외부의 도움이 미칠 수 없고 외부와 소통할 수 없는 공간, 양지가 아니라 음지라는 의미 등을 갖습니다.

붉은 방의 또 다른 특징이 바로 붉은색의 이미지입니다. 붉은색은 매우 강렬한 색입니다. 동서고금을 막론하고 붉은색의 이미지는 언제나 다양하면서도 매우 압도적인 이미지로 표현되었습니다.

그러면 이 작품 속에서 붉은색이 연상시키는 것은 무엇일까요? 우선 자연스럽게 떠오르는 것은 피의 이미지입니다. 붉은 방은 수많은 사람들이 모진 고문을 당하는 곳입니다. 오기섭도 마찬가지로 그 붉은 방에서 형사들의 폭력에 시달립니다. 생명을 장담할 수 없는 극한의 폭력은 피의 이미지로 이어지고, 이 이미지가 붉은색에 고스란히 드러나 있습니다. 한마디로 '피의 광기'라 말할 수 있습니다.

붉은 방의 붉은색에 담긴 피의 이미지는 과거와도 연결이 됩니다. 최달식이 어려서 목격했던 총살당한 사람의 선연한 피, 철도에서 목숨을 잃은 아버지의 피, 자신의 주먹에 맞은 아들 한수의 코에서 흐르던 피, 이 모든 피의 이미지는 붉은색과 연결되어 있습니다. 생과 사의 갈림길에서 피의 이미지는 폭력성, 잔인함, 생명의 파괴, 희생, 처절한 죽음 등의 의미를 함축하고 있습니다.

붉은색의 또 하나의 이미지는 정치적인 의미에서의 불온함입니다. 이 작품에서 붉은색은 정치적인 불온성과 연관이 있습니다. 최달식의 아버지는 이른바 '빨갱이'를 잡는 경찰이었습니다. 빨갱이라는 표현에서 알 수 있듯이 붉은색은 좌익 혹은 좌파를 상징하는 색깔입니다. 최달식 또한 붉은 방에 잡혀 오는 시국 사범들을 모두 빨갱이라고 부릅니다. 최달식의 아버지나 최달식에게 붉은색은 공산당, 좌익을 의미하는 것이고, 나아가 그들은 세상의 악이며 사탄이기도 합니다. 그런 의미에서 붉은색은 말살하고 척결해야 하는 악의 무리, 혼신의 힘을 기울여 맞서 싸워야 할 대상이기도 합니다. 최달식의 아버지와 최달식에게 붉은색의 이미지는 정치적인 불온함이고 나아가 분노와 적개심의 대상, 복수해야 할 원수, 종교적으로는 악의 무리 혹은 사탄입니다.

Q 작품 속에서 오기섭은 자신이 살고 있는 시대를 '야만과 폭력의 시대'라고 표현합니다. 이 작품의 시대적 배경에 대해 좀 더 자세히 설명해 주세요.

A 이 작품은 1988년 여름에 발표되었습니다. 그러니까 대체로 1988년 여름 이전의 어느 시기로 작품의 시대적 배경을 추정할 수 있습니다.

1980년부터 1987년까지의 이른바 제5공화국은 군사 쿠데타를 통하여 집권한 권위주의적 정권의 시기로서 매우 비민주적이고 억압적인 시기였습니다. 우리 사회는 1987년도에 전국적인 민주화 시위의 결과로 헌법을 개정하고, 개정된 헌법에 의해 국민 직선 대통령 선거가 실시됩니다. 따라서 이 작품의 시대적 배경을 좀 더 구체적으로 추정한다면 1980년부터 1987년 사이의 어느 시점으로 볼 수 있습니다.

이 작품에서 오기섭은 아무런 설명도 없고 영장의 제시도 없이 다짜고짜 형사들에 의해 강제로 연행, 감금됩니다. 또한 심문 과정에서 무자비한 폭력이 가해지고 변호사를 비롯한 그 어떤 법적 보호나 지원도 받지 못합니다. 이러한 일들은 제5공화국 정권에서 이른바 시국 사범을 조사할 때 흔히 자행되던 일들입니다. 물론 그 이전의 박정희 정부 시절에도 이런 일들이 없었던 것은 아닙니다. 유신 정부 시절에도 시국 사범의 불법 연행 및 고문은 적잖게 있었습니다. 따라서 이 작품의 시대적 배경은 일차적으로 제5공화국으로 볼 수 있으되, 그 이전의 박정희 정부 시절까지 포함하여도 상관없다고 할 수 있습니다. 권위주의적 정부, 비민주적 정권이라는 측면에서 본다면 본질적으로 공통되는 시대이기 때문입니다. 다만, 작품에 등장하는 자질구레한 단서(프로 야구 이야기나 '람보'라는 영화에 관한 소식 등)들로 추정한다면 제5공화국의 어느 시기로 보는 것이 타당합니다.

이 시기의 특징은 작품에 드러난 바대로입니다. 비민주적 정권에 대항하는 잦은 시위, 이를 막으려는 공권력의 불법적 행태, 이 속에서 짓밟히는 인권 등이 당시의 시대 상황을 잘 보여 주고 있습니다.

Q 오기섭과 최달식은 단순히 심문받는 사람과 심문하는 사람이라는 관계뿐 아니라 두 사람의 과거사로 인해 묘하게 얽힌 관계로 보여집니다. 왜 이런 느낌을 받는 것일까요?

A 오기섭과 최달식은 이 작품의 두 주인공이라 할 수 있습니다. 최달식은 오기섭을 심문하는 사람이자 폭력의 주체, 즉 가해자입니다. 오기섭은 최달식에게 심문을 받는 사람이자 피해자입니다. 그런데 이들의 관계는 결코 단순하지 않습니다. 두 사람의 관계가 일방적인 가해자와 피해자의 관계인 것만은 아니기 때문입니다. 최달식은 둘의 관계 속에서 가해자가 분명합니다. 그런데 다른 각도에서 보면 그 또한 피해자이기도 합니다. 비극적인 과거사, 그가 현재 처한 환경이 그럴 뿐만 아니라 누군가에게 폭력을 가하고 적개심을 키움으로써 결국은 스스로를 파괴하고 있기 때문입니다.

두 사람의 과거사를 묘하게 얽혀 놓은 설정 — 최달식은 과거 사회주의자(빨갱이)에 의해 집안이 몰락했고 오기섭은 월북한 사회주의자 큰아버지가 있습니다. 또한 두 사람은 고향이 거의 비슷합니다.—은 아마도 작가의 주제 의식과 깊은 연관이 있다고 봅니다. 즉, 이 작품에서 작가는 1980년대 우리 사회가 겪던 사회적 폭력과 광기의 체험이 분단과 6·25 전쟁이라는 역사적 뿌리와 밀접한 연관이 있다는 점을 말하고 싶은 것입니다. 분단과 6·25 전쟁은 민족 구성원들을 이념과 정치적 입장에 따라 둘로 갈라놓았습니다. 이러한 분열과 갈등은 이데올로기에 무지한 사람들마저도 적개심과 복수심에 불타도록 만들어 놓았습니다. 이러한 갈등의 뿌리가 여전히 1980년대라는 달라진 시간과 공간 속에서 최달식과 같은 사람, 오기섭과 같은 사람으로 변주되어 이어지고 있다는 것이 작가의 문제의식인 듯합니다.

갈등과 분열, 반복과 대립의 역사는 적개심을 대물림하고 복수심을 키웁니다. 그 속에서 이성과 인권의 설 자리는 사라지고 사회적 폭력과 광기의 야만성이 남습니다. 그 광기와 폭력의 현장이 바로 붉은 방이고, 그 공간에 서로 만나는 두 인물이 최달식과 오기섭입니다. 작가는 분열과 반복의 역사적 뿌리 및 그것이 낳은 사회적 결과를 함께 보여 주기 위하여 두 인물의 과거사를 연관시켜 놓은 것입니다.

❉ 더 읽어 봅시다 ❉

이데올로기적 폭력으로 상처받는 개인을 다룬, 작가의 또 다른 작품

임철우, 〈아버지의 땅〉 _공산주의자로 월북한 아버지로 인해 죄의식을 지니고 있는 주인공 '나'가 이름 모를 시신의 발굴을 통해 지난날 아버지와 같은 사람들에게 가해졌던 폭력의 흔적을 확인하고 갈등하는 내용을 담고 있다.

이청준, 〈소문의 벽〉 _무엇으로부터인가 끊임없이 위협당하고 있다는 공포를 느끼고 진술을 거부하는 진술공포증으로 정신병원에 입원해 있는 소설가 박준의 발병 원인을 찾는 과정을 그린 작품이다. 6·25 전쟁 당시 경찰과 공비가 번갈아 가며 마을을 점령하던 상황에서 벌어졌던 횡포가, 작품을 통해 진실을 말해야 하는 소설가에게 표현의 자유를 박탈하며 얼마나 큰 상처를 줬는가를 고발하고 있다.

작가 소개

임철우(1954~)

눈, 기차, 남도, 그리고 인간다움에 대하여

　임철우의 소설에 등장하는 인물들은 제각기 상처를 안고 있다. 그리고 그 상처들은 역사나 사회의 크고 작은 흐름이나 사건과 밀접히 연관되어 있다. 따라서 그는 개인의 삶에 각인된 상처를 그리되, 사회적 시각(perspective)에서 그리는 작가라고 말할 수 있다.

　임철우의 소설에 등장하는 인물들에게 상처를 남기는 역사적, 사회적 사건들은 구체적으로 말하면 남북 분단, 광주 민주화 운동, 폭압적인 군사 정권의 통치 등으로 압축할 수 있다.

　분단의 문제는 임철우의 소설에서 매우 중요한 모티프이자 그가 우리 사회를 바라볼 때 가장 밑바탕에 깔린 상처의 근원과 같은 역할을 한다. 전라남도 완도가 고향인 작가에게 있어서 대개 분단의 상처는 남도의 땅에서 살아가는 공동체의 파괴로 나타난다.

　가령 어느 시골 마을이 있다. 그곳에는 비록 가난하고 고된 삶이지만 오순도순 서로를 도우며 살아가던 사람들이 있다. 하지만 분단은 이 마을의 순박한 사람들조차 좌와 우로 갈라놓는다. 한국 전쟁은 이러한 분열과 갈등이 극에 달하도록 한다. 이념을 앞세워서, 이념이 뭔지도 모르는 시골 사람들이, 서로를 죽이고 극도의 적개심을 키우고 복수의 한을 남긴다. 그리고 그러한 일이 있고 난 후, 그 공동체의 모든 구성원들은 갈등과 분열의 극한 대립 속에서 죽임을 당하거나, 상대방에 대한 극렬한 적개심과 복수심을 간직한 채 광기 어린 삶을 살거나, 지독한 심리적 외상(trauma)을 안고 남은 생을 살아간다.

〈곡두 운동회〉는 한국 전쟁이 남도의 섬마을 사람들에게 가한 폭력이 얼마나 어처구니없는 것이었는가를 잘 보여 주고 있다. 이 작품에서 인민군으로 위장한 국군은 마을 사람들로 하여금 편 가르기를 하게 만들고, 오로지 화를 면하기 위해 사실 관계 따위는 아무런 상관도 없이 행동한 마을 사람들의 상당수가 결국 무참히 희생되는 결과를 낳는다. 이와 똑같은 기만과 위장은 인민군에 의해서도 얼마든지 저질러질 수 있는 상황이기에 마을 사람들은 일종의 패닉 상태에 빠지게 된다. 한국 전쟁이 순박한 섬마을 사람들에게 결코 씻기 힘든 상처를 남기고, 그 상처는 오랜 세월이 흘러서도 여전히 아물지 않고 남아 있는 상황은 〈그 섬에 가고 싶다〉의 주된 모티프이기도 하다. 분단과 전쟁은 분열과 대립 혹은 어처구니없는 대량 학살로 이어진다. 그런데 이 모든 일들은 가해자나 피해자의 자각과 의지에서 비롯된 일이 아니다. '곡두 운동회'라는 제목의 '곡두(꼭두각시)'에서 알 수 있듯이 가해자도 피해자도 사실은 하나의 꼭두각시에 불과하다. 그들은 그저 살아남기 위해 이리저리 몰려다니고, 거짓을 말하고, 남을 모함한다. 하지만 그 결과는 참혹하고 씻을 수 없는 상처로 남으며 대를 이어 전해진다.

분단과 한국 전쟁 못지않게 임철우 소설에서 빈번하게 등장하는 사회적 폭력의 근원은 군부 독재와 광주 민주화 운동이다. 군사 정권의 폭압적인 통치와 그에 저항하는 사람들에 관한 이야기는 주로 일방적인 폭력과 그 폭력에 무참하게 짓밟히는 개인의 모습으로 제시된다. 하지만 여기에서 주목할 만한 점은 작가가 폭력의 피해자는 물론 폭력의 가해자 또한 세심한 눈으로 관찰하며, 그 관찰을 통해 폭력을 가하는 사람의 행위가 실은 양날의 검과 같다는 점을 날카롭게 지적하고 있다는 점이다.

　〈붉은 방〉의 주인공은 학교에서 학생을 가르치는 교사이다. 그는 어느 날 출근길에 느닷없이 강제 연행되고, 사방이 붉은 페인트로 칠해진 방에서 모진 고문을 당한 후 허위 자백을 하고 풀려난다. 사실 이러한 이야기 구도나 소재는 과거 1980년대 및 1990년대의 사회성 짙은 소설에서 무척 많이 등장했었다. 그런데 임철우의 작품 세계가 독특함을 발휘하는 곳은 가해자의 모습을 끈질기게 추적하는 장면에서다. 오기섭을 모질게 고문하는 최달식은 공교롭게도 오기섭과 고향이 비슷하다. 오기섭의 큰아버지는 얼굴 한 번 본 적이 없으나 북으로 넘어간 좌익으로서 오기섭의 의식 속에 언제나 검은 그늘로 드리워져 있다. 반면에 최달식의 아버지는 경찰로서 한국 전쟁 당시 좌익에게 희생된 가족들의 복수를 위해 어린 최달식이 보는 앞에서 두 사람이나 무참히 사살한다. 한 세대가 흘러 오기섭과 최달식은 다시 피해자와 가해자의 입장으로 만난다. 피해자의 고통과 폭력이 피해자에게 남긴 상처는 물론 두말할 나위가 없다. 그런데 폭력은 가해자 또한 다른 의미의 피해자로 만든다. 가해자는 끊임없이 자신을 괴롭히는 적개심과 복수심을 안고 살며, 그러한 폭력의 습성은 가족을 비롯한 주변 사람들을 파괴하며, 마침내는 자신의 내면을 망가뜨려 스스로를 저주하도록 한다. 폭력의 그늘은 피해자에게만 드리워지는 것이 아닌 것이다.

이를 통해 작가는 폭력이 일차적으로는 피해자에게 큰 고통을 안기고 씻을 수 없는 상처를 주지만, 가해자 역시 폭력이 남긴 상처로부터 자유로울 수 없으며, 결과적으로 폭력이란 인간다움의 가장 큰 적임을 분명히 말하고 있다. 특히 그가 주목하는 것은 우연히 길을 걷다가 사람들끼리 시비가 붙는 식의 개인 사이의 폭력보다는, 역사나 사회 혹은 공권력이 무력하고 때로는 무지하기조차 한 개인에게 퍼붓는 폭력이다. 이 폭력이 문제적이고 심각한 것은 폭력의 범위가 광범위하고, 폭력의 상처가 오래 남으며, 폭력 그 자체가 스스로를 정의나 애국과 같은 명분으로 정당화하기 때문이다.

분단과 한국 전쟁에 따른 공동체의 파괴 및 가족사의 비극을 말하고, 불의한 공권력이 행사하는 무자비한 폭력에 짓밟히는 인간성을 말하기에, 임철우의 소설은 기본적으로 암울하고 핏빛이며 슬프다. 그의 작품을 읽고 나면 가슴이 먹먹하고 답답하며 마음 깊숙이 분노가 끓어오른다. 과연 우리네 삶은 이래야만 하는 것인가 싶고, 과연 우리나라의 현대사는 이토록 굴곡진 것이어야만 했나 싶다. 하지만 임철우의 소설은 이처럼 암울하고 핏빛이며 슬픈 가운데, 정말이지 역설적이게도 아름답게 빛이 난다. 그의 작품은 슬프지만 아름답다. 그의 작품은 암울하지만, 동시에 선연한 빛으로 차 있고 산뜻한 채색이 돋보인다. 그의 언어는 영롱하고 섬세하고 서정적이고, 무엇보다 간결하다.

결정적으로 그의 작품을 암울하고 핏빛이며 슬픈 가운데에서도 아름답게 만들어 주는 것은, 작품의 내용이나 주제와 기가 막히게 조화를 이루는 이미지를 환기하는 두 개의 사물이다. 하나는 눈이요, 다른 하나는 기차다.

임철우의 소설은 눈과 떼려야 뗄 수가 없다. 그중에서도 〈사평역〉의 눈은 가히 압권이라 할 만하다. 깊은 산골의 마을, 완행열차만 서는 작은 간이역, 겨울밤 등으로 무대의 기본 세팅은 완벽히 준비되어 있는 가운데, 하염없이 함박눈(작가는 '송이눈'이라 한다)이 내린다. 추운 겨울밤 제시간보다 연착하는 완행열차를 기다리는 것만으로도, 더군다나 그것이 막차라는 사실만으로도, 을씨년스럽고 쓸쓸한 분위기는 이미 고조될 대로 되어 있는데, 하염없이 내리는 눈은 점입가경이라 하지 않을 수 없다. 고요하고 호젓하고 쓸쓸한 풍경의 극치, 그래서 그 쓸쓸함이 사람들의 쓸쓸한 세상살이와 겹쳐 애잔한 정서를 환기하고, 이토록 미학적으로 종합된 이미지들의 조합은 끝내 아주 슬픈 아름다움을 독자에게 선사한다.

기차 또한 임철우의 소설 속에서 슬픈 아름다움을 형성하는 데 단단히 한몫을 한다. 〈사평역〉의 기차는 사람들이 기다리는 기차이다. 간이역을 그냥 지나치는 기차는 사람들의 선망과 아쉬움의 대상이다. 그 기차는 그냥 지나침으로써 존재감을 뚜렷이 한다. 기다리는 사람들을 뒤로 한 채 떠나가는 기차, 어쩌면 다시는 오지 않을지도 모른다는 불안감을 남긴 채 떠나가는 기차는, 그 기차를 바라보는 사람들에게 흘러가는 세월이나 떠나가는 삶의 메타포로 급격히 전환된다. 어둠 속으로 사라지는 기차는, 우리네 삶은 어디서 와서 어디로 가는 걸까 하는 상념으로 이어지고, 빠르게 간이역을 지나치는 기차를 보며 사람들은 세월의 빠름과 삶의 무상함에 사로잡힌다.

〈눈이 오면〉의 기차는 〈사평역〉의 기차와는 다르다. 〈사평역〉의 기차가 바라보는 기차라면, 〈눈이 오면〉의 기차는 주인공과 어머니를 싣고 달리는 기차이다. 그 기차는 세월의 흐름과 함께 달리며 과거로부터 현재까지의 여정을 답습하는 기차이다. 물론 그 기차는 완행열차다. 임철우의 기차는 완행열차이고, 밤차이다. 주인공과 어머니의 고단한 몸을 싣고 밤을 새워 달리는 기차 속에서 주인공은 과거를 회상하고 옆에서 잠든 어머니를 찬찬히 바라다본다.

정지한 사람이 바라보는 기차든, 나를 태우고 달리는 기차든, 임철우의 기차는 떠나감이요, 세월의 흐름이요, 결국에는 삶의 소진이다. 그래서 〈사평역〉의 누군가가 기차를 보내 놓고는 "산다는 게 대체 뭣이간디."라는 혼잣말을 입 밖에 내었을 때, 그 말은 방금 어둠 속으로 사라진 기차와 기가 막히게 연결이 된다.

  간결하고 서정적인 문체와 적확한 어휘 구사, 그리고 눈과 기차처럼 금방 사라지거나 떠나가면서도 설렘을 주는 사물들이 환기하는 이미지들이 조화를 이루어, 임철우의 소설은 슬프지만 아름다운 느낌을 준다. 그리고 그 느낌이 소중하고 반가운 것은 이러한 미학적 자질과 임철우 소설의 주제 의식이 맞물려 진한 감동과 깊은 성찰로 이끌기 때문이다. 그는 작품 속에서 사람은 약하고 가냘픈 존재여서 역사나 사회의 거대한 폭력 앞에서 무력하게 쓰러지고 상처를 입을 수밖에 없다는 것을, 하지만 그 속에서 저마다의 진실과 소망을 간직하고 있다는 것, 폭력의 광기를 걷어 내고 사람들이 간직한 저마다의 진실과 소망을 주목할 때 삶은 인간다움으로, 서로에 대한 연민으로 채워진다는 것을 말하고 있다.

연보

1954년 _ 10월 15일 전라남도 완도군 평일도에서 태어남. 평일도는 이후 그의 작품에서 빈번하게 등장함.

1973년 _ 광주 숭일고등학교를 졸업하고, 전남대학교 영문학과에 입학함.

1980년 _ 군을 제대한 후 대학에 복학한 상태에서 광주 민주화 운동을 겪음. 광주 민주화 운동의 충격은 그의 작품 세계에서 큰 비중을 차지하게 됨.

1981년 _ 전남대학교 영문학과를 졸업함.
「서울신문」 신춘문예에 〈개도둑〉이 당선되어 등단함.

1983년 _ 곽재구의 시 〈사평역에서〉를 소설화한 〈사평역〉을 「민족과 문학」에 발표함.

1984년 _ 서강대학교 대학원 영문학과를 졸업함(석사).
작품집 『아버지의 땅』(문학과지성사)을 출간함.

1985년 _ 작품집 『그리운 남쪽』(문학과지성사)을 출간함.
〈아버지의 땅〉으로 한국창작문학상을 수상함.

1987년 _ 작품집 『달빛 밟기』(문학과지성사)를 출간함.

1988년 _ 중편 〈붉은 방〉으로 제12회 이상문학상을 수상함.

1989년 _ 작품집 『이상문학상 수상작가 대표작품선 – 직선과 독가스』(문학사상사)를 출간함.

1990년 _ 광주 가톨릭센터 부설 문예창작 아카데미에서 소설 창작을 강의함.
장편 『붉은 산 흰 새』(문학과지성사)를 출간함.

1991년 _ 장편 『그 섬에 가고 싶다』(살림)를 출간함.
1992년 _ 장편 창작 동화 『황금 동전의 비밀』(국민서관)을 출간함.
1993년 _ 장편 『등대 아래서 휘파람』(한양출판)을 출간함.
〈그 섬에 가고 싶다〉가 박광수 감독이 연출한 영화로 개봉됨.
1995년 _ 작품집 『곡두 운동회』(두산동아)를 출간함.
한신대학교 문예창작과 교수로 임용되어 현재까지 재직 중임.
1996년 _ 전남대학교 대학원 영문학과를 졸업함(박사).
1997년 _ 자료와 증언을 통해 광주 민주화 운동을 다큐멘터리 형식으로 기록한 장편 『봄날』(문학과지성사)을 출간하였으며, 1998년에 총 5권으로 완결함.
1998년 _ 장편 〈봄날〉로 단재문학상을 수상함.
2002년 _ 자전적인 내용의 장편 『등대』(문학과지성사)를 출간함.
2004년 _ 장편 『백년여관』(한겨레신문사)을 출간하였으며. 해당 작품으로 요산문학상을 수상함.
2010년 _ 장편 『이별하는 골짜기』(문학과지성사)를 출간함.
2011년 _ 장편 〈이별하는 골짜기〉로 대산문학상을 수상함.